NORDMOND: KAAMOS

Gay Romance

Über den Autor:

»Fantasie ist wie ein Buffet. Man muss sich nicht entscheiden – man kann von allem nehmen, was einem schmeckt.«
Getreu diesem Motto ist Jona Dreyer in vielen Bereichen von Drama über Fantasy bis Humor zu Hause. Alle ihre Geschichten haben jedoch eine Gemeinsamkeit: Die Hauptfiguren sind schwul, bi, pan oder trans. Das macht sie zu einer der vielseitigsten Autorinnen des queeren Genres.

Gay Romance

Jona Dreyer

Jona Dreyer
Nordmond: Kaamos – Gay Romance

ISBN: 978-1712432204

Verleger:
Tschök & Tschök GbR
Alexander-Lincke-Straße 2c
08412 Werdau

Druck:
Amazon EU S.à r.l., 5 Rue Plaetis, L-2338 Luxemburg

Text von *Jona Dreyer*
Coverdesign von *Jona Dreyer*
Coverbild von *depositphotos.com*
Lektorat/Korrektorat von *Kelly Krause, Kristina Arnold, Shan O'Neall & Sandra Schmitt*

2019 Alle Rechte vorbehalten.

Vorwort

Der Winter kommt unaufhaltsam und so ist es auch für mich wieder an der Zeit, literarisch in den hohen Norden zu reisen.

Obwohl es auch hier Huskys, Polarlichter, viel Schnee und gemütliches Kaminfeuer gibt, unterscheidet sich die Geschichte jedoch von meinen bisherigen Lappland-Romanen, denn sie wartet mit ein paar Überraschungen auf, mit denen ihr vermutlich nicht rechnen werdet.

Und nun lasst uns den Schlitten anspannen – die Wildnis ruft!

Glossar

Äiti: finnisches Wort für »Mama«
Glögi: Glühwein auf finnische Art mit Johannisbeersaft und Wodka
Huussi: Toilettenhäuschen
Kaamos: finnisches Wort für »Polarnacht«
Lavvu: traditionelles Zelt der Sámi
Leipäjuusto: »Brotkäse«, traditionell aus dem Kolostrum der Kuh hergestellt
Mökki: Ferienhäuschen in der Art einer Laube mit Sauna, meist im Wald und in der Nähe eines Sees
Mene: entspricht dem Befehl »Go!«
Musher: Hundeschlittenführer
Pulla: finnisches Kaffeegebäck aus Hefeteig
Puuro: Haferbrei/Porridge
Sámi: Eigenbezeichnung der indigenen Bevölkerung Lapplands

Prolog

Kälte machte taub. Sie fror das Leben in einem Körper ein, bis ein Funken Wärme es wieder auftaute oder es vergessen wurde und die flackernde Flamme einfach erlosch.

Kälte hüllte ihn ein wie ein transzendenter Mantel, der seine Haut durchdrang, in das Gewebe einwuchs und mit seinem schweren Gewicht den letzten Rest Luft aus seiner Lunge presste. Es hieß, dass das letzte Sinnesorgan, das beim Sterbeprozess seinen Dienst aufgab, das Gehör war. Das mochte stimmen, denn er hörte noch den fremdartigen und doch so vertrauten Gesang, das rhythmische Trommeln. Das rötliche Flackern hinter seinen Lidern war längst in tiefes Schwarz getaucht, nicht mehr sichtbar, die Augen bereits tot, auch wenn das Feuer noch immer leise knisterte.

Die Kälte hatte sich durch Haut und Fleisch gefressen, an seinen Knochen genagt wie ein Wolf am Kadaver eines erlegten Rentiers, hatte sich auch von dem Fell nicht abhalten lassen, in das man ihn eingehüllt hatte. Der Punkt, an dem er vor Schmerz hätte schreien wollen, war bereits überwunden und er verspürte gar die trügerische Illusion von Wärme. Er hätte auch nicht mehr zu schreien vermocht, seine Stimme war bereits so tot wie seine Augen. Es konnte nicht mehr lange dauern, denn sie halfen ihm hinüber, ebneten seinen Weg ins Jenseits mit ihren rhythmischen, schamanischen Gesängen. Er ließ los. Ließ sich von den Trommeln forttragen, die seinen Körper vibrieren ließen, wurde zu dem letzten Sinn, der ihm noch geblieben war.

Hum-ha. Hum-ha. Hum-ha.

Das schlagende Herz der Erde. Der Puls der Natur, der umso kräftiger wurde, je mehr sein eigener zu einem kraftlosen Flattern verkam. Plötzlich fühlte es sich so an, als wüchsen seine Blutgefäße in die Erde hinein wie Wurzeln, als verbanden sie sich mit dem Ursprung allen Seins, wurden eins mit der Seele des einsamen, kalten Nordens.

Wir sind eins.

Gern hätte er eine Träne der Glückseligkeit darüber vergossen, aber es wäre ein Eiskristall geworden, der sich mit einem leisen Klingen zu all den anderen gelegt hätte.

Die Wurzeln gruben sich tiefer, verbanden ihn fest und unverrückbar mit der Erde, pumpten ihr kaltes, reines Blut in seine Adern. Der Gesang wurde sphärischer, die Trommeln schlugen im Rhythmus des Pulses der Natur.

Etwas in ihm löste sich. Er spürte es, eine nie da gewesene Leichtigkeit, eine Schicht, die von ihm abplatzte wie dünnes Eis über einem Bachlauf im späten Frühjahr. Er begann zu schweben, löste sich von dem fest mit der Erde verwurzelten Körper und gewann einen Sinn zurück: das Sehen. Gräuliche, verschwommene Schemen begannen klar zu werden, gewannen an Farbe und Schärfe.

Er sah sich selbst. Seinen leblosen Körper neben dem Lagerfeuer, bedeckt mit einem Fell. Um ihn herum tanzte der samische Schamane in seiner rituellen Kleidung mit einem mächtigen Rentiergeweih auf dem Kopf und ledernen Bändern vor dem Gesicht, die ihn aussehen ließen, als besäße er keine Augen, nur tanzende Schlangen vor leeren

Höhlen. Er schlug seine Trommel, versetzte alle in eine singende Trance. Gab den Takt der Schritte in das Jenseits vor.

Hum-ha. Hum-ha. Hum-ha.

Er verspürte einen Sog, dem sein körperloses Bewusstsein sich nicht entziehen konnte. Einen Augenblick noch verharrte er über sich selbst, blickte hinab auf seinen zerschrammten, verletzten Körper und ließ los. Auf einmal war er alles und die Welt nichts.

Der Sog war wie ein Vakuum, er wurde schneller, flog dem Horizont entgegen, an dem der frühe Abendhimmel dämmerte. Die Dämmerung war von jeher seine liebste Tageszeit gewesen und er war glücklich, dass sie wohl das Letzte war, was er auf dieser Welt zu sehen bekam. Er flog in den Wald hinein, durch das Geäst von Nadelbäumen, das ihn nicht streifen konnte. Ein Schmerz begann an ihm zu ziehen, als ob etwas versuchte, die schwebenden Teilchen, aus denen er bestand, auseinanderzureißen. Der Sog wurde unerträglich und er hatte das Gefühl, eine Masse zu sein, die durch ein zu enges Loch gepresst wurde.

Und plötzlich war da wieder Leben. Ein irdisches Leben. Ein Körper mit Gliedmaßen, Augen zum Sehen, Ohren zum Hören und einer Nase zum Riechen. Er spürte den Schnee unter seinen Sohlen, hörte das leise Knirschen der sich verdichtenden Kristalle. Die Kälte war kein schwerer Mantel mehr, sondern eine Wohltat, die den brennenden Schmerz fortkühlte. Er machte einen Schritt. Es war fremd, es war anders, aber er hatte ein Herz, das kräftig schlug.

Hum-ha. Hum-ha. Hum-ha.

Kapitel 1

Muotkatunturi. Wenn es eine Wildnis gab, dann war sie hier, frei von Straßen und markierten Wegen, frei von Verkehr und von Menschen an sich. Wer Angst vorm Alleinsein hatte, war hier fehl am Platze.

Lauri hatte keine Angst. Zumindest redete er sich das ein. Er suchte das Abenteuer und die Freiheit, um jene Furcht, die ihn so oft zurückhielt, zu überwinden oder zumindest zu lernen, mit ihr zu leben. Für eine geführte Bergbesteigung im Himalaya oder Rafting in Kanada hatte er nicht genug Geld, aber das Schicksal hatte dafür gesorgt, dass er in einem Land geboren und aufgewachsen war, in dem es genug Abenteuermöglichkeiten in der freien Natur für jeden gab, der danach suchte.

Hier im Muotkatunturi-Wildnisgebiet musste man abseits der Wege gehen, weil es schlicht und ergreifend keine Wege gab. Nur endlose Weite, ein paar Moorbirken- und Kiefernwälder und Aapamoore, die jetzt unter einer dicken Schicht Schnee begraben lagen. Lauris Herz schlug schneller bei diesem Anblick, der sich vor ihm auftat, und die Vibration des Schneemobilmotors tat ihr Übriges dazu. Drei Tage Tour lagen vor ihm. Im Grunde waren es nur wenige Kilometer, aber die Tageslichtzeit war knapp bemessen und im Dunkeln zu fahren, wollte er nicht riskieren. Dazu kannte er das Gebiet zu wenig und war mit dem Schneemobil nicht erfahren genug. Noch. Nach dieser

Tour würde er hoffentlich um viele Erfahrungen reicher sein und den nächsten Schritt seines Plans in Angriff nehmen können.

Lauri war nie der Typ Mensch gewesen, der zu Hause vor dem Rechner hockte, Videospiele daddelte und das Haus nur dann verließ, wenn ihm nichts anderes übrig blieb. Wann immer er freie Zeit hatte, zog es ihn vor die Tür. Und nach den Sommerferien, die er und seine Familie größtenteils in ihrer *Mökki* im Wald verbracht hatten, war er stets in eine depressive Stimmung verfallen, wenn es hieß: Es geht zurück in die Stadt.

Er schätzte die Stadt und ihre Möglichkeiten durchaus. Einkaufsläden waren in der Nähe, Ärzte, Restaurants, Veranstaltungen, die Universität. Alles Dinge, die er nicht missen wollte, aber hin und wieder brauchte er eine Auszeit und er wusste, dass es auch anderen Menschen so ging. Deshalb war er hier. Deshalb machte er diese Tour, um eine Wildnis zu erschließen für alle, die sich danach sehnten.

»Also dann«, sagte Lauri zu sich selbst. Die kalte Luft ließ seinen Atem sofort zu weißen Wölkchen kondensieren. »Auf geht's!«

Er fuhr los. Vernünftig und umsichtig, langsam, auch wenn ein Motorschlitten durchaus achtzig Sachen fahren konnte. Steine, Bäume oder Buckel konnten sonst zur Falle werden, den Schlitten beschädigen und zu Unfällen führen. Das wollte Lauri nicht riskieren. Außerdem musste er dem Flusslauf des Peltojoki folgen, um an sein Ziel zu gelangen, und der Fluss war durch Schnee und Eis nicht an jeder Stelle sofort erkennbar. Wenn Lauri hier Menschen durch die Wildnis führen wollte, musste er verantwortungsvoll handeln und nicht kopflos herumrasen.

Am frühen Nachmittag, als bereits die Nacht heraufdämmerte, erreichte er eine Wildnishütte. Sie war winzig, besaß aber sogar eine Trockentoilette. Für seine Zwecke völlig ausreichend und er konnte sich den Aufbau seines Zelts sparen. Er brachte sein Gepäck in das Häuschen und heizte den kleinen Kaminofen an. Viele solcher Hütten gab es hier nicht, also würde er die Gelegenheit nutzen. Wenn er mit mehreren Menschen hier aufschlug, wäre sie allerdings zu klein für eine Übernachtung.

»Vielleicht sollte ich bis Februar oder März nur Tagestouren anbieten«, murmelte er zu sich selbst.

Touren mit Übernachtungen hatten nicht viel Sinn, wenn der Tag nur ein, zwei Stunden lang war oder bald nur noch von der Dämmerung wieder direkt in die Nacht überging. Zwar war die Polarnacht nicht bedrückend dunkel – vor allem, wenn der Mond schien, so wie heute, reflektierte der Schnee so stark, dass man sogar ohne Licht Zeitung lesen könnte –, aber mit unerfahrenen Touristen wollte er nicht unbedingt bei kritischen Lichtverhältnissen herumfahren. Das traute er sich zur Zeit ja noch nicht einmal selbst zu. Und für die Leute wäre es sicher auch ziemlich langweilig, den größten Teil des Tages im Zeltlager verbringen zu müssen, anstatt voranzukommen. Wobei man vielleicht ein paar Schneewanderungen in die Umgebung machen könnte. Jagd auf Polarlichter, etwas in der Art. Ab Ende Februar jedenfalls, wenn die Tage wieder deutlich länger wurden, könnte er mehrtägige Touren anbieten. Lauri musste sich noch ein genaues Konzept überlegen. Aber allein die Vorstellung, Menschen den Zauber der lappländischen Wildnis nahezubringen, versetzte ihn in freudige Aufregung.

Langsam wurde es mollig warm in der Hütte. Auf seinem Campingkocher bereitete er sich Instant-Nudeln mit Tomatensoße zu und während er anschließend darauf wartete, dass sein Kaffeewasser kochte, beschloss er, seine Mutter anzurufen.

Sie hob schon nach einem halben Klingeln ab. »Hei Lauri!«

»Hei *Äiti*. Alles gut bei dir?«

»Hm. Ja. Aber mein Rücken bringt mich um.«

Er stellte sie auf Lautsprecher und ließ sie reden. Ihr Rücken war das Lieblingsthema seiner Mutter, ständig zwickte und zwackte er sie und sie ließ keine Gelegenheit verstreichen, ihm bis ins kleinste Detail davon zu berichten. Seine Idee, mit Gymnastik dagegen anzuwirken, fand sie blöd.

»Und du? Was machst du heute?«, fragte sie, nachdem sie ihren Sermon beendet hatte.

»Ich, äh ... ich werde wohl noch ein bisschen fernsehen«, log Lauri.

Äiti hatte keine Ahnung, was er hier trieb, sonst würde sie alle fünf Minuten versuchen, ihn zu erreichen, um sicherzugehen, dass er noch lebte. Naturverbundenheit mochte sie nur in Form einer privaten *Mökki* am See, möglichst nicht mehr als drei, vier Kilometer von der nächsten Ortschaft entfernt. Vor allem nicht im tiefsten Winter, wenn es auf die Polarnacht zuging.

»Ja, mach das«, sagte sie. »Da soll heute eine Sendung kommen über diesen Trump.«

»Äh, ja. Dessen Visage will ich nicht unbedingt anschauen. Werde wohl eher irgendeine Comedyserie gucken. Hör mal, ich muss jetzt schlussmachen. Hab noch ein bisschen was zu tun.«

»Na gut. Schön, dass du angerufen hast. Und vergiss nicht, am Samstag hat Onkel Pertti Geburtstag, dem musst du gratulieren, er hat dir immerhin sein altes Auto geschenkt.«

»Klar, ich denk dran.« Bis dahin wäre Lauri ja auch längst wieder zurück in Jyväskylä. »Bis dann!«

Er legte auf und seufzte. Der Abend und die Nacht waren noch sehr lang, aber er hatte sein Handy, eine Powerbank und zwei Bücher dabei – eins über das Überleben in der Wildnis, das andere ein spannender Roman, den er vor ein paar Tagen zu lesen begonnen hatte. Er würde sich die Zeit schon vertreiben. Er hatte keine Angst vorm Alleinsein.

Später beschloss Lauri, noch einmal vor die Tür zu gehen, eine Runde um die Hütte zu laufen und frische Luft zu schnappen. Nirgendwo war die Luft so rein und klar wie hier, so frei von menschengemachten Verschmutzungen, durchsetzt vom leicht metallischen Geruch von Schnee. Er atmete tief durch und hatte das Gefühl, dass sich kleine Eiskristalle in seiner Nase bildeten, so unglaublich kalt war es. Aber der Mond schien hell, gestern war Vollmond gewesen, der Schnee leuchtete bläulich und das Sternenzelt spannte sich wie eine Kuppel über ihm auf, durchwoben vom Schleier der Milchstraße. Leider waren weit und breit keine Polarlichter zu sehen, aber was nicht war, konnte noch werden.

Die Stille, die hier herrschte, war fast schon wieder laut, weil die Ohren nach einem gewohnten Klangteppich suchten, aber nichts fanden. Kein Zeichen von Leben war zu hören, alles schien begraben unter der dichten Schneedecke. Das Einzige, was Lauri hörte, waren seine eigenen Schritte, das Knirschen unter seinen Stiefeln und sein

Atem, sogar das Klirren der winzigen Eiskristalle, in denen er kondensierte, auch wenn er sich das wohl eher einbildete.

Er blieb stehen, legte den Kopf in den Nacken und schaute in den Himmel. Ein winzig kleiner Punkt im Universum war er, vielleicht nicht einmal das. Dieser Himmel, diese Stille, sie machten ihn ehrfürchtig. Er vernahm wieder knirschende Schritte und es dauerte einen Moment, ehe Lauri begriff, dass diese Schritte von einem anderen Wesen – Mensch oder Tier – stammen mussten, denn er selbst stand immer noch auf der Stelle. Angestrengt lauschte er in die Stille. Das Schrittmuster und ein leises Schnaufen zeigten eindeutig, dass er es mit einem Tier zu tun hatte.

Zeit, zurück in die Hütte zu gehen.

Die Geräusche kamen näher und Lauri bewegte sich langsam im Rückwärtsschritt auf die Tür der Hütte zu. Er hatte keine Angst, allein zu sein, aber plötzlich hatte er Angst, *nicht* allein zu sein. Wilde Tiere waren kein Streichelzoo. Endlich bekam er die Klinke zu fassen, öffnete die Tür, glitt mit einer schnellen Bewegung in die Hütte und verriegelte hinter sich. Das Herz schlug ihm bis zum Hals und er wagte es nicht einmal, aus dem Fenster zu sehen. Das Tier konnte alles Mögliche sein – ein Fuchs, Luchs, Elch, Rentier, schlimmstenfalls ein Wolf oder ein Braunbär. Seine eigene Angst war Lauri ein wenig peinlich vor sich selbst, denn auch bei der *Mökki* hatte es wilde Tiere gegeben, aber hier draußen allein in der Wildnis war das trotzdem noch mal etwas anderes. Er hielt sein Pfefferspray fest umklammert. Jede Muskelfaser war bis zum Zerreißen gespannt, sein Gehör schien schärfer als sonst. Er hielt den Atem an. Von draußen erklangen Scharren und Kratzen, nicht an der Hütte, aber in der Nähe. Er stellte sich vor, wie es näherkam, seine Witterung aufnahm, nach Möglichkeiten suchte, in die Hütte zu gelangen und ihn anzugreifen.

Ich mach mir gleich in die Hose.

Warum kam das Tier so nahe, wo es ihn doch scheuen sollte? Und wie zur Hölle würde er eine solche Situation händeln, wenn er nicht in einer Holzhütte, sondern in einem Zelt wäre? Mit diesen Fragen musste er sich dringend befassen, bevor er irgendwelche Menschen hier hinausführte.

Irgendwann stellte Lauri fest, dass die Geräusche schon eine ganze Weile aufgehört hatten. Das Tier schien fort zu sein. Erleichtert atmete er auf und beruhigte sich langsam. Seine Glieder schmerzten von der minutenlangen, heftigen Anspannung.

Alles ist gut. Du bist hier sicher. Es war nur ein neugieriges Tier auf der Suche nach Nahrung. Du bist hier Gast.

Er brühte sich noch einen Kaffee auf und der karamellig-herbe Duft, der dabei durch die Hütte schwebte, half ihm, wieder herunterzukommen. Was für ein erster Abend. Und die Nacht war noch lang.

Lauri hatte kaum geschlafen und als sich die ersten Anzeichen der Dämmerung zeigten, kroch er aus seinem Schlafsack und begann alles zusammenzupacken, um weiterzuziehen. Während er in der Nacht grübelnd dagelegen und auf neue Geräusche gelauert hatte, hatte er darüber nachgedacht, die Tour abzubrechen und wieder zurück nach

Hause zu fahren. Er hatte sich dagegen entschieden. Es wäre albern, sich von einem Angstmoment verunsichern zu lassen, er musste sich einfach noch an diese Dinge gewöhnen. Im Dunkeln wirkte sowieso alles viel bedrohlicher, als es in Wirklichkeit war.

Dennoch öffnete er die Tür seiner Hütte vorsichtig und spähte erst hinaus, bevor er ins Freie trat und sein Gepäck auf den Motorschlitten schnallte. Neugierig warf er einen Blick auf die Spuren, die um die Hütte und den Motorschlitten herum führten. Pfotenabdrücke. Zu groß für einen Fuchs und für einen Luchs hatten sie das falsche Muster.

Scheiße, war das etwa ein Wolf?

Lauri schauderte und beeilte sich mit dem Packen und Verstauen des Gepäcks. Zeit, weiterzuziehen. Heute wollte er den Peltojärvi erreichen und überqueren, falls die Eisschicht dick genug war. Er machte sich auf den Weg und mit jedem Meter, den er zurücklegte, fühlte er sich besser. Es war wirklich so: Bei Tageslicht erschien plötzlich alles gar nicht mehr bedrohlich, sondern wieder friedlich und schön. Der Wolf hatte ihm sicher nichts tun wollen, sondern war einfach nur neugierig auf den Besucher in seiner Wildnis gewesen.

Lauri erreichte den Peltojärvi früher als geplant. Unterwegs hatte er eine Schneeeule gesehen, ansonsten waren ihm bislang keine Tiere begegnet. Im Stillen hoffte er auf eine Rentierherde. Alle Rentiere Lapplands gehörten den *Sami*. Im Herbst trieben diese die Tiere zusammen, dann wurde entschieden, welche davon man schlachtete. So ganz behagte Lauri dieser Gedanke nicht, aber eine Kultur ließ sich den Menschen nur schwer austreiben. Er selbst verzichtete schon fast zwei Jahre auf Fleisch und sonstige Nahrung tierischen Ursprungs, weil er gelesen hatte, dass eine solche Lebensweise der Umwelt half. Und die war ihm als Naturfreund nun mal wichtig.

Am Ufer des Peltojärvi hielt er an. Der See war von Schnee bedeckt und unterschied sich kaum von der Umgebungslandschaft. Ein großes, weißes Feld. Und er erkannte Spuren darauf, frische Spuren, Pfoten und Schlittenkufen. Hier musste erst kürzlich jemand mit dem Hundeschlitten entlanggefahren sein. Das bedeutete, dass das Eis dick genug war und er seine Mission in Angriff nehmen konnte. Gefrorene Seen faszinierten Lauri schon immer, die großen Eisflächen und der Hauch von Nervenkitzel. Er setzte sich wieder auf seinen Motorschlitten und fuhr los. Er gab ein wenig mehr Gas als sonst. Es war eine kribbelnde Herausforderung, die ihn von innen heraus drängte. Wie ein Rausch, der über ihn hinwegfegen wollte, so wie er über die Piste. Die Sonne ließ den Schnee glitzern, die kalte Luft klärte alle Gedanken. Mitten auf dem See stoppte Lauri, um innezuhalten und den Augenblick zu genießen. Er stellte den Motor aus, atmete tief durch und blickte sich um. Das Ufer des Peltojärvi war umgeben von Fichten und kahlen Birken, die sich schwärzlich gegen den leuchtend weißen Hintergrund abzeichneten. Die harten Kontraste des nordischen Winters waren einzigartig. Zum Glück war Lauri nicht umgekehrt.

Plötzlich vernahm er ein leises Knacken. Dann noch eines. Es war direkt unter ihm, zog noch mehr Knacken und Knirschen nach sich und er begriff, was es bedeutete.

»Scheiße.«

Er schwang sich auf seinen Motorschlitten, um schnellstmöglich davonzufahren, aber genau das erwies sich als großer Fehler. Mit einem schier ohrenbetäubenden Krachen brach das Eis unter ihm und seinem Schlitten und er wurde in die tödlich kalte Tiefe gerissen. Rasend schnell durchdrang das Wasser seine Kleidung, ließ sein Herz für ein paar Takte aussetzen und seine Lunge verkrampfen. Der Sog des sinkenden Motorschlittens wollte ihn weiter in die Tiefe reißen, aber er schaffte es, sich am Rand der Eisschicht festzuhalten.

»Hilfe!«, rief er, als er es endlich wieder schaffte, nach Luft zu schnappen. Auch wenn es sinnlos war. Hier würde ihm niemand helfen.

Verzweifelt versuchte Lauri, genug Halt zu bekommen, um sich irgendwie aus dem Eisloch ziehen zu können, aber immer wieder brach ein Stück von der Kante weg und er rutschte ab. Die Kälte brannte wie Feuer auf seinen Gliedern, bereitete unerträgliche Schmerzen, während sein Herz wie wild pumpte, um ihn irgendwie am Leben zu halten.

Das war's also. Ich sterbe hier draußen. Vor dem Wolf hatte ich Angst, aber nicht vor zu dünnem Eis. Niemand wird mich hier finden. Niemand ...

Er schluchzte auf und strampelte verzweifelt. Seine Zeit wurde knapp, ebenso wie seine Kräfte. Sein Kiefer klapperte, die Zähne schlugen heftig aufeinander.

»Ich will nicht sterben«, heulte er, als er erneut am Rand des Eislochs abrutschte. »Ich will nicht ...«

Ein Schatten fiel auf ihn, verdeckte die Sonne. Lauri vernahm Atem aus vielen Kehlen und plötzlich erschien ein strenges, bärtiges Gesicht über ihm.

»Halt still«, sagte der Mann mit einer kratzigen Stimme, als hätte er sie Jahre nicht benutzt. »Hör auf zu strampeln.« Er legte sich flach auf das Eis und streckte seine Arme nach Lauri aus. »Halt dich an mir fest, ich zieh dich raus.«

Kapitel 2

Lauri hatte kaum noch Kontrolle über seine steif gefrorenen Glieder und nie im Leben war etwas anstrengender gewesen, als die Arme vom Eisrand zu lösen, aus dem Wasser zu heben und die seines Retters zu ergreifen. Aber er schaffte es. Bei Gott, er schaffte es und dieser fremde Mann musste enorme Kräfte haben, denn er schien ihn und seine vollgesogene Kleidung mit Leichtigkeit aus dem Wasser zu ziehen. Mit dem letzten Ruck zog er Lauri halb auf sich und rollte sich mit ihm zur Seite. Noch immer schluchzte Lauri unkontrolliert, er konnte gar nicht mehr aufhören, obwohl es ihm peinlich vor diesem Fremden war. Aber er war verdammt noch mal gerade dem Tod von der Schippe gesprungen und der konnte ihn immer noch erwischen, weil er klitschnass war und die Temperatur ungefähr minus zehn Grad oder weniger betrug.

»Alles ist gut«, sagte der Fremde beruhigend und blickte auf Lauri herab, die Augen so unfassbar blau wie Schnee im Dämmerlicht. »Komm, wir müssen vom Eis runter.«

Er zerrte ihn in die Höhe und erst jetzt bemerkte Lauri, woher die anderen Geräusche kamen: Schlittenhunde. Zehn oder zwölf Stück – Lauri war gerade nicht imstande, zu zählen –, die ungeduldig darauf warteten, dass es weiterging. Lauris zitternde Beine wollten kaum einen Schritt tun, aus Angst, wieder einzubrechen, als der Mann ihn zum Schlitten führte und ihm half, sich darauf zu setzen. Er hüllte ihn grob in eine Decke ein.

»Erst müssen wir vom See runter«, erklärte er, »dann musst du diese nassen Sachen ausziehen.«

»Ausziehen?«, krächzte Lauri. »Ich werde mir den Tod holen!«

»Du wirst dir den Tod holen, wenn du dich *nicht* ausziehst«, belehrte ihn der Fremde streng. »Die kalten, nassen Sachen entziehen dir sonst die ganze Körperwärme. *Mene!*«

Die Hunde liefen los und der Schlitten zog an. Meter für Meter näherten sie sich dem Ufer und würde Lauri nicht vor Kälte unkontrolliert zittern, würde er wohl erleichtert aufatmen.

»Stop!«, rief der Mann, sobald sie wieder wirklich festen Boden unter den Kufen hatten. Er stieg ab und kauerte sich neben Lauri. »Ausziehen«, befahl er knapp.

»Aber–«

»Ausziehen, hopp hopp.« Der Kerl runzelte die Stirn, nahm Lauri die Decke weg und begann den Reißverschluss seiner Jacke zu öffnen. »Ich habe noch mehr Decken dabei, du wirst sehen, ohne die nasse Kleidung wirst du schneller warm.«

Mit steifen, bebenden Fingern und der Hilfe seines Retters schälte sich Lauri aus seinen vor Nässe klebenden Klamotten. Er hatte keine Zeit, darüber nachzudenken, sich vor einem Wildfremden zu entblößen, wenn er überleben wollte, und der Mann schien zu wissen, was er hier tat.

»Gut.« Er trocknete den schlotternden Lauri mit einer Wolldecke ab und hüllte ihn anschließend in eine Thermodecke und ein großes Fell. »Ich bringe dich jetzt in mein Haus.«

»Ist das hier in der Nähe?«, fragte Lauri leise.

»Zwölf Kilometer.«

»In welchem Ort ist das?«

»Kein Ort«, kam knapp zurück. »Es ist hier im Wildnisgebiet. *Mene!*«

Der Schlitten setzte sich wieder in Bewegung und Lauri zog die Decken fester um sich. Am liebsten würde er sich darunter begraben, denn der Fahrtwind, der auf seine Wangen traf, war schneidend kalt. Der Hundeschlitten erreichte eine erstaunlich hohe Geschwindigkeit, sie preschten regelrecht durch die Wälder und über die freien Ebenen.

Hoffentlich bauen wir keinen Unfall. Wenn es doch nur wärmer werden würde!

Die Kälte schien einfach nicht aus Lauris Körper weichen zu wollen, auch wenn es tatsächlich minimal erträglicher war, seit er die nasse Kleidung nicht mehr am Leib trug. Vielleicht starb er ja doch noch. Vielleicht war es schon zu spät und er zu ausgekühlt.

Die Sonne neigte sich jetzt rasch dem Horizont entgegen und machte dem Nachthimmel Platz. Eine erschöpfte Müdigkeit überfiel Lauri und er hatte große Mühe, die Augen offenzuhalten, was von der beruhigenden Präsenz des Mannes hinter ihm nur noch verstärkt wurde.

»Nicht einschlafen«, mahnte der, als er es offensichtlich bemerkte, »wir sind gleich da. Bleib wach.«

»Kann nicht mehr«, flüsterte Lauri schwach.

»Doch, du kannst. In fünf Minuten sind wir da. Dann darfst du schlafen. Aber nicht hier draußen.«

»Lenk mich ab«, bat Lauri.

»In Ordnung. Sag mir, wie du heißt und woher du kommst.«

»Ich heiße Lauri und komme aus ... Jyväskylä. Und du?«

»Mein Name ist Ville. In Jyväskylä habe ich vor vielen Jahren gelebt. Das ist fast neunhundert Kilometer weit weg, was machst du hier?«

»W-wollte eine Tour ... mit dem Schlitten.«

»Hm.« Lauri hörte Villes leises Grollen selbst über den Lärm des Hundeschlittens hinweg. »Das ging ja mal schief. Wir hatten eine ungewöhnlich warme Woche, das hat die Eisdecke des Sees an manchen Stellen ziemlich ausgedünnt. Mit dem Hundeschlitten geht es gerade noch, weil der leichter ist und das Gewicht besser verteilt. Aber deine Höllenmaschine war zu schwer.«

»Wird – wird Ärger geben ... Versicherung ...«

»Tja.«

Sie erreichten eine große Lichtung und Lauri wusste, dass sie am Ziel waren. Nicht nur eine Blockhütte stand hier, es gab noch mehr Gebäude, aber sein Blick war gerade so eingefroren wie die Frontscheibe eines Autos nach einer frostigen Nacht.

»Stop!«

Ville hob ihn mitsamt den Decken hoch, als besäße er kein Gewicht, und schleppte ihn hinüber zu einem Häuschen neben dem Haupthaus. »Ich bringe dich direkt in die Sauna«, verkündete er. »Ich habe sie vor meiner Tour angeheizt, sie sollte jetzt gut warm sein.«

Lauri brachte keinen Widerspruch hervor. Die Aussicht auf die herrliche Wärme einer Sauna erschien ihm geradezu himmlisch. Siebzig Grad zeigte das Thermometer in dem kleinen, mit Holz verkleideten Raum an, als Ville ihm half, sich auf die Bank zu setzen und ihm die Decken abnahm. Er schöpfte Wasser auf die heißen Steine, die auf dem Saunaofen lagen und eine feuchte Wolke von Fichtennadelduft umgab sie beide.

»Ich leine eben die Hunde ab und gebe ihnen zu trinken«, verkündete Ville. »Du bleibst hier und wärmst dich auf. Solltest du Kreislaufprobleme bekommen, geh in den Vorraum. Ich geselle mich nachher zu dir.«

Lauri nickte nur stumm, weil er zu mehr nicht in der Lage war. Alle möglichen Dinge, über die er sich sonst den Kopf zerbrochen hätte, spielten plötzlich keine Rolle mehr. Dass er hier nackt in der Sauna eines Fremden saß, zum Beispiel. Dass dieser Fremde ihn einfach mitgenommen hatte. Alles, was sich Lauri gerade wünschte, waren Wärme, vielleicht eine Tasse Kaffee und etwas zu essen. Danach würde er Ville bitten, ihn in die nächste Ortschaft zu fahren oder Hilfe zu rufen. Er wollte die Gastfreundschaft seines Retters nicht überstrapazieren, aber ohne den Motorschlitten und sein Gepäck mit der gesamten Ausrüstung inklusive Handy saß er hier fest. Ville würde ihm sicher behilflich sein, bisher war er es ja auch.

Lauris Körper brauchte ewig, um zu merken, dass er nicht mehr im Kalten saß. Er zitterte noch lange, schüttelte ihn durch und hatte Schwierigkeiten, sich anzupassen. Aber dann wurde es langsam besser. Gerade, als Lauri sich auf die untere Bank setzte, wo es nicht ganz so heiß war, kam Ville in den Vorraum. Lauri sah seine Silhouette durch den Glaseinsatz der Tür. Er zog sich aus und trat einen Moment später ein. Nackt. Natürlich nackt, niemand ging angezogen in eine Sauna. Hastig wandte Lauri den Blick ab, als sich Ville ganz arglos neben ihn setzte. Ein muskulöser, behaarter Schenkel berührte flüchtig Lauris Bein und er rückte ein kleines Stück ab. Villes körperliche Nähe war verwirrend und nicht gerade das, worüber er sich jetzt und hier Gedanken machen wollte.

»Sind die Hunde versorgt?«, fragte Lauri, um irgendetwas zu sagen.

»Ja. Und du? Wird dir warm? Deine Lippen sind nicht mehr blau, das ist gut.«

»Ja. Es wird langsam. Vielen Dank für die Rettung, dich hat wirklich der Himmel geschickt. Wenn du in dem Moment nicht dort gewesen wärst ... undenkbar. War es Zufall oder hast du mich gehört oder gesehen?«

»Ich habe deine ...«, Ville unterbrach einen winzigen Moment, »deine Spuren gesehen.«

»Und bist ihnen gefolgt?«

»Ja. Aus einem Instinkt heraus.« Ville beugte sich nach vorn, um eine Kelle Wasser aus dem Aufgusseimer zu nehmen. Lauri riskierte einen Seitenblick und sah einen dicken, geäderten Penis unter buschigem, dunklem Schamhaar. Eilig starrte er wieder auf die Wand.

»Lebst du immer hier oder ist das so was wie dein Ferienhaus?«, fragte Lauri, um sich irgendwie von dem abzulenken, was er gerade gesehen hatte.

Ville schnaubte leise. »Wonach sieht es denn für dich aus?«

»Ich weiß nicht. Hab es ja noch nicht so genau in Augenschein genommen.«

»Ich lebe hier immer«, erklärte Ville und lehnte sich zurück. »Schon viele Jahre.«

Lauri wandte sich ihm zu, nicht um Ville noch einmal in den Schoß zu schauen, sondern in sein Gesicht, denn die Aussage weckte sein Interesse. »Du bist also ein Aussteiger?«

Ville zog die Brauen zusammen und zwei steile Falten bildeten sich dazwischen. Lauri fragte sich, wie alt er wohl sein mochte. Seine Konturen waren auch unter dem kurzen Bart erkennbar straff, aber die Haut schien vom Wetter gegerbt. Vielleicht Anfang vierzig? »Ich bin ein Aussteiger«, erklärte Ville schließlich.

»Warum? Schnauze voll vom Leben in der Zivilisation gehabt?«

Ville lachte verkniffen und wandte den Blick ab. »Ich glaube, das ist ein wenig zu privat, um es mit jemandem zu teilen, dem ich vor zwei Stunden das erste Mal begegnet bin.«

Lauri beobachtete die Sehnen, die für einen Moment an Villes Hals hervortraten und betrachtete dann die starken, athletischen Schultern. Er hatte schon immer ein Faible für ältere, etwas ungeschliffen aussehende Männer gehabt, aber das kam nun gerade im wirklich unpassendsten Moment. »Tut mir leid. Ich war nur neugierig. Muss ein hartes, entbehrungsreiches Leben sein hier draußen.«

»Ist es. Aber es gibt einem viel zurück.« Ville wandte sich ihm wieder zu. »Du redest viel.«

Betreten kaute Lauri auf seiner Unterlippe und kratzte sich im Nacken. »Das macht die Verlegenheit über die ganze Situation hier.«

Ville lachte auf und diesmal wirkte es ehrlich erheitert. »Das kann ich verstehen. Wollen wir hinüber ins Haus gehen? Ich denke, du könntest etwas zu essen vertragen.«

»Habe ich schon einmal erwähnt, dass dich der Himmel schickt?«, erwiderte Lauri lächelnd.

Abermals lachte Ville. »Du würdest dich wundern.« Er stand auf und öffnete die Tür zum Vorraum. »Ich habe dir frische Kleidung mitgebracht. Sie ist von mir und wird dir demnach zu groß sein, aber sie wird ihren Zweck erfüllen. Du kannst dich vorher noch abduschen, wenn du willst. Das Wasser wird über den Saunaofen mitgeheizt und ist jetzt warm.«

»Danke.«

Lauri betrat den Vorraum und genoss eine kurze, warme Dusche, während Ville versprach, vor der Tür auf ihn zu warten und ihn mit hinüber zum Haus zu nehmen. Anschließend trocknete er sich ab und nahm die Kleidung zur Hand – Unterhose, Unterhemd, eine Hose aus robustem Stoff, einen Wollpullover, Anorak und Fellstiefel. Er befühlte jedes Kleidungsstück, bevor er es anzog. Warum, wusste er nicht, aber gerade war jeder Handgriff, den er tun konnte, wie ein Geschenk. Ein Geschenk des Lebens, das er beinahe verloren hätte, weil er für einen Moment zu sehr dem tückischen Zauber des Augenblicks erlegen war.

Als er vor die Tür trat, war der Himmel sternenklar. Wie spät mochte es sein, sechzehn, siebzehn Uhr? Lauri hatte das Gefühl für die Zeit verloren und beinahe verlor er auch die Fähigkeit, zu atmen, als Ville nackt vor ihm im Schnee stand, als sei das die größte Selbstverständlichkeit der Welt.

»Fertig?«

»Ja, ich ...« Lauri schüttelte den Kopf. »Ist dir nicht kalt?«

»Wenn ich jetzt noch eine Weile hier herumstehe, dann wird es das sicher irgendwann. Aber jetzt noch nicht. Ich bin noch ordentlich durchgewärmt. Lass uns ins Haus gehen.«

Ville nahm sein Kleiderbündel aus dem Vorraum der Sauna und sie stapften hinüber zu dem größeren Blockhaus, durch dessen Fenster ein einladendes, heimeliges

Licht schien, das Wärme und prasselndes Kaminfeuer versprach. Vielleicht würde Ville ihn einladen, bei ihm zu übernachten, weil er ihn heute nicht mehr aus dem Wildnisgebiet herausfahren konnte und weil niemand mehr kommen würde, um ihn zu holen. Er musste zugeben, dass ihm diese Aussicht angenehmer erschien als eine Nacht im Zelt. Andererseits: Nachdem er einen Einbruch ins Eis überlebt hatte, konnte ihn so schnell wohl nichts mehr schrecken. Irgendwie war er gerade motivierter als je zuvor, ein Motorschlitten-Wildnisführer zu werden. Als hätte diese Sache ihn abgehärtet.

Sobald sie das Haus betraten, entkam Lauri ein Seufzen. Es war genauso mollig warm, wie er es sich erhofft hatte, und urgemütlich. Alles befand sich in einem großen Raum, Küche, Wohn- und Ess- sowie Schlafbereich. Die hölzernen Wände waren naturbelassen, im Kamin brannte ein Feuer und vor dem mit Fellen bedeckten Bett, das hinter einem halb zugezogenen Vorhang stand, lag ein zerzauster Mischlingshund, der neugierig den Kopf hob, als sie eintraten.

»Bleib, Kaarna«, befahl Ville dem Hund. »Das ist nur ein vorübergehender Besucher.«

Kaarna kam trotzdem her, um an Lauri zu schnüffeln und er kraulte ihr den Kopf. »Na, du bist ja eine Hübsche.«

Ville seufzte. »Wenn meine Schlittenhunde meine Befehle so ignorieren würden wie sie, hätte ich ein echtes Problem. Komm, setz dich an den Tisch, Lauri. Möchtest du einen heißen Tee trinken?«

Lauri zog Jacke und Stiefel aus und nahm zögerlich Platz. »Hast du auch Kaffee?«

»Nein. Nur selbstgesammelte und getrocknete Teemischungen.«

»Also gut, dann ... dann einen Tee. Ich lasse mich überraschen.«

Ville nickte und setzte einen Kessel Wasser auf den altmodischen, mit dem Kamin verbundenen Holzofen, auf dem ein weiterer Topf stand, in dem irgendetwas herzhaft Riechendes vor sich hin simmerte. Seit sie das Haus betreten hatten, wirkten seine Bewegungen seltsam steif und verunsichert, so als sei es ihm unangenehm, einen Fremden in sein privates Reich zu lassen. Vielleicht war hier schon Jahre niemand mehr gewesen. Lauri bekam Bauchweh bei dem Gedanken, diesem Mann so viele Umstände zu bereiten. Zum Glück war es nur vorübergehend.

Ville nahm zwei Schüsseln von einem Wandregal neben dem Herd und füllte sie mit dem Essen, das in dem Topf schmorte. Es schien ein Eintopf zu sein. Mit Fleisch. Unwillkürlich zog Lauri die Lippen ein.

»Ich ... ich will nicht unhöflich sein und ich bin auch wirklich hungrig, aber hättest du vielleicht einfach nur ein Stück Brot? Oder Nudeln?«

Ville runzelte verständnislos die Stirn. »Wieso?«

»Ich esse kein Fleisch«, gestand Lauri.

»Dann fisch es raus, wenn es dir nicht schmeckt. Es sind auch Kartoffeln und etwas Wurzelgemüse im Eintopf.«

»Es geht nicht um den Geschmack«, erklärte Lauri. »Fleisch hat mir früher durchaus geschmeckt. Aber ich lebe vegan, der Umwelt zuliebe.«

Ville warf ihm einen Blick über die Schulter zu und schnaubte. »Wenn du dir das leisten kannst.«

»Das ist keine Geldfrage. Wenn man ohne die teuren Ersatzprodukte–«

»Ich meinte das nicht aufs Geld bezogen«, unterbrach ihn Ville vieldeutig. »Na schön. Was ist mit Fisch?«

»Keine Tiere, wie gesagt.«

Ville seufzte und fasste sich an die Stirn. »Es tut mir leid, aber freilaufendes Tofu kommt mir hier in Sápmi selten vor die Flinte.«

Lauri bekam ein schlechtes Gewissen und registrierte nur nebenbei, dass Ville das samische Wort für Lappland benutzte.

»Ist nicht schlimm, ich habe sowieso keinen großen Hunger«, erklärte Lauri schließlich. »Mach dir meinetwegen keine Umstände.«

»Du musst etwas essen. Ich habe Kartoffeln hier. Würdest du die essen? Und vielleicht ein paar eingelegte Pilze dazu?«

»Sehr gern«, sagte Lauri, auch wenn er immer noch ein schlechtes Gewissen hatte.

Er sah sich von seinem Platz aus weiter in der Hütte um, während Ville ihm die Kartoffeln zubereitete. Der Tisch und die Sitzbank waren vermutlich selbst gezimmert und auch die anderen Möbel bestanden aus rustikalem, gebeiztem Holz, genau wie die Dielen auf dem Fußboden. Als Teppiche dienten Tierfelle und als Wandbehang ein Rentiergeweih über der Tür, was Lauri etwas unbehaglich stimmte, aber er würde sich hüten, seinem Retter und Gastgeber Vorwürfe über dessen Einrichtung zu machen. Und am Ende war es ja besser, diese einmal existierenden Dinge zu verwenden, anstatt sie wegzuwerfen.

Langsam kroch die Müdigkeit in seine Glieder und ließ sie schwer werden. Er gähnte und auch das Essen, das ihm Ville schließlich servierte, vermochte es nicht mehr, die

Energie zurück in seinen Körper zu bringen. Er begann wieder zu frösteln. Ville schien es zu bemerken.

»Vielleicht solltest du dich hinlegen«, schlug er vor. »Du bist erschöpft. Dein Körper und deine Seele haben gerade viel mitgemacht. Morgen werden wir sehen, wie wir dich wieder zurück in die Zivilisation bringen.«

»Einverstanden«, erklärte Lauri und fiel wie ein gefällter Baum in Villes Bett, das der ihm freundlicherweise für diese Nacht zur Verfügung stellte.

Als er einige Stunden später wieder kurz erwachte, fühlte er sich sterbenskrank.

Kapitel 3

Ville bekam Magenkrämpfe. Der Umstand, einen Fremden im Haus zu haben, forderte ihm bereits alles ab, aber nun schien es so, als sollte sich dieser Zustand noch verlängern.

Normalerweise war Ville gnadenlos und der Ansicht, dass jemand, der sich leichtsinnig der Wildnis aussetzte, es nicht besser verdiente, wenn er darin umkam. Aber er hatte den Jungen nicht einfach so absaufen lassen können, schließlich war der noch ein halbes Kind. Nur um den Motorschlitten war es nicht schade, diese Dinger hasste Ville wie die Pest.

Und nun lag der Bengel in seinem Bett und war krank. Er hatte Fieber, Schüttelfrost und seit der Morgendämmerung hustete er zum Gotterbarmen. So schnell wie das gegangen war, musste der Infekt bereits in ihm geschlummert haben und der Kälteschock hatte ihm die Pforten geöffnet. Kräutertee sowie Zwiebeln und Honig würden ihm schon wieder auf die Beine helfen. Ville war nicht imstande, einen Rettungshubschrauber oder Ähnliches zu rufen, da er weder Handy, Computer noch Funkgerät besaß, seit er sich vor mehr als zehn Jahren entschieden hatte, im vollkommenen Einklang mit der Natur zu leben. Und selbst, wenn er die Möglichkeit hätte: Er würde sie nicht nutzen. Denn das Letzte, was er wollte, waren noch mehr Fremde, die in sein privates Reich eindrangen. Sobald der Junge wieder gesund war, würde er ihn zurück nach Inari bringen oder von wo auch immer er gekommen war.

Der Kleine stöhnte leise und drehte sich auf die andere Seite. Wenigstens konnte er in diesem Zustand nicht unentwegt plappern und ihm Fragen stellen. Ville hatte gestern Abend wohl mehr reden müssen, als in den vergangenen zehn Jahren zusammengerechnet. Auch nicht gerade seine liebste Beschäftigung, denn selbst für finnische Verhältnisse war er ungesprächig.

Kopfschüttelnd betrachtete er den Jungen. Lauri. Sein rötlich-blondes, welliges Haar war vom Liegen zerdrückt, die Wangen gerötet vom Fieber. Sein Mund stand offen, weil er durch die Nase keine Luft bekam.

Sein Geruch macht mich nervös.

Er weckte Instinkte, die zur Vorsicht mahnten. Ville zog den Vorhang vor und ging hinüber in seine kleine Küche, um das benutzte Geschirr abzuwaschen. Als er Lauris Teller zur Hand nahm, schüttelte er unwillkürlich wieder den Kopf. *Bitte kein Tier.* Der Bengel würde keine drei Tage in der Wildnis überleben mit dieser Einstellung. Allein unterwegs mit dem Motorschlitten, veganes Essen, alles an ihm schrie förmlich *verwöhntes Stadtkind*. Nun war Jyväskylä nicht gerade der Puls der Welt, kaum zu vergleichen mit Helsinki, aber es war eine Universitätsstadt und Lauris Kommilitonen fanden es sicher obercool, dass er wie ein echter Pseudo-Abenteurer durch ein lappländisches Wildnisgebiet brettern wollte. Wenn Lauri bei seinem Scheitern nicht beinahe sein Leben verloren hätte, würde Ville ihm wünschen, dass ihn seine Kommilitonen kräftig auslachen.

»Hab Durst …«, murmelte Lauri leise aus seiner Ecke.

Ville goss ihm eine Tasse lauwarmen Kräutertee ein und rührte einen Löffel Honig hinein, bevor er zu ihm hinüberging. Ein Blick aus glasigen, bernsteinfarbenen Augen traf ihn, als er den Vorhang beiseitezog.

»Da, Tee mit Honig. Schön langsam trinken, Schluck für Schluck.«

»Danke.« Hustend setzte sich Lauri auf, nahm die Tasse entgegen und schlürfte einen Schluck. Zum Glück kein Gejammer wegen des Honigs. »Gott, ich bin so fertig. Wie spät ist es?«

»Zweiundzwanzig Uhr.«

»Oh. Ich will ... keine Umstände bereiten. Morgen bin ich bestimmt wieder fit.«

»Das glaube ich kaum«, gab Ville amüsiert zurück.

»Vielleicht«, Lauri musste unterbrechen, weil er wieder hustete, »könnte ein Hubschrauber vom Rettungsdienst kommen und mich holen.«

»Und die ganze Natur hier aufscheuchen wegen eines erkälteten Jungen? Nein, das will ich nicht. Leg dich hin, schlaf, ich bereite dir Zwiebelhonig zu, den du brav nehmen wirst und sobald du wieder transportfähig bist, bringe ich dich zurück.«

»Na gut.« Lauri nahm noch ein paar Schlucke Tee, stellte die Tasse auf dem Nachttisch ab und ließ sich wieder in die Kissen fallen, nur um Momente später erschöpft einzuschlafen. Ville würde heute wohl tatsächlich auf seiner kleinen Couch nächtigen müssen.

Lauris Fieber stieg an und in den Morgenstunden war er nicht mehr wirklich bei Sinnen. Ville legte ihm kühlende Lappen auf die Stirn, verabreichte ihm seinen Zwiebelhonig und bekam selbst kaum Schlaf. Auch Kaarna winselte nervös, weil sie keinen Besuch gewohnt war, und lief immer wieder hinüber zum Bett, um nachzusehen, was sich dort abspielte.

Den Tag über wurde es nicht wirklich besser. Notgedrungen musste Ville auf seine tägliche Tour mit dem Hundeschlitten verzichten, was die Tiere ihm wahrscheinlich übelnehmen würden, und zu allem Überfluss begann es gegen Abend noch heftig zu schneien. Aber Lauri ging es endlich besser. Er setzte sich auf und sein Blick wirkte nicht mehr glasig, sondern klar.

»Ich müsste mal aufs Klo«, murmelte er verlegen. Bislang war er im Halbkoma auf einen Eimer gegangen, aber jetzt war vermutlich doch mal ein großer Besuch fällig.

Ville nickte. »Das *Huussi* ist direkt gegenüber, quer über den Hof.«

»Oh.« Lauri wirkte nicht eben begeistert, aber er zog sich Jacke und Stiefel an.

»Das hier ist nun mal kein Luxushotel«, murmelte Ville.

»Nein, ich weiß. Ich war nur schon ewig nicht mehr auf einem *Huussi*. In unserer *Mökki* haben wir eine Chemietoilette mit Tank.«

»Neumodischer Schnickschnack«, gab Ville zurück. Er verstand die Menschheit nicht mehr. Anstatt ihre natürlichen Hinterlassenschaften in nützlichen und vor allem geruchlosen Kompost zu verwandeln, lösten sie sie lieber in Chemie auf. Mit dem Kreislauf der Natur hatte das alles nichts mehr zu tun.

Nachdenklich blickte er Lauri hinterher und überlegte, was er ihm wohl zu essen anbieten konnte. Kein Fleisch, kein Fisch, kein Käse – wieder Kartoffeln mit Pilzen? Vielleicht könnte er sie mit ein paar Zwiebeln anbraten. Vielleicht könnte er dem mäkeligen, anspruchsvollen Bengel aber auch einfach sagen, dass er seinen Mist alleine kochen sollte.

Nach ungefähr zehn Minuten kehrte Lauri zurück. »Mann, dort draußen haut es ja ganz schön runter«, stellte er fest. »Hab ja fast den Weg zurück zum Haus nicht gefunden. Ähm, sag mal ... könnte ich vielleicht mal telefonieren?«

»Womit?«, fragte Ville amüsiert.

»Mit meiner Mutter.«

»Nicht mit wem, sondern womit. Mit welchem technischen Gerät, das ich nicht besitze?«

»Hast du kein Handy?«

»Nein, so was brauche ich nicht.«

»Funkgerät?« Lauri schlief fast das Gesicht ein.

»Auch nicht. Womit sollte ich es betreiben? Ist dir schon einmal aufgefallen, dass ich hier weder Strom noch fließend Wasser habe?«

»Ich ...« Lauri sah sich um, als schien es ihm tatsächlich erst jetzt aufzufallen. »Aber wie ...«

»Gaslampen, Petroleum, Kerzen. Trinkwasser hole ich aus einer Quelle in der Nähe, die hat konstante 4°C und friert nie zu. Für Brauchwasser habe ich einen Brunnen, im Winter taue ich Schnee auf. Wie sollten Strom und Wasser auch hierherkommen? Das legt mir keiner mitten in die Wildnis und das würde ich auch gar nicht wollen. Die Menschheit ist Jahrtausende ohne ausgekommen.«

»Also Strom und fließend Wasser halte ich jetzt nicht für die schlechtesten Erfindungen«, wandte Lauri ein. »Darüber bin ich schon froh. Genau wie Medikamente.«

»Soll das ein Vorwurf sein?«, entgegnete Ville und runzelte die Stirn. »Weil ich dieses Zeug nicht hier habe?«

»Nein!«, versicherte Lauri eilig und ließ sich auf dem Bettrand nieder. »Wie – wie spät ist es?«

»Gegen sechs.«

»Oh. Das bedeutet, wir können heute nicht mehr zurück?«

»Nein. In deinem Zustand sowieso noch nicht. Du bist praktisch gerade erst aus dem Fieber erwacht, eine Hundeschlittenfahrt wäre noch viel zu anstrengend. Glaub mir, ich bin froh, wenn ich mein Haus wieder für mich allein habe, aber das wäre jetzt wirklich leichtsinnig.«

»Ich will dir einfach nicht noch länger Umstände bereiten.«

»Tja, wir haben gerade keine andere Wahl. Hast du Hunger?«

Lauri hob die Schultern. »Nicht viel. Ein bisschen.« Sein zerzaustes Haar stand in alle Richtungen und rang Ville ein winziges Lächeln ab.

Zu einer anderen Zeit und unter anderen Umständen – kurz gesagt, in einem anderen Leben – wäre Lauri wohl die Art von Frischfleisch gewesen, auf die Ville Jagd gemacht hätte. Er hatte die Jungen, Hellen, Zarten immer gemocht. Die mit den weichen Lippen und den kleinen Apfelhintern. Aber diese Dinge waren wie Strom und fließend Wasser: Er brauchte sie nicht, um zu überleben. Er war nicht bereit, die Nähe anderer Menschen dafür zu erdulden. Also hatte er sie rigoros aus seinem Leben gestrichen. Außerdem war er inzwischen selbst älter geworden, vielleicht schon zu alt für junge Kerle wie diesen.

»Da meine vegane Menükarte, wie du bereits weißt, sehr begrenzt ist, kann ich dir wieder nur Kartoffeln und Pilze anbieten«, erklärte Ville seufzend.

»Ist schon gut. Ich denke ... ich denke, ich kann etwas von dem Eintopf nehmen und das Fleisch herausklauben. Den Honig im Tee habe ich ja jetzt auch getrunken.«

»Honig isst du sonst auch nicht?«, fragte Ville entgeistert.

»Nein. Der kommt ja auch von Tieren.«

»Er ist aber nicht aus Tier gemacht.«

»Aber von ihnen weggenommen. Der Honig ist doch eigentlich Nahrung für die Bienen, nicht für uns. Ich habe gehört, den Königinnen werden die Flügel ausgerissen.«

Ville stöhnte auf. »Du solltest dich einmal dringend mit klassischer Imkerei beschäftigen, nicht mit industriellen Extremfällen. Ein guter Imker nimmt seinen Bienen niemals alles weg und reißt auch keiner Königin die Flügel aus. Er pflegt seine Völker. Und nach deiner Logik – dass etwas nicht für den menschlichen Konsum gedacht ist –, dürftest du auch keine Pflanzen mehr essen. Die Samen, Wurzeln, Rhizome oder Früchte, die sie ausbilden, dienen ihrer eigenen Vermehrung und Lebenserhaltung. Nicht dazu, auf deinem Teller zu landen oder auf dem Speiseplan anderer Tiere. Aber die Natur funktioniert so nun einmal nicht. Sie ist ein Kreislauf, ein Geben und Nehmen.«

»Und was geben wir Menschen der Natur bitteschön?«, entgegnete Lauri trotzig und überkreuzte die Füße.

Ville lächelte. »Das ist eine gute, richtige Frage und die Antwort lautet: Nicht viel mit einem Lebensstil, wie du ihn wahrscheinlich führst, auch wenn du glaubst, Gutes zu tun, weil du keine Tiere isst und lieber Schuhe aus Baumwolle und Plastik anstatt Leder trägst. Die meisten Menschen leben heute nicht mehr mit und in der Natur, sondern wie in einer Kapsel, die sie davon abhält, oder sogar gegen die Natur.«

»Und du nicht, glaubst du?«

»Ich bemühe mich, so gut es geht im Einklang mit meiner Umwelt zu leben. Nicht ausbeuterisch zu sein, sondern etwas zurückzugeben.« Ville zwinkerte Lauri zu. »Meinen Kompost zum Beispiel.«

Lauri gab ein leises Murren von sich und kroch unter die Bettdecke. »Ich weiß nicht, ob ich das verrückt finden oder dich bewundern soll.«

»Das spielt für mich keine Rolle«, gab Ville zurück und schob den Kochtopf auf die warme Herdplatte. »Das ist ja das Schöne. Mein Leben, meine Entscheidungen. Da ist niemand mehr, auf den ich Rücksicht nehmen oder auf dessen Meinung ich irgendetwas geben muss.«

»Das klingt irgendwie sehr bitter. Aber es geht mich ja nichts an.«

»Korrekt.« Ville rührte im Topf, damit das Essen nicht anbrannte, und beobachtete den nachdenklich an die Decke starrenden Lauri.

Er war ein Fremdkörper in seinem Haus, aber nicht von der Sorte, die man auf der Stelle entfernen wollte, wie eine Stechmücke. Mehr wie ein neues Möbelstück, das eine Weile brauchte, um sich in das Bild des Hauses einzufügen. Was keinen Sinn ergab, weil Lauris Besuch bald so sehr der Vergangenheit angehören würde, dass er sich daran erinnern würde wie an einen verrückten Traum. Einen *sehr* verrückten Traum.

»Willst du im Bett essen oder am Tisch?«, wollte Ville wissen, während er die Schüssel vom Wandregal nahm und fragte sich im gleichen Moment, seit wann er hier eigentlich eine Pension mit Fünf-Sterne-Service betrieb.

»Am Tisch«, erwiderte Lauri und rappelte sich wieder auf. Er schwankte immer noch ein wenig und die Ringe um seine Augen wirkten dunkel. Mit einem kleinen, angestrengten Seufzen ließ er sich auf der Küchenbank nieder und starrte skeptisch in seine gefüllte Schüssel.

»Wenn du noch ein Stück Fleisch findest, wirf es mir einfach kommentarlos in meine Schale«, knurrte Ville.

Lauri nickte stumm und begann zaghaft zu essen. Nach dem ersten Löffel hielt er einen Moment inne wie ein Weinverkoster, der versuchte, die einzelnen Aromen zu erschmecken. »Es ist lecker«, erklärte er schließlich. »Da ist gar kein Fleisch nötig.«

»Ohne Fleisch wären meine Gemüsevorräte alle, lange bevor der Winter zu Ende ist«, gab Ville zurück. Das Thema begann ihn zu nerven. Er hatte das Bürschchen nicht aus dem Eisloch gezogen, damit der ihm Vorträge über ein veganes Leben hielt. »Gemüse ist hier nur eine Beigabe. Deine Art zu essen funktioniert vielleicht in einer totbetonierten Innenstadt, wo alle möglichen Lebensmittel verfügbar sind, zu einem Preis, um den ihr euch gar keine Gedanken macht, und damit meine ich nicht nur das Geld. Aber hier, wo es ums Überleben geht, ist allein die Idee lächerlich. Wir sind hier in Sápmi. Außer Kartoffeln und ein wenig Wurzelgemüse wächst hier nichts. Ich müsste mir andere pflanzliche Nahrungsquellen teuer und aufwändig herankarren lassen, um nicht an Mangelernährung zu sterben, und selbst du tust das in Jyväskylä, weil das nun mal Finnland ist und nicht die Toskana. Das nordische Klima ist kein Pflanzenparadies. Unsere traditionelle Ernährung beruht nicht aus Spaß auf Fleisch und Milch, sondern weil sie das ist, was wir hier am einfachsten verfügbar haben. Das beste und ökologisch sinnvollste Essen ist das, was bei *dir* wächst und gedeiht. Nicht Tomaten aus Spanien, Mandeln aus Kalifornien, Avocados aus Südafrika oder Soja aus dem Regenwald. Es ist doch völlig schizophren, die Natur retten zu wollen, indem man gegen die Natur lebt.«

Lauri schwieg und starrte in seine Schüssel wie ein Kind, dem man gerade eine Gardinenpredigt gehalten hatte. Und so wirklich anders war es im Grunde auch nicht. Schlechtes Gewissen hatte Ville allerdings trotzdem keins. Er konnte dieses naseweise Gerede von neunmalklugen, blassen, postpubertären Bengeln einfach nicht ertragen.

»Alles klar, Herr Missionar?«, fragte Ville trotzdem, weil Lauris beharrliches Schweigen und vor-sich-hin-Starren ihn langsam doch irritierten.

»Ich wollte gar nicht missionieren«, erwiderte der leise. »Echt nicht. Du missionierst gerade mehr als ich. Okay, vielleicht wollte ich einen Gedankenanstoß geben, aber ... ich bin gerade selbst sehr durcheinander. Wenn man vor kurzem erst dem Tod entkommen ist, stellt man sich so viele Fragen mit einmal und findet auf keine mehr eine Antwort.« Er räusperte sich und schluckte hörbar. »Ich bin doch nicht so hungrig, wie ich dachte. Ich bekomme nichts mehr runter. Wäre es okay, wenn ich mich wieder hinlege? Ich hab keine Kraft mehr ... soll ich auf das Sofa?«

»Nein, schon in Ordnung«, gab Ville zurück und verspürte nun doch leise Gewissensbisse. Natürlich wäre es erfreulich, wenn der Junge seine Ansichten zu einem ökologisch sinnvollen Leben überdachte, aber jetzt war wahrscheinlich wirklich der falsche Zeitpunkt dafür. Er hatte vermutlich gerade viel Grundlegenderes zu überdenken. »Ich weiß, wie das ist. Mit diesen vielen Fragen. Nichts für ungut.«

»Und hast du Antworten darauf gefunden?«, erwiderte Lauri und erhob sich träge.

»Nicht auf alle.«

Ville aß auf und räumte den Tisch ab, während sich Lauri im Bett einrollte und schon bald darauf leise zu schnarchen begann. Er beschloss, nur noch die Hunde zu füttern, im Kamin noch ein paar Scheite Holz nachzulegen und sich dann selbst auf die Couch zurückzuziehen, um Petroleum und Kerzen zu sparen. Morgen sollte sein unfreiwilliger Besucher dann hoffentlich fit genug sein, um ihn endlich aus Muotkatunturi herauszubringen. Denn Lauri war kein Möbelstück. Er war ein Mensch. Und Menschen waren Stechmücken.

Kapitel 4

Lauri erwachte von dem seltsamen Gefühl, dass etwas an ihm schnüffelte. Kleine, warme Atemstöße trafen auf seinen Nacken und seinen Hals, eine lebendige Präsenz war direkt hinter ihm spürbar. Vermutlich war es Kaarna, die Mischlingshündin, die ihn offensichtlich zu mögen schien. Leise lachend drehte er sich zu dem kitzelnden Atem um, die Augen noch immer geschlossen, weil die Lider zu schwer waren, um sie einfach zu öffnen. Das Schnüffeln hörte auf, die Präsenz wich zurück. Nur langsam schaffte Lauri es, zu blinzeln und sich umzusehen. Kaarna lag auf dem runden Teppich vor dem Bett, als sei nichts gewesen, als läge sie dort schon seit Stunden ohne sich zu rühren. Kleine Schelmin. Ville hockte vor dem Kaminofen und hantierte mit konzentrierter Miene mit den Holzscheiten herum.

»Guten Morgen«, flüsterte Lauri. »Falls schon Morgen ist.«

Ville blickte auf und lächelte. Es war erstaunlich, wie sehr ein Lächeln seine sonst so strengen, harten Züge veränderte, wenn auch stets nur kurz. »Es ist schon Morgen, aber es ist noch dunkel. Schlaf ruhig weiter, ich wecke dich rechtzeitig.«

»Na gut.« Lauri drehte sich noch einmal herum und kuschelte sich tiefer in die warmen Decken.

Das Bett war auch einfach viel zu gemütlich, um je wieder aufzustehen. Er verdrängte den Gedanken, heute diese Parallelwelt in der Wildnis wieder verlassen zu müssen, dem Inhaber des Motorschlittenverleihs die Katastrophe zu erklären und irgendwie ohne Geldkarte und Handy wieder zurück nach Hause zu kommen, denn beides lag irgendwo auf dem Grund des Peltojärvi. Seine Mutter hatte sicher schon eine Million Mal versucht, ihn anzurufen und drehte bereits durch vor Sorge. Ihm graute so sehr bei der Vorstellung, wie das alles mit einmal auf ihn einprasselte, dass es ihn schauderte und er sich gleich wieder kranker fühlte. Aber es nützte nichts, den Moment der Wahrheit künstlich hinauszuzögern. Und Ville war langsam spürbar genervt von seiner Gegenwart. Er hatte das einsame Leben in der Wildnis ja sicher nicht gewählt, weil er so gesellig war.

Tatsächlich gelang es Lauri, noch einmal einzuschlafen und als er erneut aufwachte, schien ein fahles Tageslicht zum Fenster herein. Er streckte und reckte sich und drehte sich auf den Rücken.

»Ich wollte dich gerade wecken«, rief Ville zu ihm herüber und goss heißes Wasser in eine Tasse. Sofort breitete sich der angenehme Geruch von Wildkräutern im Haus aus. »Dein Tee muss noch ein paar Minuten ziehen und dann ein Weilchen abkühlen. In zu heißer Flüssigkeit verliert der Honig sonst seine Wirkung. Möchtest du vielleicht in die Sauna gehen? Sie ist angeheizt und das Duschwasser ist auch warm.«

»Kommst du mit?«, entfuhr es Lauri, obwohl er sich noch gut daran erinnerte, wie peinlich berührt er sich in der letzten Saunasituation gefühlt hatte.

»Wenn du willst«, entgegnete Ville. Er klang verwundert.

Lauri hob die Schultern. »Ich glaube, im Gegensatz zu dir mag ich Gesellschaft ab und zu ganz gern.«

Ville musterte ihn nachdenklich. »Hast du viele Freunde? Viel unterwegs, Party machen?«

»Nein, eigentlich nicht. Ich habe zwei Mitbewohner, mit denen ich mich sehr gut verstehe, wir studieren alle an der gleichen Uni. Ich habe auch ein paar Kommilitonen, die ich mag. Ab und zu gehen wir mal weg, aber nicht sehr oft. Das ist nicht so mein Ding.«

»Mhm.« Ville stellte den Teekessel beiseite. »Was studierst du?«

»Tourismus.«

Ville gab ein leises, grollendes Geräusch von sich. »Eine Plage«, murmelte er.

»Was, Touristen?«

»Ja.«

»Sie sind wirtschaftlich essentiell für unser Land. Finnland wäre ohne Tourismus nie das wohlhabendste Land der Europäischen Union geworden.«

»Und, muss es das sein, das wohlhabendste Land? Jetzt sind wir reich, aber die Natur zahlt den Preis, weil immer mehr Menschen in sie eindringen und Wildnis- und Naturschutzgebiete als Entertainmentparks betrachten.«

Lauri schwieg, weil er nicht gedachte, in den letzten Stunden, die sie noch miteinander verbrachten, eine Diskussion vom Zaun zu brechen. Ville schien sehr stur und festgefahren in seinen Ansichten, ob es nun um veganes Leben ging oder um diese Angelegenheiten. Daran würde Lauri jetzt auch nichts mehr ändern.

»Gehen wir jetzt in die Sauna?«, fragte er schließlich.

Ville nickte. »Natürlich.«

Schweigend verließen sie das Haus; Lauri suchte noch einmal das *Huussi* auf, bevor er sich zu Ville gesellte. Der hatte sich bereits ausgezogen und saß drinnen, Lauri legte seine Kleidung im Vorraum ab. Er zögerte einen Moment. Hoffentlich machte sein Körper da drin keine Dummheiten, jetzt, wo es ihm besser ging. Man konnte sich ja leider so schlecht zwingen, jemanden nicht attraktiv zu finden, und das war Ville auf eine sehr ursprüngliche Weise mit seinem unordentlichen, dunklen Haar, dem dichten, kurzen Bart und den auffallend hellen Augen. Von seiner Statur, die viel über seine harte, körperliche Arbeit im Freien verriet, ganz zu schweigen.

Er trat ein und Ville wandte ihm den Kopf zu. Sein Blick glitt kurz an ihm auf und ab und Lauri bedeckte reflexhaft sein Geschlecht mit den Händen.

Villes Mundwinkel zuckten. »Immer so schamhaft?«

»Nein, ich bin nur Fremden gegenüber nicht so offen.«

»Nun, ich auch nicht.« Ville verschränkte die Arme und lächelte seltsam in sich hinein.

Lauri ließ sich ein Stück von ihm entfernt auf der Bank nieder. Die Sauna war nicht übermäßig heiß, sondern auf eine angenehme Weise durchwärmend. Er nahm sich vor, die Gemeinschaftssauna, die es in seinem Mietshaus gab, öfter zu nutzen, sobald er wieder zu Hause war.

»Ich denke, nach dem Frühstück können wir los«, erklärte Ville nach einer Weile und goss aromatisch riechendes Wasser auf. Für einen Moment verschwand er förmlich hinter einer Dampfwolke.

»Okay. Gut. Ich bin dir echt dankbar für alles. Kann ich das irgendwie wiedergutmachen?«

»Kannst du. Indem du verschwindest und nie wieder einen Fuß in dieses Wildnisgebiet setzt, geschweige denn einen Motorschlitten.«

»Wow.« Lauri schluckte. »Ich dachte jetzt eher an so was, wie dir etwas aus der Stadt zu schicken, was du gebrauchen kannst.«

»Hier kommt keine Post her.«

»Aber nach Inari. Dort könntest du es abholen ... wenn du willst.«

»Danke, ich habe alles. Es gibt da eher etwas, was ich nicht gebrauchen kann: Menschen, die in diese Wildnis eindringen.«

»Dabei wollte ich gerade sagen: Wir sehen uns bestimmt mal wieder.«

Ville blickte auf und runzelte die Stirn. »Du willst wieder hierherkommen?«

»Ja.«

»Mit dem Motorschlitten?«

»Ja.«

»War dir dein Unfall also keine Lehre? Wer dumme Spiele spielt, gewinnt dumme Preise.«

»Eine Lehre war er mir sicher«, gab Lauri zurück, »und zwar die, da draußen vorsichtiger zu sein, wenn ich mir in einer Situation nicht sicher bin oder noch keine Erfahrungen habe. Aber es wird mich nicht davon abhalten. Ich denke mir sogar: Jetzt erst recht. Herausforderung angenommen.«

»O ja. Wie lustig, gönn dir den Spaß.«

»Spaß ist nur ein Faktor«, gab Lauri zu bedenken, auch wenn er wusste, dass Ville zynisch war. »Es ist einfach ein Erlebnis auf so vielen Ebenen. Ich möchte es anderen Menschen zugänglich machen. Dann finden sie vielleicht auch wieder mehr zur Natur zurück.«

»Du willst *was*?«, fragte Ville und die Falten zwischen seinen Brauen wurden steiler.

»Mein Plan ist es, geführte Motorschlittentouren durch das Wildnisgebiet anzubieten.«

»Und damit die Tiere und das Wildleben zu stören und aufzuscheuchen?«

»Meine Güte.« Lauri verdrehte die Augen. »Auch wenn du das anscheinend denkst, aber die Natur hier gehört nicht dir allein. Sie gehört allen Bewohnern Finnlands und jeder hat das Recht, sie zu besuchen und in ihr umherzuwandern oder eben auch mit dem Motorschlitten zu fahren.«

»Es fahren schon genug motorisierte Gefährte in Sápmi herum«, grollte Ville. Die Muskeln an seinem Körper spannten sich an und Schweißperlen liefen daran hinab. Lauri kniff die Beine zusammen. »Die Einzigen, bei denen es akzeptabel ist, sind die samischen Rentierhirten, wenn sie im Herbst die freilaufenden Herden zusammentreiben. Aber zum Spaß und zur Unterhaltung? Nein. Klassische Hundeschlitten sind akzeptabel, aber auch sie sollten einem höheren Zweck dienen als nur der Freizeitbelustigung. Menschen hinterlassen Spuren. Lärm, Müll.«

»Ich würde schon aufpassen, dass das nicht passiert«, gab Lauri zurück.

»Ach, du würdest aufpassen? Na da bin ich ja beruhigt.« Villes Worte troffen nur so vor Hohn. »Du kannst ja nicht einmal auf dich selbst aufpassen. Hätte ich dich nicht aus dem Eisloch gezogen, lägst du jetzt kalt wie ein Fisch am Grund des Sees. Was erwartest du? Dass ich dann ständig mit meinem Hundeschlitten bereitstehe, um dich und deine Hobby-Abenteurerfreunde zu retten, wenn ihr euch in die nächste Katastrophe manövriert?« Grob packte er Lauri beim Oberarm und zerrte ihn zu sich herum. »Du wirst das nicht tun, verstanden?«

»Du machst mir Angst!«

»Gut.«

Lauri wich ein Stück zurück. Zum ersten Mal kam ihm der Gedanke, dass sich Ville vielleicht nur deshalb hier im Wald versteckte und nicht gefunden werden wollte, weil er etwas Schlimmes getan hatte. Aber hätte er ihn dann gerettet, ihm Essen gegeben und angeboten, ihn wieder zurück nach Inari zu fahren? »Ich will mich nicht mit dir streiten«, sagte er schließlich. »Wenn es dir wirklich so wichtig ist, dann mache ich es eben woanders. Das Naturschutzgebiet von Kevo soll auch sehr schön sein.«

»Natürlich, es ist eine Spitzenidee, lieber die Natur in Kevo zu stören als hier. Darum ist es ja auch ein Naturschutzgebiet.« Wieder war der Hohn in Villes Stimme nicht zu überhören. »Du begreifst es nicht, oder?«

»Aber du widersprichst dir doch andauernd«, versetzte Lauri trotzig. Es brauchte gerade offenbar nicht einmal eine Sauna, um das Gespräch hitzig werden zu lassen. »Wie soll denn der Mensch in Einklang mit der Natur leben, wenn du ihn gar nicht in Kontakt mit der Natur kommen lassen willst?«

»Es geht doch darum, dass sie erst verstehen müssen, was das wirklich bedeutet. Es ist so viel mehr, als nur mit bloßem Auge sichtbar ist. Aber es ist fragil. So leicht zu zerstören in einer Welt wie der außerhalb dieser Wildnis. Die meisten Menschen haben die Verbindung zu ihrem Ursprung verloren …« Ville schüttelte den Kopf und starrte die Wand an.

Lauri wusste nicht, was er von dem Gesagten halten sollte. Es klang tiefsinnig, aber völlig übertrieben dafür, dass sie sich über geführte Motorschlittentouren unterhielten. Ville war schon ein seltsamer Kerl, vielleicht schon immer gewesen, aber das Einsiedlerleben hatte ihn sicher noch kauziger gemacht.

»Die Einzigen, die hierher gehören«, fuhr Ville unvermittelt fort, »sind die wilden Tiere und die samischen Rentierhirten.«

»Bist du ein samischer Rentierhirte?«, fragte Lauri neugierig.

»Nein«, gab Ville zu.

»Und was machst du dann hier, wenn du weder Tier noch Same bist?«

»Ich gehöre hierher«, gab Ville unbestimmt zurück und goss erneut Wasser auf, sodass Lauri ihn einen Moment nicht mehr richtig sehen konnte. »Das hat besondere Gründe.«

»Die du nicht verrätst, nehme ich an.«

»Natürlich nicht.« Ville schwang ein Handtuch umher, um den Dampf zu verteilen. »Unsere Gespräche sind sowieso schon intimer, als sie sein sollten.«

»Und nackt sind wir dabei auch noch.«

Wider Erwarten grinste Ville und setzte sich wieder auf die Bank. Den Rest der Zeit herrschte Schweigen, bis es Lauri zu heiß wurde und er beschloss, duschen zu gehen. Das lauwarme Wasser fühlte sich eisig kalt auf seinem erhitzten Körper an, aber es tat gut und brachte seinen Kreislauf in Schwung. Er hustete noch immer und fühlte sich etwas schlapp, aber um Welten besser als gestern. Noch nicht wirklich bereit, mit der Realität da draußen konfrontiert zu werden, aber das ließ sich nun mal nicht vermeiden. Es würde schon alles gut werden. Wichtig war am Ende ja nur, dass er lebte und gesund war. Was er dem seltsamen Ville zu verdanken hatte.

Seufzend trocknete sich Lauri ab, zog sich an und ging hinüber zum Haus, drehte aber kurz davor ab und begann es zu umrunden. Wie anhand der Geräusche vermutet, befand sich der sehr weitläufige Hundezwinger dahinter. Die schiere Anzahl der Hunde erschreckte ihn, auf den ersten Blick schätzte er mindestens zwanzig Tiere. Sie streckten die Köpfe, als sie ihn bemerkten, einige kamen zum Zaun heran und bellten. Lauri blieb stehen und beobachtete sie aufmerksam. Er hatte zu großen Respekt vor den Hunden, um sich weiter zu nähern. Einige der Tiere sahen nicht wie gewöhnliche Huskys aus, sie waren größer und schwerer und erinnerten sehr stark an Wölfe. Seltsamerweise wirkten diese Tiere deutlich scheuer als die Huskys.

»Na, hast du mein Rudel entdeckt?«

Erschrocken fuhr Lauri herum. »Ich - ja ... das sind ganz schön viele Hunde. Sind das alles Huskys?«

»Vierundzwanzig. Fünfzehn Huskys, neun Wolfshybriden. Jeweils die Hälfte spanne ich vor meinen Schlitten und fahre so ein bis zwei Touren am Tag.«

»Aus purem Spaß?«, neckte Lauri.

»Um die Tiere in Bewegung zu halten«, erwiderte Ville ernst, »denn die brauchen sie. Manchmal habe ich auch Dinge zu erledigen, die sich damit verbinden lassen. Aber ja, dass so eine Tour auch Spaß macht, will ich nicht leugnen.«

»Das werde ich ja nachher gleich erleben, wenn wir zurückfahren.« Der Geräuschpegel aus dem Zwinger war merklich leiser geworden, seit Ville herangetreten war.

»Wir werden nicht zurückfahren«, erwiderte der plötzlich und drehte sich zum Haus um.

»Was, aber wieso nicht?«, fragte Lauri verwirrt. Ein seltsames, unbestimmtes Gefühl ergriff Besitz von ihm.

»Wegen des starken Schneefalls«, antwortete Ville kurz angebunden.

»Aber es schneit doch gar nicht mehr. Ist es wegen unserer Diskussion, bist du deshalb sauer?«

»Sei nicht albern. Es wird sehr bald wieder anfangen, zu schneien.« Er wies auf den Himmel, wo sich am Horizont tatsächlich gelblich-graue Wolken heranschoben, die von neuem Schnee kündeten.

O verdammt.

»Ich will dir nicht noch länger auf den Wecker fallen«, erklärte Lauri zerknirscht.

»Es lässt sich nicht ändern. Geh bitte ins Haus. Ich werde eine kleine Runde mit den Hunden fahren, bevor der Schneefall wieder einsetzt, denn sie sind schon ziemlich nervös.«

»Kann ich nicht mitfahren?«, erkundigte sich Lauri vorsichtig, weil ihm der Gedanke, allein in diesem Haus zurückzubleiben, plötzlich Angst machte. Was verrückt war angesichts dessen, dass er vorher mutterseelenallein nur mit einem Motorschlitten und einem Zelt unterwegs gewesen war. Das hier war anders, es war das Haus eines wildfremden Mannes, aus dem er einfach nicht schlau wurde.

»Nein«, gab Ville entschieden zurück. »Das würde jetzt nur unnötig Zeit kosten. Und ich möchte gern einen Moment allein sein, wenn du nichts dagegen hast.«

»Nein, natürlich nicht«, erwiderte Lauri kleinlaut.

»Gut. Spiel ein bisschen mit Kaarna, sie wird sich freuen. Falls du mit einem Holzofen umgehen kannst, darfst du dir natürlich auch gern etwas zu essen zubereiten. Ich bin in spätestens zwei Stunden zurück.«

»Okay.« Lauri spielte unbehaglich mit seinen Fingern, die jetzt rasch kalt wurden. »Denkst du, es wird morgen besser sein?«

Ville zuckte mit den Schultern. »Wer weiß.«

Kapitel 5

In Gedanken versunken spannte Ville den Hundeschlitten an und als er losfuhr, spürte er sehr genau, dass Lauri ihn vom Fenster aus beobachtete. Es war gut, den neugierigen und oft auch vorwurfsvollen Blicken dieser großen, goldbraunen Augen für eine Weile zu entkommen, wo er in seinem eigenen Haus gerade keine ruhige Minute mehr hatte.

Dabei betrog er nicht nur Lauri und seine Hunde, sondern auch sich selbst. Ja, es würde heute noch schneien, aber erst in vielen Stunden und vermutlich nicht so stark, dass es ihm wirklich etwas ausmachen würde. In Wahrheit war es nur eine Ausflucht gewesen, um Lauri noch nicht gehen zu lassen, weil er das Gefühl hatte, dass eine Sache noch nicht abschließend geklärt war. Eine sehr wichtige Sache. Nämlich die mit den Motorschlittentouren.

Nachdem er sich weit genug von seinem Haus entfernt hatte und der Wald den Blick auf eine große, freie Ebene öffnete, befahl Ville seinen Hunden, anzuhalten. Eine Weile blieb er so stehen, ignorierte den Bewegungsdrang der Hunde, dessen Spannung sich bis auf den Schlitten übertrug, und starrte seinen eigenen Atemwölkchen nach.

»Was soll ich tun, Freunde?«, fragte er seine Tiere. »Ich will endlich wieder allein mit euch sein. Meine Ruhe haben. Ich will, dass Lauri geht, aber ich fürchte, dass er dann Menschen hier einschleppt wie einen Virus. Und mein Gefühl sagt mir, dass ich seinen Beteuerungen, dass er es nicht tun wird, nicht glauben sollte. Er ist einer von diesen jungen Stadtkerlen, die das Abenteuer suchen, den Nervenkitzel, Abwechslung zum Stadtleben. Die Natur ist für sie Mittel zum Zweck. Aber für uns … für uns ist sie das Lebenselixier.«

Er legte den Kopf in den Nacken und starrte in den Himmel, über ihm noch blau, erst am Horizont bewölkt. Er konnte sich nicht vorstellen, hier die ganze Wintersaison über ständig Motoren zu hören, Menschen in bunter Skikleidung zu sehen und Tiere, die vor ihnen flüchteten. Wäre die Wildnis dann noch eine Wildnis? Würden die Leute sie sich nicht zurechtstutzen? Ganz bestimmt sogar.

»Ich weiß nicht, was ich mit ihm machen soll«, gestand Ville. Seine Hunde, insbesondere die Wolfshybriden, warfen ihm seltsame Blicke zu. »Ich will ihn loswerden, aber ich kann und will ihn ja nicht einfach umbringen. Wenn ich nur sichergehen könnte, dass er begriffen hat, dass er, wenn ich ihn gehen lasse, nie wieder zurückkehren darf! Wenn man mich hier findet … sie werden mich mitnehmen, einsperren und nie wieder gehen lassen. Lieber will ich sterben. Und wer kümmert sich dann um euch? Und um Muotkatunturi?«

Das erste Mal seit vielen Jahren bekam er Kopfschmerzen. Die waren ihm eigentlich ein Fremdwort geworden, seit er fernab der Zivilisation lebte, aber kaum war da wieder ein anderer Mensch in seinem Leben, kehrten auch die Symptome zurück. Obwohl Lauri nun wirklich kein klassischer, rücksichtsloser, selbstsüchtiger Kerl war, so viel stand fest. Er machte sich auf seine ganz eigene Art Gedanken um Natur und Umwelt, auch wenn er die falschen Schlüsse zog, weil er das nachbetete, was irgendwelche Großstadtgurus ihm vorsagten, weil diese glaubten, dass ihr Lebenskonzept überall funktionierte. Orte wie dieser waren für solche Leute keine richtigen Orte, sondern Outbacks, Niemandsland, durch das man mal im Urlaub durchbrettern konnte, während man ansonsten gefälligst in urbanen Zentren zu leben hatte. Wenn die Menschen anders wären, mehr so wie die samischen Rentierhirten, die er kannte, hätte er wohl auch nicht ein solches Problem mit ihnen. Aber der Lauf der Welt ließ sich nicht mehr umkehren. Und Ville blieb hier in der Wildnis zurück. Freiwillig.

Und was mache ich jetzt mit Lauri?

Er konnte ihn erst gehen lassen, wenn er absolut davon überzeugt sein konnte, dass Lauri begriffen hatte, wie ernst es Ville mit seiner Forderung war und dass diese nicht nur für Muotkatunturi galt, sondern für jeden Rest freier, wilder Natur auf der Welt. Er wollte, dass Lauri es wirklich begriff und nicht nur einwilligte, um Ville zu besänftigen und zurück nach Inari gefahren zu werden. Es wäre in der Tat einfacher gewesen, ihn einfach im See ertrinken zu lassen. Aber der einfache Weg war nicht immer der richtige und den Tod verdiente Lauri nun wirklich nicht. Er war jung und naiv, das hielt ihm Ville zugute. Zeit, ihm die Naivität auszutreiben.

»*Mene!*«, rief er und die Hunde liefen los, zogen seinen traditionellen Schlitten über die weite, weiße Ebene. Der Wind schnitt kalt in Villes Haut. Er brauchte jetzt wirklich und wahrhaftig einen kühlen Kopf.

Lauri verspürte eine innere Unruhe, weil er nicht wusste, wann genau Ville zurückkehren würde. Er hatte keine Ahnung, wie viel Zeit vergangen war, denn er konnte nirgendwo eine Uhr entdecken und fragte sich, woher Ville immer gewusst hatte, wie spät es war. Was er ebenso wenig wusste, war, wann er nach Hause zurückkehren konnte. Zwei Tage war er nun schon hier, der Vermieter des Schlittenverleihs erwartete ihn seit heute Morgen zurück und Lauri würde seine Seele dafür verkaufen, wenigstens einmal kurz seine Mutter anrufen und ihr sagen zu können, dass er lebte und so weit alles in Ordnung war. Je länger sich seine Rückkehr hinauszögerte, desto größer würde der Batzen an Ärger werden, den er zu bewältigen hatte.

Eine Weile lang war er Villes Bitte gefolgt und hatte mit Kaarna gespielt. Sie war allerdings rasch müde geworden und hatte sich auf ihr Lieblingsplätzchen vor dem Bett gelegt. Lauri vermutete, dass Kaarna schon eine etwas ältere Hundedame war, die ihren Lebensabend vornehmlich im warmen Haus genoss.

Weil es langsam kühl wurde und er hungrig, legte Lauri sowohl im Kamin, als auch im Ofen Holz nach und durchsuchte die Küchenschränke nach etwas Essbarem. Sicherlich hatte Ville irgendwo noch eine Vorratskammer, aber die befand sich vermutlich außerhalb des Hauses und Lauri verspürte nur wenig Lust, sich jetzt anzuziehen und in den Schnee hinauszugehen. Der Inhalt der Schränke trieb ihn allerdings an den Rand der Verzweiflung. Er hatte sich schon damit abgefunden, dass er hier keine große Auswahl an pflanzlichem Essen finden würde, aber bis auf ein paar Zwiebeln, jede Menge Eier und getrocknete Pilze fand sich hier wirklich *gar nichts*. Selbst seine Hoffnungen auf Kartoffeln, Rüben oder getrocknete Hülsenfrüchte wurden zerstört. Bis auf Genanntes gab es nur noch Käse und etwas getrockneten Fisch. Auch das Fleisch bewahrte Ville offenbar woanders auf. Nicht, dass Lauri welches essen wollte.

Dann entdeckte er allerdings doch noch einen kleinen Schatz: mehrere Gläser eingekochte Beeren. Moltebeeren, Preiselbeeren, Heidelbeeren. Ob er wohl eins öffnen durfte? Aber was sollte er dazu essen? Ville hatte ihm zwar gesagt, dass er sich etwas zu essen zubereiten könnte, aber nicht, ob er unangebrochene Sachen öffnen durfte. Lauri wollte Ville nicht verärgern und das war alles so verdammt kompliziert. Er konnte es kaum erwarten, endlich wieder zu Hause zu sein, wo alles in seinen gewohnten Bahnen verlief. Letztendlich beschloss er, keines der Marmeladengläser zu öffnen, sondern lieber auf Villes Rückkehr zu warten, um nicht unnötig seinen Ärger auf sich zu ziehen.

Aber es dauerte ewig. Wie lang konnten eineinhalb Stunden sein? Unwillkürlich begann Lauri wieder über Ville und dessen Leben hier nachzudenken. Es brauchte schon verdammt viel Mut oder Verzweiflung, um alles hinter sich zu lassen und ohne Strom und fließend Wasser in die Wildnis zu ziehen. Auch Lauri hatte sich an besonders depressiven Tagen manchmal so ein Leben vorgestellt, ohne Menschen, die ihn nervten, ohne die klassischen Verpflichtungen einer modernen Gesellschaft, also Studium, Geld verdienen und wieder ausgeben, mit anderen Menschen klarkommen, auch wenn er sie nicht leiden konnte. Aber die Realität eines solchen Aussteigerlebens war sehr hart, nicht einmal er war so naiv, etwas anderes zu glauben.

Ville schien leider nicht über seine Gründe reden zu wollen, was Lauris Neugier nur noch mehr anstachelte. Wer war dieser Mann? Was hatte er zu verbergen?

Obwohl sich Lauri dabei schäbig fühlte, begann er, um die Kommode und das Regal herumzuschleichen, die hinter dem Sofa standen. Er hatte die leise Hoffnung, dort vielleicht irgendetwas zu finden, was darauf schließen ließ, wer Ville war und was er vielleicht in seiner Vergangenheit getan hatte. Er durchsuchte die Reihen der Bücher. Viele Einbände wirkten schon alt, eine Karl-May-Sammlung war darunter, einige Sachbücher über Survival und Hundetraining, lappländische und samische Geschichte sowie ein paar Abenteuerromane. Interessant, aber nicht wirklich aufschlussreich oder gar überraschend.

Vorsichtig öffnete Lauri eine der Kommodenschubladen und durchsuchte sie mit den Augen. Nichts Interessantes, nur Stifte, ein Papierblock, Scheren, andere Utensilien. In der zweiten Schublade wurde er allerdings fündig. Unter einer angebrochenen Packung Teelichter schaute die Ecke eines Fotos heraus. Vorsichtig zog Lauri es hervor und nahm es in Augenschein.

Sieh einer an.

Das Bild zeigte Ville, viel jünger als jetzt und ohne Bart, aber eindeutig er, seine markanten Züge waren unverkennbar. Er lächelte in die Kamera und hielt einen ungefähr dreijährigen Jungen auf dem Arm, der sich vertrauensvoll an ihn schmiegte. Lauri drehte das Foto um und las eine handschriftliche Notiz: *Johannes 2005.*

Johannes war dann wohl das Kind. Villes Sohn? War er vielleicht im Streit mit der Mutter des Jungen auseinandergegangen? 2005 war verdammt lange her, schon dreizehn Jahre, fast vierzehn. Das Kind wäre inzwischen ein Teenager. Jetzt war Lauris Neugier nicht befriedigt, sondern ins Unendliche gesteigert. Er konnte Ville nicht danach fragen und würde wohl nie erfahren, was es damit auf sich hatte. Also legte er das Foto wieder zurück an seinen Platz.

»Schnüffelst du gern in den Sachen fremder Leute herum?«

»Nein!«, rief Lauri reflexhaft, knallte viel zu auffällig die Schublade zu und fuhr herum. »Nein, ich ... ich habe nur nach etwas Essbarem gesucht.«

»In der Kommode?« Mit schweren Schritten trat Ville zu ihm heran. An seinen Stiefeln, die er noch nicht ausgezogen hatte, klebte Schnee, der auf den Boden fiel und zu schmelzen begann.

»Ich – ich weiß ja nicht, wo du deine Sachen lagerst ...« Lauri wich zurück und stieß mit dem Rücken an das Regal.

»In der Küche, wo sie hingehören.« Ville kam noch näher. Sein düsterer Blick und seine Körperhaltung wirkten mehr als nur einschüchternd und Lauri brach der Schweiß aus. Was war er auch so dumm gewesen, hier herumzuschnüffeln, wo er nicht wusste, wann Ville zurück sein würde? »Und, hast du etwas gefunden?« Einen Schritt vor Lauri blieb er stehen, stützte die Arme links und rechts neben ihm am Regal ab und kesselte ihn damit ein.

»Nein«, beteuerte Lauri. »Gar nichts. Nur Papier und Stifte.«

Ville starrte ihn vernichtend an, wich keinen Millimeter zurück und Lauri bekam weiche Knie. Alles in ihm schrie nach Flucht, aber er hatte keine Möglichkeit dazu. Würde Ville ihn jetzt bestrafen? Ihm etwas antun? Ohne weiter darüber nachzudenken, hob Lauri eine Hand, legte sie an Villes Brust und schob. Unerwarteterweise wich Ville ohne Gegenwehr zurück und trat einen Schritt zur Seite.

»Papier ist vegan«, erklärte er und öffnete seine Jacke. »Eingeweicht und totgewürzt wird es in den Städten vermutlich als völlig überteuerte, ethisch korrekte Delikatesse serviert.«

Wider Willen musste Lauri lachen, sowohl über den dummen Spruch, als auch aus Erleichterung darüber, dass Ville wohl doch nicht so sauer war und weiter nachzufragen gedachte. »In der Küche habe ich nichts gefunden, was für mich in Frage kommt«, erklärte er schließlich, während Ville sich auszog und Kaarna begrüßte. »Außer Marmelade. Aber die Gläser waren alle ungeöffnet und ich habe mich nicht getraut, eins aufzumachen.«

»Die eingekochten Beeren esse ich zu Rentierfleisch oder *Leipäjuusto*«, erklärte Ville. »Der einzige Luxus, den ich mir hin und wieder gönne.«

»Leipäjuusto habe ich früher immer supergern gegessen«, gab Lauri zurück und ließ sich zögerlich auf dem Sofa nieder. »Mit Moltebeeren. Hatte ich schon viele Jahre nicht mehr.«

»Warum nicht? Ach ja, natürlich: Käse ist aus Milch, Milch kommt vom Tier.«

»Richtig. Und veganen Leipäjuusto habe ich noch nirgendwo gesehen.«

»Woraus sollte der auch gemacht sein?«, rief Ville über die Schulter.

Lauri grinste. »Aus Papier.«

Ville hatte wohl das dunkelste Lachen, das Lauri je gehört hatte, aber es war verdammt sexy. So sexy, dass sich in seiner Hose etwas regte, nicht so sehr, dass es auffallen würde, aber doch so, dass Lauri es spürte und sicherheitshalber die Beine übereinanderschlug.

»Wir können Leipäjuusto essen, wenn du willst.«

Lauri schüttelte den Kopf. »Nein, ich weiß nicht. Lieber nicht. Ich will jetzt nicht am letzten Abend hier gegen meine Prinzipien verstoßen. Und wenn du sagst, es sei für dich ein Luxus, will ich dir sowieso nicht deinen Käse wegfuttern.«

»Sei nicht albern.« Ville trat ans Fenster und blickte hinaus. »Ich denke nicht, dass wir morgen fahren können.«

»Was?« Lauris Herz rutschte in seine Hose. »Wieso denn nicht?«

»Es wird die Nacht durch schneien, denke ich. Bis zum Ziel sind es an die vierzig Kilometer. Das ist verdammt weit, so weit, dass ich den Hin- und Rückweg an einem Tag nicht schaffen werde und in einem Zelt oder einer Wildnishütte übernachten muss. Das kann und werde ich bei Schneestürmen nicht tun.«

Lauri schluckte trocken. »Das sehe ich ein. Es ist nur ... ich habe das Gefühl, dir zur Last zu fallen und meine Familie zu Hause wird eingehen vor Sorge.«

»Das lässt sich gerade nicht ändern«, erwiderte Ville schulterzuckend.

»Und du hast wirklich kein Handy und kein Funkgerät? Vielleicht könnten wir doch einen Rettungshubschrauber rufen. Es wäre ja nur dieses eine Mal.«

»Nein, ich besitze so etwas nicht«, erklärte Ville noch einmal nachdrücklich. »Wir können niemanden rufen. Du wirst bleiben müssen, bis ich dich fahren kann. Finde dich damit ab.« Etwas an seinem Tonfall war seltsam und Lauri wusste nicht so recht, wie er ihn deuten sollte.

»Wie kannst du so hier leben?«, entfuhr es ihm. »Ich meine, was ist, wenn dir mal was passiert? Wenn du krank wirst und Hilfe brauchst? Dann sitzt du hier fest.«

»Das nehme ich in Kauf«, gab Ville ruhig zurück. »Ich werde nur selten krank und bislang konnte ich alles problemlos selbst kurieren. Alles andere ist eben das Risiko, das zu einem abgeschiedenen Leben in der Wildnis dazugehört. Ich habe keinen doppelten Boden. Für mich ist das in Ordnung.«

Lauri seufzte und lehnte sich zurück. »Ich bin jetzt wieder an dem Punkt, wo ich nicht weiß, ob ich dich bewundern oder total schräg finden soll. Hast du keine Familie, zu der du Kontakt halten willst? Nein, antworte nicht, es geht mich nichts an. Ich mache mir nur so einen Kopf, weil ich mich nicht bei meiner Mutter melden kann. Sie wird durchdrehen vor Sorge.«

»Wird sie so panisch, wenn du dich ein paar Tage nicht meldest?«

»Ja, schon«, gestand Lauri. »Außerdem denkt sie, ich bin daheim in Jyväskylä. Sie weiß gar nichts von dieser Tour hier, sie hätte die Krise gekriegt.«

»Sie weiß gar nicht, dass du hier oben bist?«, hakte Ville interessiert nach.

»Nein.«

»Weiß es sonst jemand?«

Lauri schüttelte den Kopf. »Ich wollt's allen erst hinterher erzählen, weil mir so was keiner zutraut.«

»Ah.« Ville ging in die Küche und holte ein Glas Moltebeerenmarmelade aus dem Schrank. »Also, was ist? Lässt du dich ausnahmsweise auf Käse ein? Er ist nicht aus dem Supermarkt oder industrieller Tierhaltung. Ich kenne die Frau, die ihn herstellt und stocke hin und wieder meinen Vorrat auf. Sie trocknet ihn noch traditionell, wodurch er viele Jahre haltbar ist.«

Lauri dachte nach. Das hier war eine Ausnahmesituation, also durfte er vielleicht auch eine Ausnahme machen. Seine veganen Freunde wären sicher enttäuscht von ihm, aber er war hungrig und die Aussicht auf traditionell hergestellten Brotkäse mit selbstgemachter Marmelade war einfach verlockend. Einmal war keinmal. »Na gut«, sagte er schließlich.

Ville nickte, zog seine Stiefel wieder an und ging hinaus. Lauri sah ihm aus dem Fenster hinterher und ließ seinen Blick dann zum Himmel schweifen. Er war noch immer klar, aber die Nacht begann schon langsam heraufzudämmern, was bedeutete, dass es ungefähr zwei Uhr am Nachmittag sein musste. Eine Frage drängte sich Lauri auf: Wo war der angekündigte Schneesturm, der ihre Rückreise verhinderte?

Kapitel 6

Der Schneesturm zog am späten Abend doch noch herauf und Lauri verwarf den Gedanken, dass Ville ihn aus irgendwelchen Gründen darüber belogen haben könnte. Der Leipäjuusto lag noch ein wenig schwer in seinem Magen und auf seinem Gewissen, aber er war köstlich gewesen. Dafür gab es einfach keinen Ersatz, manche Dinge brauchte man im Original oder gar nicht.

Ab und zu flogen seine Gedanken zu Johannes, aber er verkniff es sich, Ville danach zu fragen, weil es ihn zum einen nichts anging und weil er damit zum anderen ja doch noch verraten würde, geschnüffelt und mehr als nur Papier und Stifte gefunden zu haben.

»Darf ich mal bei deinen Büchern schauen, ob ich etwas Interessantes finde?«, fragte Lauri, während Ville am Küchentisch saß und mit einem Schnitzmesser und einem kleinen Holzklotz herumhantierte.

»Natürlich.«

Lauri stand auf und ging hinüber zum Regal. Unschlüssig musterte er die Buchrücken. »Kannst du was empfehlen? Was ist dein Lieblingsbuch?«

»*Robinson Crusoe*«, gab Ville zur Antwort, ohne aufzublicken.

»Warum überrascht mich das nicht?«, erwiderte Lauri lachend.

Um Villes Lippen spielte ein winziges Lächeln. »Tja. Ich bin eben durchschaubar.«

»Und witzig ist er auch noch«, murmelte Lauri und sah das Regal weiter durch.

»Ich weiß nicht, was ich dir empfehlen soll. Was für eine Art Bücher liest du denn gern?«

»Fantasy.«

»Der Herr der Ringe?«

»Nein, mehr so Urban Fantasy, am liebsten mit Wandlern.«

Ville blickte auf. »Wandler?«

»Ja, so Gestaltwandler. Vorzugsweise Wölfe. Sie können vom Menschen zum Wolf werden und umgekehrt.«

»Körperlich?«

»Genau, der Körper verwandelt sich, aber sie nehmen dann auch so die Instinkte der Tiere an.«

»Und dann?«

»Erleben sie Abenteuer und finden die große Liebe.« Lauri grinste verlegen. »Meistens einen Omega-Wolf. Ihren Schicksalsgefährten.«

Ville runzelte die Stirn und schnaubte. »Also so stellt man sich heute Wolfswandler vor? Das ist ja … mehr als nur eine Kränkung althergebrachter Legenden. Dir ist schon klar, dass es eine solche Rudelhierarchie in der freien Wildbahn gar nicht gibt? Ein Rudel besteht aus den Wolfseltern und ihren Jungen, nicht aus Alpha-, Beta- und Omegawölfen.«

»Ja, schon, aber–«

»Und wie soll das mit dem Verwandeln physikalisch möglich sein? Es würde doch das Gewebe dabei kaputtgehen. Die Organe müssten sich verändern und vor allem müsste sich das alles wieder zurückentwickeln in einer viel zu kurzen Zeit. Unrealistisch.«

»Fantasy, Ville. Fiktion! Klar hat das nichts mit der Realität zu tun, weil es schlicht und ergreifend keine Gestaltwandler gibt. Aber mir macht es Spaß, so was zu lesen und mir das vorzustellen. Es gibt natürlich auch total übertriebene Geschichten, so was wie *Der Alpha-Wolf und sein schwangerer Laubfrosch.*«

»Wie bitte?«

»Ja.« Lauri grinste wieder. »Schwangere Männer und so, das lese ich nicht. Aber wenn ein Wolf seinen Seelengefährten findet, ich mag das irgendwie.«

»Moment, das sind immer Männer?« Ville ließ sein Schnitzwerkzeug sinken.

Ups, verplappert.

»Äh, ja. Zumindest in den Büchern, die ich lese.« Lauri schluckte und fühlte sich plötzlich ein wenig ängstlich-aufgeregt, aber er wollte auch nicht so tun, als stünde er nicht auf Männer.

Aber Ville nickte nur kurz. »Verstehe. Warum auch nicht. Und was fasziniert dich so an Wölfen?«

Lauri atmete verstohlen aus. »Sie sind so wild und frei. Majestätisch und bedrohlich. Und natürlich, dass sie sich ihr Leben lang an einen Partner binden. Das ist was für mein altes, romantisches Herz.«

»Dein *altes* Herz«, wiederholte Ville lachend. »Wie alt bist du? Zwanzig?«

»Zweiundzwanzig. Und du?«

»Doppelt so alt.« Ville widmete sich wieder seinem Schnitzstück und auf seinen Lippen lag noch immer ein leises Lächeln.

»Hätt ich gar nicht gedacht.«

»Lass den Quatsch.« Ville blickte kurz auf. »Es ist völlig in Ordnung, so alt auszusehen, wie man ist. Wenn das Leben so überhaupt keine Spuren hinterlässt, macht man definitiv etwas falsch.«

Lauri nahm sich *Robinson Crusoe* aus dem Regal, setzte sich damit auf die Couch und zog die Beine an. »Ich glaube, ich fange das mal an.«

»Mhm.« Ville hielt das Werkstück ein wenig von sich weg und betrachtete es mit zusammengekniffenen Augen. Es war noch nicht erkennbar, was es einmal werden sollte. »Und deine Wandler – können die das kontrollieren, ob und wann sie sich verwandeln?«

»Das kommt aufs Buch an. Oft schon.«

»So ein Blödsinn, wirklich.« Ville konzentrierte sich wieder auf seine Schnitzarbeit.

Lauri blätterte im Buch herum, konnte sich aber nicht wirklich aufs Lesen konzentrieren. »Was machst du da?«, wollte er wissen.

»Ich schnitze etwas.«

»Ja, das ist mir schon klar, aber was soll es werden?«

»Wird nicht verraten.« Ville betrachtete das Werkstück prüfend. »Das erfährst du erst, wenn du es bekommst.«

»Du schnitzt etwas für *mich*?«, fragte Lauri erstaunt. Er legte das Buch beiseite und stand auf.

»Als Andenken für dich an dein kleines Abenteuer hier«, erklärte Ville und verbarg das Werkstück in seiner Hand. »Und jetzt setz dich wieder hin. Ich hatte doch gesagt, du erfährst es erst, wenn du es bekommst.«

»Sorry. Ich bin nur total erstaunt und gerührt irgendwie.« Er ließ sich wieder auf das Sofa plumpsen und musterte Ville nachdenklich, die strengen, markanten Gesichtszüge mit den vor Konzentration gefurchten Brauen.

»Sei nicht albern«, sagte Ville. Es schien sein Lieblingssatz zu sein.

»Bin ich nicht.« Lauri seufzte. »Was denkst du, wann wir fahren können?«

Ville hob die Schultern, ohne aufzublicken. »Vielleicht übermorgen. Das Wetter ist zur Zeit unberechenbar.«

»Wenn ich doch nur *Äiti* irgendwie kontaktieren könnte.« Lauri zupfte rastlos an der Decke, die auf der Couch lag. Sie roch nach Ville, der sich in der Nacht damit zudeckte.

»Sie wird es schon überleben. Sie muss lernen, dass du erwachsen bist und deine eigenen Wege gehst, ohne ihr alles minutiös zu berichten.«

»Ja, vielleicht hast du recht. Aber sie ist jetzt gar nicht darauf vorbereitet. Gott, wahrscheinlich hat sie schon die Polizei gerufen.«

Ville runzelte die Stirn und sah zu ihm herüber. »Meinst du?«

»Würde ihr ähnlich sehen.«

»Die Polizei wird dich vermutlich erst einmal im Umkreis von Jyväskylä suchen, nicht hier. Du sagtest ja, keiner weiß, dass du hier bist.«

»Stimmt. Es wäre mir auch ziemlich unangenehm, wenn hier plötzlich die Bullen aufkreuzen.«

»Werden sie nicht. Niemand weiß, dass ich hier lebe.«

»Aber von einem Hubschrauber aus könnten sie dein Anwesen sehen.«

»Da hast du wohl recht.« Ville erhob sich merkwürdig steif und legte das Werkstück in eine Schublade. »Ist dein Vater auch so?«

»Nee, gar nicht. Ich sehe ihn auch nur so ein-, zweimal im Jahr.«

»Geschiedene Eltern«, folgerte Ville richtig.

»Hm. Er lebt mit seiner neuen Familie in der Nähe von Turku und ich fahre ihn dann meist besuchen.«

»Und hast du Geschwister?«

»Zwei kleine Halbbrüder von der väterlichen Seite. Hey, jetzt, wo du schon über meine halbe Familiengeschichte Bescheid weißt, darf ich dich dann auch was fragen?«

»Versuch es.«

Lauri zog die Knie enger an seinen Körper. Durfte er das fragen? Er versuchte es einfach: »Wer ist Johannes? Ist das dein Sohn?«

»Du hast also doch herumgeschnüffelt!«, herrschte Ville ihn an und knallte das Schnitzmesser auf die Küchenarbeitsplatte, dass Lauri erschrocken zusammenfuhr.

»Ich – nein, ich habe wirklich nur nach etwas Essbarem gesucht«, beteuerte Lauri und zog sich in die Ecke der Couch zurück.

»Das Foto war versteckt unter meinen Teelichtern. Versuch nicht, mich für dumm zu verkaufen!« Ville näherte sich dem Sofa wie ein Raubtier auf der Lauer. »Was soll das? Was glaubst du hier zu finden?«

»E-etwas über dich«, gab Lauri kleinlaut zu und rollte sich zu einem Ball zusammen. »Das klingt sicher total bescheuert, aber ich finde dich irgendwie faszinierend.«

»Faszinierend, ja?« Ville legte die Hände an die Schläfen und wandte ihm den Rücken zu. »An mir ist nichts faszinierend«, erwiderte er kehlig. »Ich bin langweilig.«

»Nein. Wer langweilig ist, tut nicht so etwas wie du hier. Der ist faul und bequem und lebt in einer Stadtwohnung.«

»Oh, vielleicht bin ich aber aus einer gewissen Art von Bequemlichkeit hierher gekommen. Um mir den Umgang mit anderen Menschen und die Probleme eines modernen Alltags zu ersparen, zum Beispiel.«

»Ich finde das nicht bequem oder langweilig. Aber ich verstehe, was du meinst.« Lauri entspannte seine Haltung und zog die Decke über sich. »Mir hat die Natur bei meinen Depressionen geholfen. Wir haben in einem Kaff namens Uurainen gewohnt, knapp vierzig Kilometer von Jyväskylä, meine Mutter wohnt da noch immer. Es gibt dort nicht viel, aber jede Menge Wald und Natur. Ich habe mich dann oft in unsere *Mökki* zurückgezogen, wenn es irgendwie möglich war.«

»Wenn du schlecht drauf warst?«

»Nein, ich meine ... richtig echte Depressionen. Ich weiß nicht, ob du die kennst, ich hoffe nicht. Da ist man nicht einfach nur mal schlecht drauf. Man ist irgendwie ... gar nicht drauf. Die Zündung geht nicht mehr an. Alles erscheint sinnlos, jeder Handgriff kostet enorm viel Kraft. Aber man kann aus dem Kreis ausbrechen, indem man sich täglich zwingt, etwas zu tun. Bei mir war das aufstehen, zur *Mökki* gehen und dort die Natur und die Tiere beobachten. Es war nicht meine erste Depression, ich leide seit meiner Kindheit daran. Die Scheidung meiner Eltern hat sicher mit reingespielt. Aber es war die erste, aus der ich es geschafft habe, mich selbst herauszuziehen. Dafür war ich der Natur so dankbar, dass ich danach beschlossen habe, ihr etwas zurückzugeben und vegan zu leben. Auch wenn du jetzt sagst, dass ich ihr hier damit gar nichts zurückgebe. Darüber muss ich zugegeben erst einmal gründlich nachdenken, wenn ich wieder die Zeit dazu habe.«

»Aber dann lass doch diesen Mist mit den Motorschlitten sein«, bat Ville flehentlich und drehte sich um.

»Ich wünsche mir für andere Menschen, dass sie das auch erleben können«, wandte Lauri ein. »Aber dazu muss man sie erst einmal mit der Natur in Kontakt bringen. Ich will ja nicht jeden Tag eine Horde von Touristen hier einschleppen, nur ein paar. Ich glaube, ein paar Runden mit dem Motorschlitten sind ein kleiner Preis dafür, dass die Leute am Ende vielleicht mehr Bewusstsein entwickeln. Ich verspreche aber, dass ich deine Bedenken mit in Erwägung ziehen werde.«

»Du denkst zu gut von deinen Mitmenschen«, erklärte Ville und etwas in seinem Ausdruck verschloss sich. Seine Hand glitt an die Schublade, in der sich das Foto befand. »Ich werde nicht mit dir über Johannes sprechen. Darüber spreche ich mit niemandem.«

»Tut mir leid.«

Ville schnaubte. »Sollte ich dich noch einmal dabei erwischen, wie du in meinen Sachen herumwühlst, wird es dir *wirklich* leid tun.« Sein Blick verdunkelte sich, wurde so bedrohlich, dass sich Lauri unwillkürlich wieder zusammenkauerte und stumm nickte. Villes Züge entspannten sich so schlagartig, wie sie sich verdüstert hatten. »Ich habe in meiner Vorratskammer noch ein paar Konserven mit Gemüse und Eintöpfen. Isst du Erbsensuppe?«

»J-ja gern«, stammelte Lauri verwirrt von dem plötzlichen Themenwechsel. »Aber ich will sie dir nicht wegessen.«

»Ansonsten habe ich nur noch Pilze und Kartoffeln und das hast du sicher langsam satt.«

»Ich bin da jetzt nicht wählerisch. Ich denke, ich …« Lauri räusperte sich und es kam ihm vor wie ein Sakrileg, das auszusprechen. »Ich wäre vielleicht auch mit etwas Fisch einverstanden, falls dir das lieber wäre.«

Ville hob eine Braue. »Ein Fisch ist ein Tier.«

»Weiß ich doch. Aber … damit könnte ich wohl am ehesten leben. Das ist eine Ausnahmesituation. Da muss man die Prioritäten vielleicht anders setzen. Es ist ein echtes Dilemma.«

Ville nickte. »Stimmt. Deshalb biete ich dir meine spärlichen Gemüsevorräte und meine Konserven an.«

»Was willst du damit sagen? Dass es dir wichtiger ist, auf meine Essensgewohnheiten Rücksicht zu nehmen, als mit deinen Vorräten zu sparen?« Lauri zog sich die Decke bis hoch zum Kinn. Er war irritiert.

»Ich will dir damit meinen Respekt für deine Motive und Bemühungen zollen, auch wenn ich sie für den völlig falschen Weg halte. Die romantische Vorstellung von der Natur ist etwas anderes als die echte Natur. Wie deine Wolfswandlerrudel in Büchern und echte Wolfsrudel. Nichtsdestotrotz will ich dir ein Stück entgegenkommen.«

»Das ist echt lieb von dir.« Lauri spielte verlegen mit einem Deckenzipfel. Sein Herz schlug gerade viel zu schnell und es machte ihm Angst. Alles hier machte ihm gerade Angst, weil er nie wusste, was im nächsten Moment geschehen würde, in ihm und um ihn. Es war beinahe mit dem Gefühl vergleichbar, als der Wolf vor der Wildnishütte gescharrt und geschnüffelt hatte.

»Lass uns einen Kompromiss schließen: Ich bringe beides. Du kannst den Fisch probieren, wenn du möchtest. Ich fange die Fische selbst in dem kleinen See hier in der Nähe und räuchere oder trockne sie oder bereite sie frisch zu. Frischen Fisch habe ich gerade nicht hier, weil ich in den letzten Tagen nicht angeln war, aber ich denke, der geräucherte könnte dir schmecken.«

Lauri blickte Ville hinterher, als der das Haus verließ. Verstohlen schnüffelte er an der Decke. Sie roch wundervoll.

Kapitel 7

Erschöpft lehnte sich Ville einen Moment gegen eines der Regale in seiner Vorratskammer. In der Hand hielt er eine Dose Erbsensuppe, die er am liebsten gegen die Wand schmettern würde. Was tat er hier eigentlich? Er wusste es selbst nicht, außer, dass er gerade nur von Moment zu Moment entschied und sich damit immer tiefer in etwas hineinmanövrierte, aus dem irgendwann wie aus einem Eisloch kein Entkommen mehr war. Irgendetwas in ihm war noch nicht bereit, Lauri gehen zu lassen, weil die Befürchtung, dass der in seiner naiven Vorstellung von Naturverbundenheit zurückkehren und sein mühsam aufgebautes Leben in Abgeschiedenheit zerstören würde, immer noch zu präsent war.

Offenbar dachte Lauri nach wie vor über seinen dummen Plan nach und fand immer wieder neue Gründe, ihn doch noch zu verwirklichen. Es trieb Ville beinahe in den Wahnsinn, aber irgendwie musste er den Jungen mürbe machen, sonst würde es gefährlich für sie alle. Sehr gefährlich. Aber irgendwann würde der Kleine merken, dass Ville ihn hinhielt. Oder die Polizei würde das Gebiet tatsächlich mit einem Hubschrauber überfliegen und auf ihn aufmerksam werden. Die Zeit zerrann ihm förmlich zwischen den Fingern und jede Entscheidung schien falsch zu sein. Lauri war zur falschen Zeit am falschen Ort gewesen, auch wenn es letztendlich seine Rettung bedeutet hatte. Nun aber erwog Ville gewissermaßen, ihn für sein eigenes Wohlergehen zu opfern. Ihm etwas zu nehmen, von dem er eigentlich nicht das Recht hatte, es ihm zu nehmen, um selbst zu überleben. So wie man hier oben manchmal ein Tier umbringen musste, um es zu essen.

Ich werde ihn nicht töten.

Das war ausgeschlossen und wäre so falsch, wie es nur sein könnte. Er stieß einen langen Atemzug aus und beschloss, die Entscheidung darüber, wie es weitergehen sollte, noch ein wenig aufzuschieben und damit sowohl sich selbst, als auch Lauri hinzuhalten. So lange, wie es noch gutging.

Mit Magenschmerzen kehrte er zurück ins Haus, wo Lauri bereits den Tisch für das Abendessen deckte. Ein ungewohnt heimeliges Gefühl überkam Ville bei diesem Anblick. Aber auch ein Gefühl der Verantwortung, das er lange nicht mehr verspürt hatte. In den letzten zwölf Jahren war er allein für sich selbst verantwortlich gewesen; jetzt war da plötzlich wieder die Tatsache, für jemand anderen sorgen zu müssen. Es war kein schlimmes oder gar schlechtes Gefühl, aber es kam in einem Moment, in dem es einfach nicht sinnvoll war. Lauri war kein Sohn oder Partner. Er war ein Gast, den er vorm Ertrinken und Erfrieren gerettet hatte. Und dem er jetzt indirekt verweigerte, wieder nach Hause zurückzukehren, weil er um sein eigenes Leben fürchtete.

Prioritäten?

Seufzend machte er sich an die Zubereitung des Abendessens und spürte dabei die ganze Zeit Lauris Blicke auf sich. Der Junge war offenbar schwul und las gern Bücher über Männer, die sich in Wölfe verwandelten. Ville konnte aus verschiedenen Gründen nur schwer damit umgehen, aber er behielt es für sich, weil es der ganzen Situation nicht gerade zuträglich wäre.

»Hast du dir deine ganzen Fähigkeiten hier nach und nach angeeignet, oder hast du das alles schon vorher gekonnt?«, wollte Lauri wissen.

»Was genau meinst du?«

»Na zum Beispiel, wie man jagt, kocht, angelt, richtig Vorräte hält, Sachen repariert, Medizin zubereitet, Schlittenhunde versorgt und so weiter.«

»Hm. Das meiste konnte ich schon vorher ganz gut, weil mich solche Dinge immer interessiert haben. Aber einiges musste ich hier erst auf die harte Tour lernen. Mein erster Winter hier war schrecklich, ich hatte meine Vorräte nicht richtig kalkuliert und teilweise falsch gelagert, sodass einiges verdorben ist. Ich bin fast verhungert.«

»Und du konntest nicht mit dem Schlitten rausfahren und dir in einem Geschäft in Inari etwas holen? Das ist doch keine Schande.«

»Ich weiß«, erwiderte Ville, »aber damals war ich zu stolz. Und als ich es dann eingesehen hatte, war ich zu schwach für eine so lange Hundeschlittenfahrt. Mein großes Glück war, dass ich an dem Tag, an dem ich mich schon fast aufgegeben hatte, ein Rentier erlegen konnte. Das hat mich gerettet.«

»Wow, das klingt total dramatisch. Ich hoffe, du bekommst diesen Winter keine Probleme, weil ich dir schon seit Tagen alles wegfuttere.«

»Keine Sorge. Du isst nicht sonderlich viel und ich habe inzwischen gut vorgesorgt. Das passiert mir nicht noch einmal.«

»Dann bin ich beruhigt.«

Ville stellte Lauri eine Schale Erbsensuppe auf den Tisch, daneben einen Teller mit geräuchertem Lachs. Lauri aß ein paar Löffel Suppe und beäugte dann den Fisch, als handelte es sich um ein gegrilltes Stachelschwein.

»Meinst du, ich soll kosten?«

»Ich hätte ihn dir wohl kaum serviert, wenn ich anderer Meinung wäre«, brummelte Ville und beobachtete Lauri, wie er sich ein Stück Lachs abzupfte und es zum Mund führte, aber ohne zu kosten wieder sinken ließ.

»Ich bin albern, oder?«, fragte er kleinlaut.

»Nein. Na ja, ein bisschen schon.« Ville lächelte unwillkürlich. »Der Fisch hatte ein gutes Leben«, versicherte er.

»Das macht's nicht besser«, gestand Lauri. »Dann denke ich nur daran, dass er dieses gute Leben vielleicht gern noch etwas länger gehabt hätte. Wie er so mit seiner Fischfamilie im See herumschwimmt.«

»Ach, Lauri.« Ville musste dem Impuls widerstehen, dem Jungen über den Kopf zu streicheln. So langsam glaubte er ihm wirklich und wahrhaftig, dass er vegan lebte, weil er sich Gedanken um die Tiere und die Umwelt machte und nicht nur, um einem Modetrend hinterherzuhecheln. »Du vermenschlichst Tiere zu sehr. Es steckt eine gute Portion Tier im Menschen, aber nicht so viel Mensch im Tier. Sie haben keine Idee von Zeit und Zukunft. Sie leben nach ihren Instinkten und zwar immer genau in diesem Moment. Für Gedanken wie: *Ich würde gerne noch eine Weile leben*, fehlt ihnen das Bewusstsein. Sie wissen nicht, ob sie ein, zwei oder zehn Jahre auf der Welt sind. Es spielt keine Rolle. Was in unserer Verantwortung liegt, ist, dass dieser Augenblick nicht zur Qual wird. Das wird er, wenn wir die Tiere einsperren, wenn sie ihr Ende in Schlachtanlagen am Fließband finden. Aber nicht hier draußen in der Freiheit. Was für den Menschen *Nutze den Tag* ist, ist für ein Tier *Nutze die Sekunde*. Die Tiere verdienen zu Lebzeiten unseren Respekt, weil sie ihr Leben dafür lassen, dass wir uns ernähren können. Wenn du diesen Fisch nicht essen willst, lass ihn liegen. Oder du isst ihn und wirst Teil des Lebenskreislaufs unserer Natur.«

Lauri nickte langsam und führte das Fischstück wieder zum Mund. Die weichen, vollen Lippen öffneten sich, der Lachs verschwand darin. Er kaute sehr bedächtig, schien sich auf jede Nuance des Geschmacks zu konzentrieren und dabei nachzudenken. »Es ... es schmeckt köstlich«, gestand er zögerlich, nachdem er geschluckt hatte. »Und es fühlt sich gar nicht so falsch an, wie ich dachte. Ich würde niemals Fisch aus dem Supermarkt kaufen, aber das hier – ich glaube, das ist wirklich etwas anderes. Du bringst mich echt ins Grübeln.«

Ville ermunterte Lauri mit einer Geste, weiter zu essen. »Nimm ruhig. Es ist genug da.«

Diesmal griff Lauri beherzter zu, würdigte aber auch diesen Bissen mit der gebührenden Achtung.

Du bist ein besonderer Mensch. Kein Wunder, dass dein Geruch mich so kirre macht.

Lauri aß seinen Fisch bis auf einen Anstandsrest, den Ville selbst vertilgte, auf. Auch die Schale mit der Erbsensuppe aß er leer und rieb sich anschließend den vollen Bauch. »Sag noch mal, ich würde nicht viel essen«, murmelte er.

»Ich nehme alles zurück.«

Lauri räusperte sich und blickte Ville aus seinen großen, honigfarbenen Augen an, als wollte er etwas sagen.

»Ist was?«, fragte Ville, als nichts kam.

»Ja, also ... nachdem du mir meine Frage von vorhin nicht beantworten wolltest, hab ich ja eigentlich noch eine offen und die würde ich jetzt gerne stellen.«

Ville hob eine Braue. »Wann hatten wir das vereinbart? Sind wir hier in einer Quizshow, in der man Joker einsetzen kann?«

Lauri kicherte und begann das Geschirr vom Tisch zu räumen. »Nein, aber das gebietet doch die Fairness.«

»Na schön, dann stell deine Frage. Wir werden ja sehen, ob ich sie diesmal beantworten möchte.«

»Also du hast doch gesagt, dass du auch mal in Jyväskylä gelebt hast. Was hast du dort gemacht? Hundeschlittenführer warst du da ja eher nicht.«

»Nein, das stimmt«, entgegnete Ville lachend. »Ich habe studiert.«

»Und was?«

»Biologie. Ich habe dort auch meinen Abschluss gemacht.«

»Wow, das ist ja cool! Und danach bist du hierhergekommen?«

»Nein, danach bin ich in die Nähe von Vantaa gezogen. Und noch mal ein paar Jahre später zurück nach Inari, wo ich ursprünglich auch herkomme. Von dort nach und nach in die Wildnis. Erst nur an Wochenenden, dann über längere Zeitperioden und schließlich ganz.«

»Du bist überhaupt nicht langweilig. Da gibt es Menschen mit unspektakuläreren Leben, die ihre Biographien geschrieben haben, weil sie's für so aufregend halten. Und hast du dieses Haus hier selbst gebaut?«

»Nein, das gab es schon. Aber ich habe es nach und nach erweitert und die meisten Nebengebäude habe ich selbst mit der Hilfe einiger Bekannter errichtet. Ich kann dich morgen gern einmal herumführen, wenn du willst.«

»Sehr gern! Und Bekannte? Das heißt also, es gibt schon Leute, zu denen du Kontakt hast?«

»Sehr sporadisch. Ein paar samische Rentierhirten aus der Gegend.«

»Verstehe.«

»Mhm.« Ville goss ein wenig Wasser aus seinem Brauchwassereimer in die Spüle, um das benutzte Geschirr zu reinigen. »Soll ich für nachher die Sauna anheizen?«

»Eigentlich gern, aber ich fürchte, ich bin zu müde. Hättest du etwas dagegen, wenn ich mich hinlege?«

»Nein, ganz und gar nicht. Du bist sowieso noch nicht wieder ganz gesund.«

Ville musste damit aufhören. Es war irre und gelinde gesagt unhöflich. Aber der Drang war so übermächtig, dass er sich ihm hilflos ausgeliefert sah.

Nur noch einmal. Ganz vorsichtig, sodass er nichts merkt.

Er näherte sich Lauris Nacken und roch daran. Atmete den süßlich-herben Geruch ein, den er intensiver wahrnahm als alles andere, was sich im Haus befand. Sein Atem setzte die winzigen Härchen in Bewegung. Aufmerksam beobachtete Ville Lauris Gesicht. Der schlief fest, den Mund leicht geöffnet, die Wangen rot. Ville folgte dem Duft nach weiter unten in Richtung der Achselhöhlen, wo die Drüsen saßen und er intensiver wurde. Ein Schauer lief durch seinen Körper. Er schnüffelte sich weiter abwärts und gelangte zu dem Bereich, den er unbedingt meiden sollte.

Diese Stellen gingen ihn nichts an. Er hatte kein Recht, daran zu riechen, es wäre sexuelle Belästigung, eigentlich war es das jetzt schon. Aber die Anziehungskraft war so immens, so unwiderstehlich, dass er seine Nase über Lauris Unterleib hielt und tief einatmete, ehe er sich davon abhalten konnte. Hier war der Duft würziger. Ville bekam eine Erektion. Quälend hart und auf der Stelle bereit, sich mit Lauri zu paaren, was niemals, *niemals* geschehen durfte.

Dann bring ihn weg von hier.

Was war gefährlicher? Lauri weiterhin seiner Nähe auszusetzen oder zu riskieren, dass der mit motorisierten Gefährten und fremden Menschen in dieses Gebiet eindrang? Es war wie die Wahl zwischen Pest und Cholera. Er hoffte, dass er morgen klarer sah und endlich eine Entscheidung treffen konnte. Die schuldete er gewissermaßen auch Lauri.

Er glitt noch einmal hinauf zum Nacken, wo der Geruch besonders süß und anziehend war. Diesen Duft würde er unter tausenden wiederfinden, sofort und zielsicher. Es konnte keinen Zweiten geben, der so roch.

Lauri kicherte leise und drehte sich mit geschlossenen Augen herum. Eilig wich Ville zurück und zog den Vorhang wieder vor das Bett. Er musste sich abkühlen. Ganz dringend. Die klirrende Kälte draußen würde ihm dabei helfen.

Inzwischen hatte es aufgehört zu schneien und der Himmel war klar. Der Schnee reflektierte den abnehmenden Mond und die Sterne und Ville genoss die Luft, die sich wie kühlender Balsam auf seine Haut legte. Es war irritierend, es war *beängstigend*, dass er plötzlich wieder eine sexuelle Anziehungskraft zu einem anderen Menschen verspürte, die langsam zu einem ungebremsten Appetit wurde, der sich kaum noch kontrollieren ließ. Es war gefährlich. Und außerdem war Lauri viel zu jung, nur fünf Jahre älter als Johannes.

Er musste ihn auf Abstand halten, was allerdings schwierig wurde, wenn er hier weiterhin auf engstem Raum mit ihm zusammenlebte. Dass Lauri auf Männer stand, konnte kein Zufall sein, wahrscheinlich war es sogar genau das, was seinen Geruch so attraktiv für Ville machte. Vielleicht würde jeder homosexuelle Mann für ihn so riechen. Das wusste er nicht, er begegnete hier ja sonst keinem, von dem er es wusste. Er musste Lauri so schnell wie möglich loswerden. Nur wie, sodass er dennoch sicher sein konnte, dass niemand in seinen Lebensraum eindrang? Es war ein Dilemma. Ein echtes, keines von der Art, wie in der Wildnis einen Lachs zu essen, wenn man eigentlich Veganer war. Alles, was sich Ville hier aufgebaut hatte, stand auf dem Spiel. Egal, ob Lauri blieb oder ging.

Er kehrte zurück ins Haus und wurde von der nächtlichen Stille empfangen, in der noch leise ein kleines Kaminfeuer knisterte und man Lauris und Kaarnas gleichmäßigen Atem hörte. Es war ein friedliches Bild, das sich auf eine merkwürdige Weise vollständig anfühlte, obwohl Ville vorher nicht das Gefühl gehabt hatte, ihm hätte etwas gefehlt.

Müde und abgespannt ließ er sich auf der Couch nieder. Eine Sache fehlte ihm doch, und zwar sein Bett. Das Sofa war ein Stück zu kurz für ihn und er schlief schlecht und unbequem, seit Lauri hier war.

Ich muss ihn nach Inari bringen.

Er nahm sich vor, morgen noch einmal mit Lauri zu reden. Vielleicht war es doch eine Option, ihn seine albernen Touren in Kevo machen zu lassen und nicht hier. Dann wäre er zumindest für ihn keine Gefahr mehr, auch wenn er dort das Wildleben störte. Aber Kevo war ein Naturschutzgebiet, dort hatten diese Gefährte nichts zu suchen und es war fraglich, ob sie dort überhaupt so ohne Weiteres fahren durften. Am Ende blieb ihm nur, an Lauris Vernunft zu appellieren und darauf zu vertrauen, dass er Einsicht zeigte und Ville in seiner Wildnis in Ruhe ließ. Oder ihn umzubringen.

Kapitel 8

Lauri wurde vom Geruch von Kräutertee und einem anderen, süßen Duft geweckt, der ihm bekannt vorkam. Gähnend setzte er sich auf und rieb sich die Augen.

»Ville?«, rief er und zog den Vorhang beiseite. »Guten Morgen.«

»Guten Morgen!«, rief Ville, der am Herd stand, über die Schulter. Es war noch dunkel, das Haus nur von ein paar Petroleumlampen erhellt, aber in ein, zwei Stunden würde vermutlich die Sonne aufgehen. Lauri wusste es nicht genau, denn wie üblich hatte er keine Ahnung, wie spät es war.

»Was kochst du denn da Schönes?«

»*Puuro*. Magst du doch, oder?«

»Oh! Ja, gern.« Tatsächlich frühstückte Lauri zu Hause jeden Tag Haferbrei mit ein paar Beeren.

»Zum Zubereiten habe ich allerdings normale Milch verwendet. Ich habe keine Pflanzenmilch oder so etwas in der Art hier.«

»Ist schon in Ordnung«, erklärte Lauri und schwang die Beine über den Bettrand. »Hab ja gestern auch Käse und Fisch gegessen. Bei mir zieht der Schlendrian ein.« Er grinste zerknirscht, stand auf und trat ans Fenster. »Es schneit nicht mehr. Warst du heute schon mal draußen?«

»Ja, ich habe so weit schon alles freigeschippt. Wenn du also zum *Huussi* musst, der Weg ist frei.«

»Super.« Lauri zog sich Stiefel, Jacke und Mütze an und ging hinaus. Es war klirrend kalt und er würde sich auf dem *Huussi* im wahrsten Sinne des Wortes den Arsch abfrieren. Aber das war wohl alles eine Frage der Gewöhnung und am Ende war es in dem Häuschen gar nicht so kalt, wie befürchtet.

Anschließend machte er sich auf den Rückweg und streckte den Kopf zur Haustür hinein. »Soll ich die Sauna anheizen, während du Frühstück machst?«

Ville sah zu ihm herüber und wirkte überrascht. »Ja, gern! Es müsste noch etwas Holz bereitliegen.«

Lauri nickte und schloss die Tür wieder. Er begab sich hinüber zur Sauna und begann, Holz in den Ofen zu schichten und über alles Mögliche nachzudenken. Mit einem Lächeln stellte er fest, dass, so sehr er sich auch wünschte, wieder zu Hause zu sein und mit seiner Mutter zu sprechen, der Abschied von Ville und seinem Zuhause hier in der Wildnis ihm schwerfallen würde. So seltsam die letzten Tage gewesen waren; es hatte ein gewisser Zauber auf ihnen gelegen, der ihm fehlen würde. Außerdem gestand er sich ein, dass auch Ville ihm fehlen würde. Lauri hatte nämlich nicht gelogen, als er behauptet hatte, dass Ville ihn irgendwie faszinierte. Wer wäre nicht fasziniert von einem Mann, der beschlossen hatte, ganz allein und ohne Luxus in der lappländischen Wildnis zu leben? Aber es war wohl nicht nur das. Irgendetwas umgab ihn. Eine Aura, ein bisschen dunkel, aber mächtig anziehend für Lauri. Ville hatte Geheimnisse, so viel stand fest. Und Lauri hatte das Gefühl, dass diese Geheimnisse nicht unbedingt nur harmlos waren. Er war ein intelligenter und physisch starker Mann. Er wäre wohl auch ohne das Haus in der

Wildnis faszinierend. Und zu allem Übel hatte Lauri schon immer ein Ding für deutlich ältere Kerle gehabt.

Manchmal bildete er sich ein, dass zwischen ihnen eine gewisse Spannung existierte. Als Kaarna heute Nacht wieder an ihm herumgeschnüffelt hatte, hatte sich Lauri in seinem traumdurchsetzten Halbschlaf vorgestellt, es sei Ville, der an ihm roch. Das war verrückt. In anderen Momenten wiederum hatte er den Eindruck, dass sich Ville überhaupt nicht für solche Dinge interessierte, dass er über ihnen stand. Was er wahrscheinlich auch musste, wenn er sich für ein Leben allein entschieden hatte. Mochte er Frauen? Wenn Johannes sein Sohn war, was Lauri immer noch vermutete, wohl schon. Auf Lauris indirektes Outing hatte er gelassen reagiert, um nicht zu sagen: vollkommen neutral. Daraus ließ sich nicht erkennen, was er davon hielt oder ob er Männern abgeneigt war. In Lauris Fantasie war er es aber nicht. Er würde wohl noch ewig an Ville denken, wenn er wieder daheim in Jyväskylä war. Nachher in der Sauna würde er ihn auf jeden Fall noch einmal ausgiebig mustern, um sich jedes Detail einzuprägen und dann, wenn er irgendwann einmal wieder Gelegenheit dazu bekam, sich zu dieser Fantasie befriedigen.

»Feuerchen brennt«, erklärte er, als er wieder das Haus betrat. Ville hatte bereits den Tisch gedeckt.

»Großartig, vielen Dank. So können wir uns für den Tag aufwärmen. Soll ich dir nachher mal die Anlage zeigen?«

»Unbedingt. Ich brenne darauf, mir das alles hier mal richtig anzuschauen.«

Vielleicht fühle ich mich danach ja inspiriert, auch ein paar unnötige Dinge aus meinem Leben auszusortieren?

Das Frühstück schmeckte himmlisch. Ville hatte zu dem Haferbrei noch ein Glas eingekochte Heidelbeeren geöffnet, von denen sich Lauri reichlich auftat. So ein Genuss! Irgendwie schmeckte hier alles so viel besser als zu Hause, was sicher nicht oder nicht nur daran lag, dass Ville echte Milchprodukte verwendete.

Nachdem sie das Geschirr gespült hatten, gingen sie hinüber zur Sauna. Wäre nicht die Sorge um seine Mutter und der drohende Ärger wegen des Motorschlittens, würde sich der Aufenthalt hier fast wie Urlaub anfühlen. Urlaub, den er gerne noch verlängern würde, wenn die genannten Probleme nicht wären.

Als Ville sich auszog und ihm dabei den Rücken zuwandte, gönnte sich Lauri einen Moment, um ihn ausgiebig zu betrachten. Er war schon ein Bild von einem Mann. An keiner Stelle hatte er zu viel oder zu wenig, sein Körper war hochgewachsen und muskulös mit breiten Schultern und kräftigen Armen, aber nicht aufgepumpt wie bei einem Bodybuilder. Einfach so, wie nur harte, körperliche Arbeit ihn formen konnte.

Ville schaute über die Schulter. »Starrst du etwa gerade meinen Hintern an?«

»Nein!«, versicherte Lauri eilig und zog sich hastig aus. »Hey, nur, weil ich schwul bin, bedeutet das nicht, dass ich jeden Mann anstarre.«

Alter Heuchler.

»Ich habe ja auch nicht von *jedem* Mann geredet«, gab Ville zurück und verschwand mit einem seltsamen Lächeln in der Sauna.

War das ein Zeichen? Ein Hinweis, eine versteckte Anspielung? Oder doch eher nur Wunschdenken? Lauri folgte ihm hinein und ließ sich neben ihm nieder. Ville schien entspannt; wenn er sich an Lauris Glotzerei gestört hatte, ließ er es sich nicht anmerken oder es interessierte ihn schlicht nicht. Trotzdem setzte sich Lauri besonders aufrecht und repräsentativ hin, damit er nicht wie ein Sack Kartoffeln auf der Bank hing, falls Ville ihn auch einmal näher in Augenschein nehmen wollte. Der widmete sich allerdings lieber dem Aufguss, aber wie die Muskeln sich unter seiner Haut bewegten, während er mit einem Handtuch den Dampf verwedelte, war eine Pracht.

»Wie ist denn eigentlich so die Wetterlage?«, erkundigte sich Lauri.

»Besser, aber noch nicht perfekt. Wir könnten allerdings eine kleine Tour mit dem Hundeschlitten fahren, um zu erkunden, wie eingeschneit wir sind und worauf wir uns vorbereiten müssen.«

»Oh, du würdest mich heute mitnehmen?«, fragte Lauri aufgeregt.

»Wenn du willst.«

»Klar will ich. Die letzte Schlittenfahrt konnte ich ja nicht wirklich genießen, weil ich kurz vorm Erfrieren war.«

»In Ordnung.« Ville lehnte sich zurück und schloss einen Moment die Augen. Machte er das mit Absicht, wollte er so verführerisch aussehen?

Lauri stellte sich vor, die Schweißspur abzulecken, die zwischen seinen Brustmuskeln hinablief. Er musste schon wieder die Beine zusammenkneifen.

»Hast du eigentlich einen Doktortitel?«, fragte er, um sich selbst abzulenken.

»Ich?« Ville blickte ihn stirnrunzelnd an. »Nein, wieso?«

»Hätte ja sein können nach deinem Studium.«

»Nein, ich wollte nicht noch mehr Papierkram.«

»Als was hast du dann nach deinem Studium gearbeitet? Lehrer?«

»Nein, ich war in Vantaa am *Finnischen Institut für Waldforschung* beschäftigt.«

»Und das hat dich auf Dauer nicht glücklich gemacht?«

»Das kann man so nicht sagen«, erwiderte Ville gedehnt. »Es war eher so, dass mich andere Umstände nicht mehr glücklich gemacht haben und ich aus Vantaa fort wollte. In Inari habe ich dann in der Forstwirtschaft gearbeitet und begonnen, mich für die Rentierzucht zu interessieren.«

»Das hat aber nicht geklappt mit den Rentieren«, folgerte Lauri.

»Nein, leider nicht. Aus verschiedenen Gründen.«

»Schade.«

»Na ja. Das Leben verläuft selten nach Plan, nicht wahr? Plötzlich geschehen Dinge, die alles aus der Bahn werfen und nach denen man alles neu ordnen muss.«

»Stimmt. Ich hab jetzt dieses Gefühl, nachdem ich in den See gefallen und fast gestorben bin. Man denkt über so vieles nach. Über Entscheidungen und verpasste Gelegenheiten. Träume verwirklichen.«

»Immer noch das Motorschlittending?«

Lauri hob die Schultern. »Denke schon. Ich weiß, du findest es immer noch scheiße. Und ich überlege schon die ganze Zeit, wie ein Kompromiss aussehen könnte.«

»Komm mich doch ohne Touristen besuchen«, schlug Ville vor. »Ab und zu. Ich könnte dich mit dem Hundeschlitten aus Inari abholen.«

»Du würdest mich wiedersehen wollen? Wieder hierherkommen lassen?«

»Ja. Wenn dich das hier glücklich macht.«

Lauris Herz pumpte so schnell, dass ihm das Blut in den Kopf schoss und ihn schwindelig werden ließ. »Es würde mich sehr glücklich machen, denn es ist einfach wunderschön hier und du bist sehr … sehr nett.« Das Wort, das er eigentlich hatte sagen wollen, war *sexy*. Oder *anziehend*. »Aber es geht dabei ja nicht nur um mich. Wie kann ich dich nur davon überzeugen, dass es nicht immer etwas Schlechtes ist, Menschen zu begegnen und sie auch dem Wildleben begegnen zu lassen?«

»Gar nicht«, versetzte Ville und erhob sich abrupt. »Nicht auf die Art, wie du es planst. Ich wälze mich jetzt im Schnee, du kannst duschen gehen, wenn du willst.«

Mit einem Kloß im Hals blieb Lauri zurück und fragte sich, ob eine Dusche jetzt überhaupt noch nötig war, nachdem Ville ihn ins kalte Wasser gestoßen hatte. Er war so unnachgiebig in dieser Sache! Andererseits war Lauri es ebenfalls und behelligte ihn immer wieder damit, obwohl er wusste, wie sehr Ville das Thema zusetzte. Das Angebot, dass Lauri ihn hin und wieder besuchen durfte, lag wahrscheinlich schon weit außerhalb seiner Komfortzone. Und die Natur gab es ja nicht nur im winterlichen Lappland. Vielleicht wäre es sinnvoller, in den Sommermonaten Wanderungen anzubieten, hier oder in Kevo oder ganz woanders? Es wäre ungefährlicher und es wären auch keine Motorschlitten im Spiel. Dadurch vielleicht auch für Lauri selbst einfacher und schneller umzusetzen. Am besten unterhielt er sich nachher mit Ville darüber und fragte ihn nach seiner Meinung. Falls der nicht stinksauer auf ihn war.

Lauri ging in den Vorraum und öffnete die Tür nach draußen, ohne sich abzuduschen. Ville stand noch splitternackt im Schnee und rieb sich damit ab, als wären es nicht zwanzig Grad minus. Als Finne war Lauri schon hartgesotten, aber die Lappländer toppten einfach alles.

»Bist du sauer auf mich?«, fragte Lauri kleinlaut.

»Nein«, erwiderte Ville, ohne ihn anzuschauen. »Nur ein bisschen genervt.«

»Ich habe mir gerade noch etwas anderes überlegt.«

»Ich will's nicht hören.« Ville richtete sich auf und formte einen Schneeball in seiner Hand. »Es hängt mir zum Halse heraus.«

»Aber–«

»Schscht!« Ville runzelte die Stirn. »Reib dich mit Schnee ab oder geh duschen. Na los!« Als Lauri sich nicht von der Stelle rührte, bewarf ihn Ville mit dem Schneeball, der brennend kalt auf seiner Brust auftraf.

»Aua! Ey, was fällt dir ein?« Er bückte sich, sammelte eilig etwas Schnee und warf ihn blind auf Ville.

Der stieß vor Schreck japsend Atem aus, sprang einen Schritt zurück, grapschte sich aber gleich darauf eine Handvoll Schnee und schmiss ihn zurück auf Lauri, bevor er Fersengeld gab.

Prustend und lachend rannte ihm Lauri hinterher und bewarf ihn weiter, bis er stolperte und sich der Länge nach flachlegte. Die Kälte ließ seine Lungen für einen Moment verkrampfen, aber sobald er wieder Atem schöpfen konnte, stieß er einen kleinen Schrei aus und rappelte sich wieder auf. Ville stand vor der Haustür und lachte ihn schallend aus.

»Na warte!« Lauri griff sich neue Munition und pfefferte sie in Villes Richtung, während er auf das Haus zuhielt. Ville ging hinein, ließ aber die Tür offen. Lauri blieb davor stehen mit den Händen voller Schnee. »Komm raus, Feigling! Einseifen!«

»Nein. Jetzt ist Schluss, Lauri.«

»Ist es nicht!« Er warf etwas ins Haus hinein.

»Ich sagte, jetzt ist Schluss!« Ville packte Lauri bei den Handgelenken, sodass der Schnee zu Boden fiel, und zerrte ihn hinein. Er schloss die Tür und stieß Lauri grob mit dem Rücken dagegen. »Bist du ein Kleinkind oder was?«

»Du hast doch angefangen«, gab Lauri missmutig zurück.

»Du hast angefangen«, äffte Ville ihn nach und drückte ihn mit seinem kalten, stahlharten Körper gegen die Tür. Lauris Blut schoss augenblicklich in seinen Unterleib. »Das sagen Kleinkinder auch immer.«

»Was ist gerade dein Problem? Dass ich mich gerächt habe, nachdem du mich mit Schnee beworfen hast?«

»Dass du Schnee in mein Haus wirfst.«

»Ah.« Lauri spürte etwas Hartes, *sehr* Hartes an seinem Bauch und vergaß für einen Moment, wie man atmete. Ville hatte eine Erektion. Am liebsten hätte er vor Freude gejubelt und sah sie beide schon im Bett, wie sie es wild und leidenschaftlich trieben. Gott, ihm war gar nicht klar gewesen, wie sehr er genau das wollte. Er stöhnte leise und hob ein Knie, legte einen Schenkel um Villes Hüfte und ließ ihn langsam auf und ab gleiten. Ihre Schwänze berührten sich nicht, weil Ville so viel größer war, aber Lauri spürte an der Schwanzspitze Villes Hoden. Und er roch so verdammt gut. Herb, nach Holz, Rauch und Moschus.

»Was tust du da?«, knurrte Ville leise und drückte Lauris Handgelenke fester über seinem Kopf an die Tür.

Lauri grub die Zähne in die Lippen und streichelte mit seinen Zehen an der Hinterseite von Villes Oberschenkel entlang. »Nichts.« Er ließ seine Hüften rollen, drückte seinen Unterleib gegen Villes. Nichts auf der Welt wollte er gerade mehr, als diesen Mann zu verführen und den wahrscheinlich hemmungslosesten Sex seines Lebens haben. Die Wildnis war nicht vanillig. Und Ville schon gar nicht.

Der stieß sich allerdings so plötzlich von ihm ab, als hätte er sich an ihm verbrannt. »Hinsetzen«, befahl er und zeigte aufs Bett.

»Was–«

»Setz dich hin«, wiederholte er abgehackt. Sein Atem ging schwer, seine Miene war düsterer als ein herannahender Schneesturm.

Lauri tat, wie ihm geheißen. Er ließ sich auf der Bettkante nieder und lehnte sich lasziv zurück, konnte sich kaum verkneifen, seinen eigenen Schwanz zu befummeln. Die Spannung zwischen ihnen wurde unerträglich, als Ville ihn mit gerunzelter Stirn musterte, sich abrupt abwandte und das Haus verließ. Momente später hörte Lauri die Tür des *Huussi* knallen. Was wollte er dort? Hatte er dort Kondome, Gleitgel, irgendwas? Sie könnten es den ganzen Tag tun, Lauri war ausgehungert nach Sex und heute würden sie sowieso nicht nach Inari fahren. Er stellte sich vor, wie Ville im Bett war. Wild, hart, ein wenig grob und sicher ausdauernd. Ein Liebhaber genau nach Lauris Geschmack.

Er spielte ein bisschen an sich herum, um für Ville hart zu bleiben, aber nach einer Weile wurde er unsicher, denn Ville kehrte nicht zurück. Lauri setzte sich auf und wartete. Und wartete. Er wusste nicht, wie viel Zeit verging, weil er kein Gefühl mehr dafür hatte, aber es schien eine Ewigkeit zu dauern, ehe sich endlich die Tür öffnete und Ville hereinstürmte.

»Warum bist du noch nicht angezogen?«, fragte er unwirsch und griff nach seinen eigenen Sachen. Er wirkte regelrecht wütend, wie er so in seine Hose stieg.

»Ich dachte, wir–«

»Ich dachte, wir schauen nach der Sauna die Anlage an und fahren dann eine Tour mit dem Hundeschlitten«, unterbrach ihn Ville und kleidete sich hastig weiter an.

»Klar«, erwiderte Lauri leise.

Was sollte das jetzt? War Ville vielleicht noch nie von einem Mann erregt worden und jetzt verunsichert? Lauri heulte innerlich auf und begann sich ebenfalls anzukleiden. Den Sex seines Lebens konnte er sich offenbar abschminken. Und er war völlig ahnungslos, wie er Ville jetzt gegenübertreten sollte.

Kapitel 9

Ville tat so, als sei die vergangene halbe Stunde schlicht und ergreifend nie passiert. Anders wusste er damit nicht umzugehen, alles mehr wäre gerade zu viel für ihn. Lauri hatte ihn herausgefordert, *willentlich* herausgefordert und Ville hätte beinahe überlebenswichtige Grenzen überschritten. Wenn das nicht das höchste Alarmzeichen war, dann wusste er es auch nicht. Er konnte Lauri unmöglich länger hierbehalten, denn das Risiko, eine unauslöschliche Bindung zu ihm aufzubauen, war mittlerweile größer als das, dass Lauri wirklich mit Touristen im Gepäck in Muotkatunturi einfiel. Ja, wahrscheinlich schaffte er es ohnehin nicht, diesen Plan in die Tat umzusetzen. Es wurde Zeit, ihn ziehen zu lassen.

»Ich bin schon sehr gespannt auf deine Anlage«, verkündete Lauri und man merkte ihm deutlich an, wie verlegen er noch immer war.

Die Tatsache, dass sich dieser junge Bursche ihm so einfach hingegeben hätte, bereitete Ville Kopfzerbrechen. Vermutlich hatte Lauri einfach einen Wildniskoller und sein Trieb hätte sich auf jeden gerichtet, der gerade verfügbar war. Es hatte nichts mit Ville selbst zu tun. Zumindest wäre jeder andere Gedanke sehr beunruhigend.

»Komm mit.« Er beschloss, Lauri zuerst das Vorratslager zu zeigen, und sie verließen gemeinsam das Haus.

Zur linken Seite des Wohnhauses lag der große Schuppen, in dem Ville jene Vorräte lagerte, die kalt stehen mussten oder keinen Platz im Haus hatten. Er schloss die Tür auf und ließ Lauri zuerst hineingehen.

»Also, das ist mein Hauptlager. Der Raum hier hat einen Luftdurchlass, damit es im Winter richtig kalt wird und ich hier drin Gefrorenes aufbewahren kann, wie zum Beispiel Fleisch und Fisch. Der Nebenraum hingegen ist isoliert und bekommt bei besonders kalten Außentemperaturen etwas Wärme durch eine dauerhaft brennende Petroleumlampe, sodass ich dort die Sachen einlagern kann, die nicht gefrieren sollen, besonders die Kartoffeln. Aber auch Konserven, Geräuchertes und Getrocknetes. Eier öle ich ein, damit sie lange haltbar bleiben, und lagere sie im Haus.«

»Du hast hier ja eine richtige Kühltruhe stehen«, stellte Lauri fest.

»Ja. Jetzt im Winter ist sie nicht angeschlossen, da gefriert es von allein, aber die Thermoisolation in der Truhe hilft, Temperaturschwankungen auszugleichen. Im Sommer wird sie über das Solarpanel betrieben, das sich hinter der Hütte befindet.«

»Du hast behauptet, du hättest hier keinen Strom!«

»Ja, das ist ja auch richtig. Im Winter habe ich keinen.«

»Hm. Das ist alles echt gut durchdacht«, erklärte Lauri anerkennend, während Ville die Tür zum Nebenraum öffnete, um ihm die Regale für die Konserven und die mit Sand gefüllten Boxen für das Wurzelgemüse zu zeigen.

»Das muss es auch sein. Hier geht es schließlich um mein Überleben.«

Lauri sah sich die Regale an, holte die eine oder andere Konservendose heraus und las das Etikett. Dann entdeckte er die Milchkartons. »Konserven und Milch aus dem Supermarkt«, bemerkte er. »Du bist also doch nicht ganz unabhängig.«

»Nein, das gebe ich zu. Ein paar Sachen muss ich mir kaufen. Ich reise dazu im Sommer nach Inari und decke mich ein. Eier, Milch, Käse, Mehl, Konserven, Kerzen, Gegenstände des täglichen Lebens. Ein befreundeter Same fährt mich, weil ich die Sachen allein sonst gar nicht transportieren könnte.«

»Mit einem motorisierten Gefährt?«, hakte Lauri nach und hob kritisch eine Braue.

»Ja, das ist in dem Fall aber eine absolute Notwendigkeit. Ich wäre gerne ganz autark und nicht davon abhängig. Ich mache schon so viel wie möglich selbst, baue meine eigenen Kartoffeln und etwas Wurzelgemüse an, gehe auf die Jagd und Fischen. Wenn ich Rohmilch bekomme, stelle ich Butter und Käse selbst her. Aber es ist verdammt viel Arbeit und ich muss den Hof noch instandhalten, alles mehr ist für eine Person schlicht zuviel.«

»Womit ernährst du die Hunde?«

»Rohes Fleisch und Innereien, Brühe und Gemüse. Ich bereite die Portionen im großen Stil vor und taue sie dann auf, bevor ich sie den Hunden verfüttere. Das meiste Fleisch hier esse nicht ich selbst, sondern meine Tiere.«

»Verstehe.«

Ville nickte. »Lass uns hinüber zur Werkstatt gehen.« Er führte ihn aus der Vorratshütte hinaus und hinüber zu dem kleineren Haus, in dem er eine Werkbank und sein ganzes Werkzeug beherbergte. »Wenn irgendetwas zu tun oder zu reparieren ist, habe ich hier alle meine Utensilien.«

»Bist du ein geschickter Handwerker?«

»Ich würde sagen, im Laufe der Zeit bin ich relativ geschickt geworden.« Ville lächelte und bedeutete Lauri, ihm zu folgen. »Als letztes haben wir hier meinen Schuppen, in dem ich meine beiden Hundeschlitten unterbringe. Ich habe zwei, falls einer kaputt ist und aufwändiger repariert werden muss. Sie sind noch nach traditioneller Art gefertigt. Was sich über Jahrhunderte bewährt hat, braucht kein High-Tech.«

»Und mit einem davon fahren wir nachher?«, fragte Lauri und bewunderte die Schlitten. Ville empfand ein wenig Stolz, weil Lauri von allem hier so beeindruckt schien.

»Ja, das werden wir. Mit dem linken, den mag ich ein wenig lieber als den anderen, aber sie sind beide gut.«

»Aber nach Inari werden wir es nicht schaffen. Das Wetter lässt es nicht zu.« Es klang wie eine Feststellung, aber Ville wusste, dass es eigentlich eine Frage war.

»Vermutlich ist das so«, gab er zurück, obwohl seine Antwort anders lauten sollte. Er würde Lauri einfach auf der Fahrt damit überraschen, dass es doch nach Hause ging. »Wollen wir noch mal zu den Hunden? Du hast den Zwinger zwar schon gesehen, aber der Vollständigkeit halber. *Huussi* und Sauna kennst du ja bereits.«

»Klar, gern!«

Sie begaben sich zu der großzügigen Zwingeranlage hinter dem Haus und wurden bellend begrüßt. Ville öffnete das Gatter und Lauri wich ein wenig ängstlich zurück, aber Ville ermunterte ihn mit einer Geste, ihm in den Zwinger zu folgen. Die Hunde wurden augenblicklich ruhig und einige legten sich sogar hin, als Ville den Zwinger betrat, so wie immer.

»Wow, die haben ja ganz schön Respekt vor dir«, stellte Lauri fest. »Du bist wohl ihr Alphatier.«

»Ich würde ja sagen: Hör auf mit deinem Alpha-Beta-Omega-Blödsinn, aber hier ist es tatsächlich so. Da die Tiere in einem festen Verbund leben und nicht wie in der Wildnis nach Belieben abwandern können, bilden sich Hierarchien heraus, um das Zusammenleben zu regeln. Gewissermaßen bin ich also ihr Alphatier.«

»Und warum hast du so viele?«

»Ich habe mit sechs Hunden begonnen und sie haben sich fortgepflanzt. Drei meiner ursprünglichen Tiere sind mittlerweile leider gestorben, neue sind dazugekommen. Einige meiner Hunde leben bei samischen Bekannten, die sie für ihre eigenen Hundeschlitten brauchen. Nicht jeder Wurf überlebt vollständig, aber ich tue mein Bestes. Damit es nicht überhand nimmt, lasse ich mittlerweile die meisten Männchen kastrieren. Ich hatte einmal dreißig Hunde, das war wirklich meine Schmerzgrenze.«

»Wir hatten mal zwei und das war schon Chaos pur. Zu Hause haben wir nur eine Katze, aber sie gehört leider nicht mir, sondern einem meiner Mitbewohner. Ich vermisse es, Tiere zu haben. Ich habe immer von Pferden geträumt.«

Die Hunde scharten sich um Lauri und beschnüffelten ihn neugierig. Sein Duft schien ihnen genauso zu gefallen wie Ville, denn sie zeigten sich freundlich und wohlwollend und ließen sich streicheln.

»So schöne Tiere«, murmelte Lauri. »Ihr habt's gut hier draußen. Könnt genauso leben, wie es eurer Natur entspricht. In der Kälte Schlitten ziehen.«

»Das weißt du?«, entfuhr es Ville mit einem durchaus erfreuten Lachen.

Lauri blickte auf. »Was meinst du?«

»Dass das ihrer Natur entspricht. Es gibt so ein paar ahnungslose, selbsternannte Tierschützer, die glauben, es sei Tierquälerei und Ausbeutung, die Hunde vor einen Schlitten zu spannen. Dabei wäre es Tierquälerei, es *nicht* zu tun. Diese Hunde haben einen unbedingten Laufwillen, den absoluten Drang, sich vorwärts zu bewegen und Lasten zu ziehen, hier in der arktischen Kälte. Schlittenhunderassen mit diesen Eigenschaften gibt es seit über zweitausend Jahren.«

»Ich weiß.« Lauri lächelte. »Ich finde auch nichts Falsches daran, wenn Mensch und Tier zusammenarbeiten. Ausbeutung ist es nur, wenn es einseitig ist, aber du gibst den Hunden ja auch etwas zurück. Und man merkt ihnen an, wie sehr sie dich verehren und respektieren.«

»Danke.« Ville legte Lauri eine Hand auf die Schulter, zog sie aber gleich wieder weg. Sie hatten heute schon viel zu viel körperliche Nähe genossen. »Willst du mir helfen, den Schlitten anzuspannen?«

Lauri grinste. »Wenn ich dir dabei nicht im Weg stehe, nichts lieber als das.«

Lauri hielt schon fast verzweifelt Ausschau nach dunklen Wolken, die von Schnee kündeten, aber er sah nichts als einen klaren, eisblauen Himmel. Nichts schien einen Grund bieten zu wollen, noch einen Tag bleiben zu müssen, höchstens Ville selbst, der irgendwie immer noch so tat, als sei die Wetterlage zu unsicher für die Reise. Wollte er in Wahrheit ebenso wenig, dass Lauri ging? Suchte er nach Ausflüchten, um ihn noch nicht wegbringen zu müssen? Das schlechte Gewissen gegenüber seiner Mutter hatte Lauri inzwischen in die hinterste Ecke seines Bewusstseins geschoben. Er wollte einfach noch etwas Zeit mit Ville verbringen und mehr über ihn herausfinden. Besonders, seit er heute Morgen bemerkt hatte, dass Ville sehr wohl auf ihn reagierte. Andauernd musste er daran denken, was Ville wohl im *Huussi* getrieben hatte. Hatte er sich selbst befriedigt? Warum hatte er sich nicht einfach auf Lauri einlassen wollen, machte Männersex ihm irgendwie Angst? Lauri konnte sich fast nicht vorstellen, dass Ville keine Erfahrung damit hatte. Er war sicher ein Mann, der sehr genau wusste, was er tat. *Wenn* er es tat.

Sie unternahmen eine ausgedehnte Tour, die Lauri diesmal dick, warm und trocken gekleidet, in vollen Zügen genießen konnte. Es war ein anderes Gefühl, als mit dem Motorschlitten die Landschaft zu erkunden. Irgendwie ursprünglicher. Sie gelangten bis an den Peltojärvi, in dem Lauri beinahe sein Leben verloren hätte. Die Dämmerung setzte ein. Von hier war es nicht mehr allzu weit bis Inari, vielleicht fünfzehn, höchstens zwanzig Kilometer. Eigentlich könnten sie bis dorthin fahren. Es waren weit und breit keine Anzeichen auf schlechtes Wetter zu erkennen. Ville hielt den Schlitten an.

»Lass uns einen Moment absteigen«, schlug er vor.

»Okay.« Lauri schob seine Felldecke beiseite und rappelte sich hoch. »Das ist irgendwie ein bisschen, als ob ich mich selbst auf dem Friedhof besuche.«

»Unsinn. Du hast überlebt. Stell es dir einfach als einen Platz vor, an dem du neu geboren wurdest.«

»Ein schöner Gedanke. Aber auch beängstigend.«

»Ja, beängstigend ist das. Ich weiß.«

»Woher?«

Ville lächelte. »Ist nicht so wichtig. Komm, lass uns ein paar Schritte gehen.«

Sie stapften durch den hohen Schnee, während die Hunde auf sie warteten, und Lauri betrachtete misstrauisch den zugefrorenen See. Die Landschaft schimmerte bläulich im Dämmerlicht wie ein Gemälde. Sie waren allein. Ganz allein. Die Stille fast ohrenbetäubend.

»Lauri«, rief Ville ihm nach einer Weile leise zu, »sieh mal.« Er zeigte in den Himmel und Lauri folgte seinem Blick. »Solltest du dich je gefragt haben, wie ich ohne Fernsehen auskomme: Das hier ist mein Fernsehen.«

Ein schleierhaftes, flimmerndes Band zog sich über den Himmel, ein Gemisch aus Grün, Violett und Magenta, das den Sternenhimmel erhellte. So unwirklich schön, dass Lauri ein wehmütiges Seufzen entkam.

»Polarlichter. Endlich. Ich dachte schon, ich bekomme keine mehr zu sehen, solange ich noch hier oben bin.«

»Hast du noch nie welche gesehen?«, fragte Ville erstaunt.

»Doch, klar, in Mittelfinnland haben wir sie ab und zu auch. Aber das hier – es ist anders. Nochmal ganz anders.«

»Das ist es«, bestätigte Ville. »Nirgendwo sind die Polarlichter so schön wie hier. Ich sage immer, dass sie hier zu Hause sind. Als Kind habe ich mir stets vorgestellt, dass sie die guten Geister des Nordens sind, die über uns wachen, und wenn ich ehrlich sein soll, glaube ich das auch heute noch.«

»Ich mag diesen Glauben. Ich mag irgendwie so vieles, was du glaubst.«

Ville legte ihm eine Hand auf die Schulter. Lauri spürte das Gewicht durch seine Jacke und freute sich über diese Geste der Vertrautheit, denn sie mochte bedeuten, dass ihm Ville seinen verunglückten Verführungsversuch nicht mehr krummnahm. Einträchtig schweigend beobachteten sie das Schauspiel am Himmel und Lauri fühlte sich wie ein winziger Punkt im Universum und trotzdem, nur für diesen Augenblick, wie dessen Mittelpunkt. Er dachte an alles, was bereits hinter ihm lag. Die schweren Zeiten und die schönen. Und an das, was noch kommen mochte. Schweres wie Schönes. Würde er Ville jemals wiedersehen, nachdem sie voneinander Abschied genommen hatten? War dessen Einladung ernst gemeint und würde Lauri ihr wirklich folgen, wenn er erst wieder zu Hause in Jyväskylä war? Unwillkürlich kamen ihm die Tränen und sie schmerzten und brannten auf seiner Haut, weil sie fast augenblicklich darauf auffroren. Er schluchzte leise, schämte sich für seine Schwäche und fühlte sich gleichzeitig so machtlos dagegen.

»Lauri? Was ist los?« Ville drehte ihn zu sich herum. Sein Blick wirkte besorgt. »Warum weinst du?«

»Weil ... weil es so schön ist«, gab Lauri stammelnd zur Antwort und versuchte, sich zu fangen. »Und weil ich auch irgendwie traurig bin. Ich will nicht fort von hier, aber ich muss. Ich kann nicht fort von hier, aber ich will. Ich habe Sehnsucht nach meiner Mutter oder besser gesagt, danach, ihr zu sagen, dass alles in Ordnung ist und es mir gut geht. Ich habe jedoch auch Sehnsucht nach ... dem hier. Ich habe Angst vor dem Ärger, weil ich den Motorschlitten im See versenkt habe, auch wenn es keine Absicht war. Ja, er war versichert, aber die Kaution bekomme ich nie wieder und das kann ich mir kaum leisten. Ich habe ein bisschen Angst vor der Welt, nachdem ich hier war. Trotzdem fehlt mir aber auch mein Zimmer, meine gewohnte Umgebung. Und mein gewohntes Essen, von dem ich gar nicht mehr weiß, ob ich es noch essen sollte, weil es doch nicht so gut für unsere Natur hier ist, wie ich dachte. Ich glaube – ich glaube, ich heule, weil ich gerade nicht weiß, wohin mit mir.«

»Lauri.« Ville legte seine behandschuhten Hände an Lauris Wangen und streichelte mit den Daumen darüber. »Ich weiß. Ich weiß. Ich war mehr als nur einmal an genau diesem Punkt und es fühlt sich so an, als müsste man sich zerreißen und neu zusammensetzen und manchmal geschieht genau das. Es tut weh. Aber es geht vorbei und dann sieht man klarer.«

Lauri nickte und verlor sich in Villes eisblauen Augen, die trotz ihrer kalten Farbe so viel Wärme und Geborgenheit ausstrahlten. Ein aufgeregtes Kribbeln wärmte seinen Körper von innen. »Ich hab dich echt gern, Ville«, flüsterte er mit belegter Stimme. Als Ville nichts erwiderte, aber auch nicht zurückwich, sondern weiter seine Wangen streichelte, stellte sich Lauri auf die Zehenspitzen und hauchte Ville einen Kuss auf den Mundwinkel.

Ville stand weiter da wie eine Säule, wich keinen Millimeter, sah mit diesem unglaublich tiefen Blick auf ihn herab, in dem sich die tanzenden Lichter des Himmels spiegelten. Es gab nur sie beide in diesem Universum, das sie wie eine funkelnde, schimmernde Blase umgab.

»Verrätst du mir den wahren Grund, warum du mich nicht nach Hause bringst?«, fragte Lauri leiser. Sein Herzmuskel brannte vor Anstrengung, weil er wie verrückt pumpte.

Ville schluckte hörbar. Seine Daumen hörten nicht auf, Lauri zu streicheln. »Es ist, weil ...« Er brach ab und sah ihn weiter an, die Muskeln in seinem Kiefer arbeiteten. »Weil ...«

Sag es. Sag, dass du einfach nicht willst, dass ich gehe, weil du mich so magst. Bitte sag es mir.

»Ich ...« Ville schien große Mühe zu haben, die richtigen Worte zu finden. Dabei wären sie so simpel: *Ich mag dich.* Etwas in seinem Blick brach. Die Daumen hörten auf, zu streicheln. »Ich lasse dich nicht gehen, weil ...« Er schloss die Augen. Seine Züge wurden hart. »Weil ich dir nicht vertrauen kann.«

Kapitel 10

Es war wie ein Fallbeil. Und im übertragenen Sinne verlor Lauri darüber seinen Kopf. Er taumelte rückwärts und fiel mit dem Hintern in den Schnee. Ville half ihm nicht auf.

»Du kannst mir nicht vertrauen?«, wiederholte Lauri erstickt. »Womit auf der Welt habe ich das verdient? Was soll das überhaupt heißen?«

»Ich weiß nicht, was du tust, wenn du nach Hause zurückkehrst«, erwiderte Ville kalt. »Bringst du Leute hierher? Zerstörst du mein Leben?«

»Nein!« Lauri rappelte sich auf und kämpfte gegen die Tränen, die nun aus purer Verzweiflung in ihm aufstiegen. »Nein, ich will dein Leben nicht zerstören. Und ich komme auch nicht mit Leuten hierher. Das wollte ich dir vorhin sagen! Ich habe mir überlegt, stattdessen Wanderungen anzubieten. In meiner Heimat.«

»Oh, natürlich. Das sagst du jetzt, damit ich es mir anders überlege.« Ville verschränkte die Arme. »Ich glaube kein Wort.«

»Das ist doch gerade ein schlechter Witz, oder?« Lauri hatte große Mühe, seine Fassung zu bewahren. Seine Stimme hallte schrill über den See. »Du kannst mich doch nicht ernsthaft bei dir festhalten! Hast du mich die ganzen Tage schon angelogen, von wegen, dass das Wetter uns von der Rückkehr abhält?«

»Es hat doch geschneit«, gab Ville zurück, »und ich habe Bedenkzeit gebraucht. Du hast recht: Ich bringe dich nicht nach Hause. Ich halte dich nicht bei mir fest, ich werde dich ganz gewiss nirgendwo einsperren oder anbinden, aber ich werde dich genauso wenig nach Inari fahren oder wohin auch immer.«

»Aber wie soll ich denn dann dorthin kommen?«, fragte Lauri verzweifelt.

»Wirst du nicht.«

»Also hältst du mich doch gefangen?«

»Nein.« Ville hob das Kinn. »Du kannst gehen. Du wirst nur nicht weit kommen. Es sind zirka achtzehn Kilometer von hier bis Inari. Ein Fußmarsch, der hier im Winter allenfalls in drei, vier Tagen zu bewältigen ist, wenn überhaupt. Es ist gefährlich. Sehr gefährlich.«

»Und das ist dir scheißegal? Du willst mich einfach hier stehen lassen und hoffen, dass ich loslaufe und es nicht überlebe? Verdammt noch mal, wieso hast du mich dann nicht gleich im See absaufen lassen?«

»Ich habe nie gesagt, dass ich dich hier stehen lasse.« Ville wies auf den Schlitten, wo die Hunde schon langsam nervös wurden. »Setz dich in den Schlitten und ich nehme dich mit zurück nach Hause.«

»Ich bin dort nicht zu Hause!«, schrie Lauri ihn an. »Ich will zurück in mein eigenes Zuhause! Bring mich nach Inari, du Psycho, und zwar sofort!«

»Nein. Ich bin nicht dein Diener. Also, wenn du die heutige Nacht überleben willst, komm mit.« Ville klang so ruhig und aufgeräumt, dass es Lauri aggressiv machte.

»Und dann soll ich für immer bei dir wohnen oder was? Wie zur Hölle stellst du dir das vor?«

»Zumindest so lange, bis ich überzeugt bin, dass du keine Gefahr mehr für mich darstellst. Und in sechs Monaten schmilzt der Schnee, dann kannst du ja versuchen, nach Inari zu laufen.«

»Du bist doch völlig bescheuert in der Birne!« Lauri hob eine Handvoll Schnee auf und schmetterte ihn auf Ville. Der wirkte entnervend unbeeindruckt. »Außerdem willst du doch gar keinen bei dir wohnen haben. Die ganze Zeit erzählst du mir, wie unbedingt du alleine sein willst, und jetzt so was? Du widersprichst dir doch total!«

»Einen Menschen kann ich händeln«, erwiderte Ville nüchtern. »Aber nicht viele. Ich wähle gerade das geringere Übel.«

»Und ich werde bei dieser Wahl nicht gefragt, nein?«

Ville lachte leise und ging hinüber zum Schlitten. »Das hätte keinen Sinn und das weißt du. Ich habe dich mehrmals darum gebeten, von deinen Plänen abzusehen, aber du hast darauf beharrt. Also, was ist? Steigst du nun auf den Schlitten oder nicht?«

»Auf gar keinen Fall werde ich auf diesen scheiß Schlitten steigen, es sei denn, er bringt mich nach Inari!«, fuhr Lauri ihn an. »Verpiss dich!«

Ville musterte ihn noch einen Moment aus verengten Augen. »Na schön, wie du willst. *Mene!*«

Die Hunde liefen los und zogen den Schlitten mit sich. Ville fuhr davon. Er fuhr wirklich und wahrhaftig einfach davon und ließ Lauri hier in der heranbrechenden Nacht in der verschneiten Wildnis stehen.

»Ja, hau ab!«, rief er ihm trotzig hinterher. »Ich brauch dich nicht!«

Villes höhnisches Lachen hallte zu ihm herüber. »Du weißt doch nicht einmal, in welche Richtung du gehen musst!« Dann verschwand der Schlitten zwischen den Bäumen und Lauri blieb allein.

Unschlüssig blickte er auf den See, der vor wenigen Tagen beinahe zu seiner Todesfalle geworden war. Auch in der Nacht wurde es hier im Winter durch den reflektierenden Schnee nie so dunkel, dass man die Hand nicht vor Augen sehen konnte, aber dennoch nicht hell genug, um sich sicher zu bewegen. Lauri hatte keine Taschenlampe. Kein Essen, kein Trinken, kein Zelt, nichts. Und Ville war fort. Angst kroch seinen Rücken hinauf, ließ ihn frösteln und hinderte ihn, sich auch nur einen Schritt von der Stelle zu bewegen. So war Ville also? Überließ ihn hier draußen dem Tod, weil Lauri nicht gegen seinen Willen weiter bei ihm leben wollte? Nie hätte er geglaubt, sich so sehr in einem Menschen täuschen zu können. Er hatte Ville für verschroben, aber gutherzig gehalten. Für vertrauenswürdig. Schließlich hatte er ihn gerettet. Ein fataler Fehler.

Wieder brach Lauri in Tränen aus, die diesmal die Furcht ihm in die Augen trieb. Er stapfte ein paar Schritte vorwärts, schluchzend. Wäre er doch nie hierhergekommen. Hätte er doch nie diesen dummen Plan gefasst, Motorschlittentouren für Touristen anbieten zu wollen. Dann könnte er jetzt gemütlich zu Hause in Jyväskylä in seinem Zimmer sitzen oder im Wohnzimmer seiner Mutter und ein Stück Kuchen essen.

Kuchen. Ich vermisse Kuchen.

Dieser völlig sinnlose, irrationale Gedanke drängte sich ihm auf, während er weiterstolperte. Jeder Schritt im tiefen Schnee war unglaublich anstrengend und er würde es, verdammt noch mal, niemals bis Inari schaffen.

Die Natur ist nicht romantisch. Sie ist hart und brutal.

Dieser Satz könnte von Ville stammen. Lauri wollte diesen Verrückten nie wiedersehen, aber gleichzeitig bereute er jetzt schon, nicht auf den Schlitten gestiegen zu sein. Sicher wäre es klüger gewesen, seine Flucht von Villes Zuhause aus zu planen. Dort könnte er Vorräte sammeln, Ville irgendwie bewusstlos schlagen und den Hundeschlitten stehlen. Es wäre ein abenteuerlicher Plan, aber allemal besser als das hier. Das hier war ... sein Ende.

»*Äiti*«, sagte er leise und blickte hinauf in den Himmel, wo noch immer die Polarlichter tanzten, die ihn gerade so gar nicht beschützen wollten. »*Äiti*, verzeih mir, dass ich dir nicht verraten habe, wo ich hingefahren bin. Du gehst vermutlich schon ein vor Sorge. Ich hoffe, es geht dir gut. Ich hoffe so sehr, dass wir uns wiedersehen und *Pulla* essen und ich dir versprechen kann, nie wieder einfach wegzufahren, ohne dir Bescheid zu geben. Nur weil ich ein erwachsener Mann sein will, der ich nicht bin.«

Tränen brannten in seinen Augen und er sank kraftlos in die Knie. Vielleicht sollte er sich gleich in einem Eisloch im See ertränken, das ging vermutlich schneller als sich hier draußen zum Sterben hinzulegen. Aber er wollte nicht sterben. Noch lange nicht. Er war doch erst zweiundzwanzig Jahre alt. Noch lange kniete er so im Schnee, vielleicht waren es aber auch nur zwei Minuten, er wusste es nicht, Zeit spielte keine Rolle mehr. Dann hörte er es. Schnelle Schritte. Das Atmen vieler Kehlen, das Gleiten von Kufen durch den Schnee, das leise Klingen eines Leinengeschirrs. Kam Ville zurück? War das alles am Ende nur ein ziemlich kranker Versuch gewesen, ihm einen riesigen Schrecken einzujagen, um ihn auch wirklich nachhaltig davon zu überzeugen, seine Tourismus-Pläne aufzugeben? Wenn ja, würde er Ville seine verdammten Ohren langziehen und ihn kurz und klein heißen. Aber in diesem Augenblick war Lauri einfach nur dankbar, dass er zurückkehrte und offenbar nicht wirklich vorhatte, ihn hier draußen sich selbst zu überlassen.

»Stop!«, rief Ville und brachte den Schlitten neben Lauri zum Stehen. »Mein Angebot steht noch.«

Jetzt war nicht die Zeit, zu diskutieren, und Lauri fehlte dazu auch die Kraft. Er hatte das Gefühl, dass seine Krankheit zurückkehrte, dass seine Lunge rasselte und die Glieder schwer wie Blei wurden. Wortlos stieg er auf den Schlitten, nahm die Felldecke zur Hand und deckte sich zu. »*Mene!*«

Ville war innerlich wie erstarrt, als sie nach Hause fuhren, obwohl er vorgab, dass ihm das alles gar nichts ausmachte. In Wahrheit schrie er innerlich. Er wusste, dass das, was er tat, nicht richtig war. Verwerflich. Unmoralisch. Er hatte Lauri den wahren Grund nicht sagen können, weil der so viel mehr war, als der menschliche Verstand erfassen konnte. Es gab keine Worte, um das zu erklären, was mit ihnen passierte, nicht einmal für Ville selbst. Seine Realität war anders als alles, was Lauri kannte.

Ville war kalt und abweisend zu Lauri, weil er darin die einzige Möglichkeit sah, das Band, das sich zwischen ihnen zu knüpfen begonnen hatte, noch zu zerreißen. Er konnte es nicht allein.

Aber dass er sich damit selbst belog, begriff er bereits, als er Lauri vom Schlitten half und ihn ins Haus brachte. Die Verbindung war da. Sie war da und keine irdische

Macht konnte sie mehr trennen, nicht einmal Lauris Hass. Ville hatte sich getäuscht. Er hatte geglaubt, dass dieses unzerreißbare Band erst dann geknüpft wurde, wenn er mit Lauri schlief – was er nicht vorhatte und was Lauri nun auch ganz sicher nicht mehr wollte. Aber so war es wohl doch nicht. Die Paarung knüpfte das Band nicht, sie besiegelte nur einen Bund, der bereits vorhanden war.

»Und wie lange gedenkst du diese kranke Scheiße jetzt durchzuziehen?«, fragte Lauri und ließ sich mit trotzig verschränkten Armen auf das Bett plumpsen.

»Ich weiß es nicht«, erwiderte Ville ehrlich. Er hatte wirklich keine Ahnung, was das hier werden sollte, er wusste nur, dass er Lauri nicht gehen lassen konnte. Nicht jetzt. Vielleicht änderte sich ja noch etwas. Oder Lauri lief im Frühjahr einfach davon. Dann war sowieso alles verloren. »Was willst du essen? Vielleicht Fisch?«

»Ich will dein scheiß Essen nicht!«, fuhr Lauri ihn an. »Ich will, dass du mich nach Inari fährst. Ich will nach Hause!«

»Das steht nicht zur Diskussion.«

»Fahr mich nach Hause, du kranker Psycho! Nach Hause! Ich will nach Hause!«

»Das steht nicht zur Diskussion!«, wiederholte Ville gereizt. Der Kopf tat ihm schon wieder weh und er bohrte seine Fingerknöchel in die Schläfen.

»Du kannst mich hier nicht festhalten. Du hast kein Recht dazu, ich bin nicht dein verdammtes Eigentum!«

»Ich halte dich nicht fest«, gab Ville gepresst zurück. »Bist du gefesselt? Eingesperrt? Nein. Du kannst dich auf dem Gelände frei bewegen. Ich bringe dich nur nicht zurück, das ist ein Unterschied.«

»Das ist überhaupt kein Unterschied!« Lauri drosch mit seiner Faust auf die Matratze ein. »Weil ich hier nicht ohne Weiteres weg kann. Ich bin also praktisch sehr wohl dein Gefangener. Aber glaub mir, ich mach dir dein Leben zur Hölle, bis du mich freiwillig wegbringst, das schwöre ich dir.«

Ville schnaubte und verzog das Gesicht. Er konnte sich gut vorstellen, wie Lauri das bewerkstelligen wollte. »Du glaubst, ich bringe dich nach Inari, wenn du mich nervst? Du bist wirklich naiv. Weißt du, wenn man hier draußen jemanden verschwinden lassen will – tot oder lebendig –, ist das ziemlich einfach.« Nicht, dass er das wirklich tun würde. Aber die unterschwellige Drohung zeigte Wirkung.

»Du würdest mich umbringen? Wie durchgeknallt bist du eigentlich?«

Ville lächelte, obwohl ihm nach Weinen zumute war. »Total durchgeknallt.«

»Heute Morgen warst du noch mein Held«, erklärte Lauri bitter. »Jetzt verachte ich dich nur noch.«

»Wie du meinst.« Es fiel Ville schwer, sich nicht anmerken zu lassen, wie weh ihm das tat. Der größte Teil der Schuld an dieser Situation lag jedoch auf ihm, auch wenn es Dinge gab, gegen die er machtlos war. »Also, was willst du essen? Fisch? Käse? Kartoffeln, Pilze? Eier? Mit den Kartoffeln und Eiern müssen wir jetzt allerdings haushalten, sonst reichen sie über den Winter nicht.«

»Ich will nichts«, murrte Lauri. »Steck dir dein Essen sonst wohin.«

»Fein. Dann esse ich eben alleine.«

Schweigend zog sich Ville aus und briet sich zwei Eier, etwas Räucherfisch und Pilze in der Pfanne an. Das wurde noch ein hartes Stück Arbeit mit Lauri, aber vielleicht animierte ihn der Essensduft doch noch, etwas zu sich zu nehmen. Stattdessen zog sich der Junge seine Thermokleidung aus, legte sich auf das Bett und drehte Ville den Rücken zu. Sollte er eben in Hungerstreik gehen, lange würde er ihn sowieso nicht durchhalten.

Der Nachmittag schritt voran, Ville versorgte die Hunde, die er zu den Komplizen seines kopflosen Plans gemacht hatte. Als er ins Haus zurückkehrte, lag Lauri noch immer unverändert auf dem Bett. Ville setzte sich an den Tisch und begann, die kleine Figur weiter zu schnitzen, die er Lauri noch immer schenken wollte, auch wenn der sie wahrscheinlich direkt ins Feuer pfeffern würde.

»Darf ich zum *Huussi* gehen?«, fragte Lauri unvermittelt in die Stille.

Ville blickte auf. »Wie ich schon sagte, du darfst dich auf dem Gelände frei bewegen. Wenn du zum *Huussi* musst, geh zum *Huussi*. Wenn du in die Sauna willst, geh dorthin. Wenn du dir selbst überlegen willst, was du essen möchtest, sieh dich noch mal in der Vorratskammer um.«

Lauri rappelte sich auf und warf Ville einen bitterbösen Blick zu. »Vielleicht sollte ich deine Vorräte zerstören, dann müssen wir hier raus.«

»So etwas Dummes würdest du tun?«, fragte Ville und lehnte sich zurück. »Du würdest dir damit selbst mehr schaden als mir. Und Lebensmittel mutwillig zu zerstören, ist mehr als verwerflich.«

»Jemandes Notlage auszunutzen, um ihn aus egoistischen Gründen gefangen zu halten, ist auch verwerflich.«

»Meine Gründe sind nicht egoistisch.« *Zumindest nicht vollkommen.* »Ich habe dabei alles hier im Blick.«

»Ich habe doch schon gesagt, dass ich das nicht machen werde mit den Motorschlitten!«, begehrte Lauri auf. »Bitte glaub mir doch. Ich verspreche es. Nach der Nummer würde ich sowieso nicht mehr in deine Nähe kommen wollen. Also, falls du mir nur einen Schrecken einjagen wolltest, ist deine Mission geglückt.«

»Darum geht es nicht.«

»Ach nein?« Lauri warf die Arme in die Luft. »Worum dann? Merkst du eigentlich, wie du dir andauernd widersprichst?«

Ville seufzte und erhob sich. »Wolltest du nicht aufs *Huussi*?«

»Bin schon weg«, knurrte Lauri, schlüpfte in seine Stiefel und riss seine Jacke vom Haken.

Ville sah ihm nachdenklich hinterher. Sein Verstand sagte, dass er einen großen Fehler machte, aber sein Herz und seine Instinkte sagten das Gegenteil. So oder so war es zu spät, um noch umzukehren. Lauri würde ihn verraten und zerstören und Ville würde daran zugrunde gehen. Vielleicht war er zu egoistisch, aber er hing an diesem Leben, das ihm geschenkt worden war. Es hatte einen tieferen Sinn. Nicht, dass Lauris Leben keinen hatte, aber der war noch nicht an dem Platz, an den er gehörte. In ihm steckte mehr. Nun war er hier, wie ein Gefährte, den Ville gar nicht wollte. Und der nun auch Ville nicht mehr wollte.

Kapitel 11

Seit zwei Tagen verweigerte Lauri das Essen und mit jeder Stunde, die verging, fiel es ihm schwerer und seine Hoffnung schwand. Er hatte geglaubt, dass Ville seinen Hungerstreik ernstnehmen und ihn doch zurück nach Inari bringen würde, falls noch ein Rest Anstand in ihm steckte. Das war offenbar nicht der Fall. Zwar versuchte Ville immer wieder, Lauri gut zuzureden und zum Essen zu ermuntern, aber sobald Lauri verlangte, nach Inari gebracht zu werden, blockte er ab.

Was zum Teufel wollte Ville hier mit ihm? Welchen Sinn ergab es für einen Mann, der um jeden Preis allein sein wollte, einen anderen Menschen gegen dessen Willen bei sich festzuhalten? Das würde Ville auf Dauer nicht aushalten und dann gab es nur zwei mögliche Konsequenzen: Er lenkte ein und brachte Lauri nach Inari. Oder er brachte ihn um.

Letzteren Gedanken schob Lauri so weit wie möglich von sich. Er konnte sich nicht vorstellen, dass Ville so etwas tun würde, allerdings hatte er sich vorher auch nicht vorstellen können, dass der ihn praktisch gefangen nehmen würde. Er musste wachsam bleiben. An Villes Gewissen appellieren, aber ihm nicht zu sehr auf die Nerven fallen, damit der ihm nicht in einer Kurzschlussreaktion etwas antat.

Aber erst einmal musste er lernen, mit den quälenden Magenschmerzen, der Schwäche und dem Schwindel umzugehen, die der Hunger in ihm verursachten. Die Essensgerüche, die Ville beim Kochen verursachte, machten es nicht besser, aber Lauri fühlte sich nicht fit genug, um aufzustehen und hinauszugehen. Glücklicherweise begann seine Nase sowieso immer mehr zu verstopfen, weil er sich wohl einen Schnupfen eingefangen hatte.

Er spürte, dass sich Ville ihm näherte und vor das Bett hockte. »Möchtest du heute vielleicht etwas essen? Ich könnte *Puuro* machen.«

»Nein, danke«, murrte Lauri in sein Kissen, obwohl er bei dem Gedanken an eine Schale *Puuro* mit leckeren Beeren innerlich bald durchdrehte.

»Du musst bei Kräften bleiben, wenn du im Frühjahr vor mir flüchten willst.« Lauri hörte das Lachen in Villes Stimme und hätte ihn dafür am liebsten geschlagen. »Bitte.« Jetzt klang er wieder ernst. »Iss etwas.«

»Bring mich nach Inari, dann esse ich.«

Ville seufzte entnervt. »Du kennst die Antwort. Sie lautet nein.«

»Dann fick dich, wenn du mich lieber sterben lässt, als Vernunft anzunehmen.«

»Du wirst nicht sterben. Dein Lebenswille ist zu groß und irgendwann wirst du essen.« Abrupt sprang Ville auf und zog den Vorhang vor das Bett. Lauri blieb liegen. Etwas anderes hatte er ja sowieso nicht zu tun.

Hatte Ville recht? Würde er irgendwann einknicken? Wahrscheinlich schon. Aber vielleicht hatte er trotzdem den längeren Atem und Ville gab früher klein bei. Wenn Lauri sich vorstellte, dass er vor zwei Tagen noch unbedingt mit diesem Geisteskranken hatte schlafen wollen, wurde ihm schlecht. Jetzt war er umso überzeugter, dass Ville sich hier draußen versteckte, weil er irgendetwas Schlimmes getan hatte. Er war doch von Anfang an irgendwie seltsam gewesen und Lauri hatte sich davon blenden lassen, dass er ihn gerettet hatte und heiß aussah. Jetzt schämte er sich für seine Naivität. Mal wieder.

Der Drang, das *Huussi* aufzusuchen, zwang ihn dazu, aufzustehen. Er zog sich an und ging auf wackeligen Beinen hinaus, spürte Villes Blick im Rücken und wäre es nicht so furchtbar kalt, hätte er wohl eine kleine Ewigkeit in dem Häuschen verharrt, nur um nicht in einem Raum mit Ville sitzen zu müssen. So aber kehrte er zurück und legte sich wieder ins Bett, auch wenn sein knurrender Magen es immer schwerer machte, Schlaf zu finden.

Am nächsten Tag waren die Magenschmerzen verschwunden, weil sein Körper sich an den Hunger zu gewöhnen schien, aber Lauri fühlte sich so schwach, dass er nicht aufstehen konnte. Außerdem war der Infekt zurückgekehrt und ließ ihn abwechselnd schwitzen und zittern. Eigentlich hieß es, ein Mensch käme vierzig Tage ohne Essen aus, aber Lauri kam bereits nach dreien an seine Grenzen. Er fühlte sich wie der schwache, dumme Versager, der er war. Nichts wollte gerade klappen. Gar nichts. Er hatte einen Motorschlitten im Peltojärvi versenkt und war dabei selbst fast abgekratzt. Er war von einem Geisteskranken gerettet worden, der ihn jetzt nicht wieder gehen ließ. Und er schaffte es nicht einmal, einen Hungerstreik durchzuziehen, ohne sich selbst damit mehr zuzusetzen als Ville.

Der ließ wie üblich nicht locker und kauerte sich neben das Bett. »Du solltest essen. Du bist krank und entkräftet.«

Lauri schwieg verbissen.

»Komm schon«, setzte Ville nach und seine Stimme klang wie die eines fürsorglichen Vaters, was Lauri nur noch wütender auf ihn machte. »Das nützt doch nichts. Was kann ich tun, um dich zum Essen zu bewegen?«

»Mich nach Inari bringen.« Es war jeden Tag das gleiche Spiel. Jeden. Beschissenen. Tag.

»Das werde ich nicht und das weißt du. Selbst wenn ich es wollte, wäre das in deinem Zustand gar nicht möglich. Du würdest keine Hundeschlittenfahrt von dreißig Kilometern überstehen.«

»Tu nicht so, als seist du um mich besorgt. Es geht dir doch nur um dich selbst und dein verkacktes Leben hier. Du hast bestimmt was zu verbergen und willst nicht, dass dich einer findet.«

»Stimmt«, bekannte Ville freimütig.

Lauri blinzelte und starrte die Wand an. »Was hast du gemacht? Jemanden umgebracht?«

»Nein.«

»Was dann?«

»Ich habe nicht gesagt, dass ich etwas *getan* habe.«

»Hast du aber. Einen Mann entführt. Mich.«

Ville lachte leise. »Du bist freiwillig auf meinen Schlitten gestiegen.«

»Weil ich keine Wahl hatte!« Lauri musste vor Aufregung husten und krümmte sich auf der Matratze. Ville rieb ihm den Rücken, aber er schüttelte ihn ab. »Fass mich nicht an!« So sehr er sich eine Berührung von Ville vor zwei Tagen noch gewünscht hatte, jetzt graute ihm davor. »Du bist nicht der Mittelpunkt der Welt, auch wenn du dich für irgendeinen Wildnisgott oder so was hältst. Es geht hier nicht nur um dich und es geht auch nicht nur um mich. Da draußen sind Menschen, die sich um mich sorgen. Die darunter leiden, dass ich spurlos verschwunden bin und mich nicht melde. Die wahrscheinlich nachts nicht schlafen können und schon krank vor Sorge sind. Du ziehst da Leute mit rein, die nichts für deine Scheiße können, was auch immer dein Problem ist. Aber das geht dir wahrscheinlich auch sonstwo vorbei.«

Ville schwieg lange. Dann stupste er Lauri wieder an der Schulter an, kurz, aber deutlich. »Ich schlage dir einen Kompromiss vor.«

»Was für einen Kompromiss?«, fragte Lauri stirnrunzelnd.

»Ich lasse dich einen Brief an deine Mutter schreiben und sorge dafür, dass er so bald wie möglich abgeschickt wird. Aber nur unter der Bedingung, dass du wieder isst.«

Lauri horchte auf. »Einen Brief?«

»Einen Brief. Mit von mir abgesegnetem Inhalt. Du wirst ihr schreiben, dass es dir gut geht und dass es dir leidtut, dass du nicht Bescheid gesagt hast, aber dass du gerade eine Auszeit brauchst und dich melden wirst, sobald dir wieder danach ist.«

»Das wäre erstunken und erlogen!«

»Lauri, sieh mich an.« Als Lauri nicht reagierte, packte Ville ihn bei der Schulter und rüttelte ihn. »Dreh dich um. Sieh mich an.«

Widerwillig tat Lauri, was Ville verlangte, drehte sich auf die andere Seite und setzte sich auf. »Du willst doch nur, dass ich diesen Brief schreibe, damit sie die Bullen nicht nach mir suchen lässt.«

»Es ist eine Sache, von der wir beide profitieren, das streite ich nicht ab. Deine Mutter wird wissen, dass du lebst und sie sich keine Sorgen machen muss. Die Polizei wird hier oben so oder so nicht nach dir suchen. Niemand weiß, dass du hier bist. Das hast du selbst gesagt.«

»Und wie willst du den Brief abschicken? Ich hab hier weit und breit keinen Briefkasten gesehen.«

»Ich werde den Brief einem meiner samischen Bekannten mitgeben. Er fährt mit seinem Hundeschlitten mehrmals die Woche in Muotkatunturi umher und ich kann versuchen, ihn aufzuspüren.«

»Klingt nach einem sehr durchdachten Plan«, höhnte Lauri und verschränkte die Arme. »Woher soll ich wissen, dass du mir keinen Mist erzählst und den Brief nicht einfach wegwirfst?«

»Du wirst mir vertrauen müssen«, gab Ville zurück und hielt ihn mit seinem Blick fest.

»Kann ich nicht«, flüsterte Lauri. »Ist schon mal schiefgegangen.«

»Was hast du zu verlieren, wenn du diesen Brief schreibst?«

Lauri dachte nach und musste feststellen, dass Ville tatsächlich recht hatte, zumindest fiel ihm in seinem ausgehungerten Hirn kein triftiger Grund ein, der gegen den Brief sprach. *Äiti* würde ihm vermutlich kein Wort glauben, weil sie wusste, dass Lauri so etwas nie tun würde, aber zumindest hatte sie dann ein Lebenszeichen von ihm. Und würde die Polizei vielleicht trotzdem losschicken. Es war eine Chance. Der Hungerstreik war also doch nicht umsonst gewesen, er hatte Ville einen kleinen Sieg abgerungen.

»Na schön«, erklärte er und lehnte sich halbwegs zufrieden zurück.

»Gut.« Ville erhob sich. »Willst du *Puuro*?«, fragte er in geschäftsmäßigem Ton. »Oder etwas anderes?«

»*Puuro* wäre mir recht, etwas anderes bekomme ich jetzt sowieso nicht runter.«

Ville nickte. »Ich mache dir auch einen Tee und Zwiebelhonig. Du musst deine Erkältung auskurieren.«

»Wär's nicht viel praktischer für dich, wenn ich sterbe?«

Ville erwiderte nichts und machte sich in der Küche an die Arbeit. Lauri fielen vor Erschöpfung die Augen zu, während er wartete, aber der süße Duft von Haferbrei mit Milch und Beeren weckte ihn wieder.

»Setz dich an den Tisch«, forderte Ville ihn auf und stellte ihm die Schale mit dem Essen hin, dazu eine Tasse Tee.

Lauri musste sich nicht allzu sehr zwingen, seinen Teil der Abmachung zu erfüllen, denn sein Körper sehnte sich verzweifelt nach Nahrung. So boshaft Villes Spruch über Lauris möglichen Fluchtversuch im Frühjahr auch gewesen war, ein Funken Wahrheit steckte darin. Es war sinnvoller, bei Kräften zu bleiben. Und ebenso sinnvoll mochte es sein, zumindest zum Schein mit Ville zu arbeiten, anstatt gegen ihn. Wenn man ihm entgegenkam, zeigte er sich versöhnlich, also konnte ihn Lauri so möglicherweise dazu bewegen, Vernunft anzunehmen und ihn nach Inari zu bringen. Danach sollte er seinetwegen sein einsames, ungestörtes Leben weiterführen, Lauri würde ihn zufriedenlassen, obwohl er es verdiente, dass man ihm die Bullen auf den Hals hetzte.

Nach drei Tagen Hungern schmeckte der erste Löffel *Puuro* wie Essen aus dem Himmel. So süß, so cremig und intensiv, dass Lauri ein kleines Seufzen nicht zurückhalten konnte. Er schaffte nur eine kleine Portion, weil sein Magen geschrumpft war, aber er trank auch seine Tasse Tee aus. Ville sah ihm die ganze Zeit schweigend dabei zu, als wollte er sichergehen, dass Lauri auch wirklich aß und nicht nur so tat, als ob.

»Ich will jetzt den Brief schreiben«, verkündete Lauri und faltete abwartend die Hände auf der Tischplatte.

»Sicher.« Ville stand auf und holte Papier und Stift aus dem Schrank. »Hier. Du wirst das schreiben, was ich dir gesagt habe, in deinen eigenen Worten.«

Lauri überlegte lange, ehe er den Stift ansetzte. War es irgendwie möglich, seiner Mutter eine versteckte Botschaft zukommen zu lassen, so wie sie es manchmal in Filmen machten? Ihm fiel beim besten Willen nichts ein. Auf eine solche Situation war er einfach nicht vorbereitet und in seinem Kopf schien es nur noch weiche Watte zu geben, seit er etwas gegessen hatte.

Liebe Äiti,

ich schreibe dir diesen Brief, damit du aufhörst, dir Sorgen um mich zu machen. Ich habe mich entschieden, für eine Weile auszusteigen. Es geht mir gut, aber ich ordne gerade in aller Abgeschiedenheit mein Leben neu, weil ich mit der Welt da draußen oft nur noch überfordert bin. Ich weiß noch nicht, wann ich zurückkomme, aber ich werde es dich wissen lassen. Es tut mir leid, dass ich dir vorher nichts gesagt habe, aber ich musste diesen Schritt für mich alleine gehen.

Ich hab dich lieb.

Dein Lauri

Erst, als er seinen Namen unter den Brief setzte, begriff Lauri, dass es sich beim Schreiben fast wie die Wahrheit angefühlt hatte. Wurde er jetzt schon langsam verrückt? War das ein innerer Schutzmechanismus? Ja, es stimmte, er war oft mit der Welt überfordert und wollte sein Leben neu ordnen und genau deshalb war er auch nach Lappland gereist, ohne jemandem Bescheid zu geben. Aber sein Plan hatte ganz anders ausgesehen als *das* hier.

»Fertig?«, fragte Ville und hob eine Braue.

»Ja. Ich glaub schon.«

Ville nahm den Brief an sich und überflog ihn. »Gut geschrieben«, sagte er anerkennend. »Lass doch aus einer Lüge die Wahrheit werden.«

»Oh, na klar. Prima Idee. Und dann leben wir hier glücklich bis an unser Ende.« Lauri schnaubte. »Verarsch doch jemand anderen.«

Ville feixte, steckte den Brief in einen Umschlag und legte ihn auf die Kommode. »Du bist ziemlich zickig für einen Jungen, der fast im eisigen See ersoffen wäre.«

»Versuch gar nicht erst, die Retterkarte auszuspielen. Das rechtfertigt nichts von dem, was du mir hier antust.«

»Na schön.« Villes Miene wurde wieder ernst und undurchdringlich und er zog sich seine dicken, fellbesetzten Stiefel an. »Ich habe jetzt draußen ein paar Arbeiten zu erledigen. Du legst dich besser wieder hin und ruhst dich aus.«

»Darf ich ein Buch lesen?«

»Natürlich.«

Lauri stand auf und griff sich erneut *Robinson Crusoe* aus dem Regal. Ville hielt an der Tür kurz inne. Und lächelte.

Kapitel 12

Lauri klappte das Buch zu und seufzte. Zum zweiten Mal hatte er nun schon *Robinson Crusoe* gelesen und er fragte sich, was das über ihn aussagte. Und über Ville. Das Lieblingsbuch eines anderen Menschen zu lesen, war ja schon ein wenig, wie in seinen Kopf zu reisen. Ein bisschen fühlte sich Lauri auch selbst wie ein Robinson, gestrandet einsam im Nirgendwo, zusammen mit einem Wilden. Mehrere Tage waren vergangen und Lauri fand sich langsam damit ab, dass er hier so bald nicht herauskommen würde, falls sich nicht eine günstige Gelegenheit zur Flucht ergab. Vielleicht sollte er Ville einfach in *Freitag* umtaufen.

Während Lauri noch über diesen Gedanken vor sich hin kicherte, betrat Ville das Haus.

»Hei Freitag«, rief ihm Lauri vom Bett aus zu.

»Hä?« Ville runzelte die Stirn.

Lauri wedelte mit dem Buch. »Ich bin der Gestrandete, du der bescheuerte Kannibale.«

»Freitag war nicht bescheuert. Er war Robinson ein guter Freund und Diener.« Ville stellte einen Sack Holz neben den Kamin und begann, die Scheite in das Regal zu schichten. »Wie ein Diener komme ich mir im Moment auch vor.«

»Ja? Oh, du Armer. Selbstgewähltes Leid, würde ich sagen. So, nun jammer nicht herum, sondern mach mir einen Tee und heiz die Sauna an. Ich will da nachher rein, aber ohne dich.«

Langsam, sehr langsam erhob sich Ville und trat auf Lauri zu. Seine Miene wirkte düster. Brodelnd. »Treib es nicht zu weit, Bengel. Sonst ziehe ich andere Saiten auf.«

»Ach ja?« Lauri verschränkte die Arme. »Welche denn? Und mit welchem Recht?«

»Mit dem Recht des Hausherrn.« Er versetzte Lauri einen Stoß, der ihn rückwärts auf die Matratze fallen ließ und glitt wie ein Raubtier über ihn, kniend auf allen vieren. »Du wirst mich respektieren«, flüsterte er eindringlich. »Mich, die Natur und die Welt, in der ich lebe.«

»Und warum sollte ich das tun?«, fragte Lauri und atmete hastig. Villes körperliche Nähe und sein Geruch waren wie ein Schlag auf den Kopf, der ihm jegliche Orientierung raubte. »Du respektierst mich doch auch nicht. Hast es nie getan. Über mein veganes Leben hast du dich nur lustig gemacht und mir dann meine Freiheit geraubt. Womit verdienst du denn Respekt?«

»Ich verdiene Respekt, weil ich ein atmendes, lebendes Wesen bin, das vielleicht nicht immer die richtigen Entscheidungen trifft, aber Gefühle und Bedürfnisse hat.«

»Und welche Gefühle und Bedürfnisse hast du, was mich angeht?«, raunte Lauri und sah Ville an. Die Spannung zwischen ihnen war kaum zu ertragen und Lauri hasste sich dafür, dass er trotz allem immer noch von Sex mit Ville fantasierte.

»Dir eine reinzuhauen, wenn du nicht aufhörst, dich wie ein plärrendes Balg aufzuführen, das zu seiner Mama will.«

Lauri lachte auf und überlegte, Ville sein Knie zwischen die Beine zu stoßen. Für diesen scheiß Kommentar hätte er sich das verdient. Danach wäre es Lauri auch egal, ob Ville ihm dafür eine scheuerte.

»Ich habe deinen Brief weggebracht«, erklärte Ville unvermittelt und brachte Lauri damit aus dem Konzept.

»Zu deinem Bekannten?«

»Ja.«

»Kommt der eigentlich auch manchmal hierher?«

»Nein.« Ville zog eine Grimasse. »Er weiß, dass ich das nicht mag.«

»Hast ihm wohl mit Mord gedroht.«

Ville versetzte Lauri einen kleinen Streich auf die Wange und stand auf. »Die Sauna heizt übrigens schon an, aber ich werde auch gleich reingehen. Entweder du kommst mit mir mit«, er drehte sich noch einmal um und warf ihm einen seltsamen Blick zu, »oder du musst warten.«

Lauri entschied sich fürs Warten, denn die kurze, körperliche Nähe zu Ville hatte ihn so irritiert, dass ihm nicht der Sinn danach stand, nackt und schwitzend neben ihm zu sitzen. Überhaupt sollte er sich wieder dringend mehr darauf konzentrieren, Ville zu hassen, anstatt sich hier mit seinem Schicksal abzufinden und es sich häuslich einzurichten. Sollte Ville nachher noch einmal mit den Hunden auf Tour gehen, nahm sich Lauri vor, das Haus und die Nebengebäude nach einem Handy oder Funkgerät zu durchsuchen. Vielleicht hatte Ville gelogen und besaß doch etwas; dann würde Lauri keinen Moment zögern und sich Hilfe rufen. Der Mann mochte noch so nett und fürsorglich tun, er war ein Entführer und die dunkle Seite seines Wesens blitzte immer wieder durch die gleichgültige Hülle.

Wenn es irgendwie möglich war, würde Lauri nicht erst bis zum Frühjahr warten, ehe er einen Fluchtversuch unternahm. Dennoch war ihm klar, dass er Geduld haben musste. Eine Flucht unter diesen Umständen wollte vorbereitet sein. Gut durchdacht, besser als seine Tour mit dem Motorschlitten.

Es dauerte bis zum nächsten Tag, bis Ville wieder auf eine Tour mit seinen Hunden losfuhr, aber sobald er außer Sichtweite war, ergriff Lauri die Gelegenheit und begann, im Haus herumzuschnüffeln. Er durchsuchte alle Schränke und Schubladen bis in den hintersten Winkel, versuchte jedoch, alles wieder so hinzulegen, wie er es vorgefunden hatte. Dabei stieß er auf noch mehr Fotos von diesem Kind namens Johannes. Johannes auf einer Rutsche, mit Ville auf einer Schaukel. Ville, wie er Johannes mit Kuchen fütterte und wie sie gemeinsam einen Welpen streichelten, der verdächtig nach Kaarna aussah. Johannes musste Villes Sohn sein, eine andere Erklärung gab es nicht für diese Bilder. Und Ville hatte den Kontakt zu seiner einstigen Familie offenbar abgebrochen, warum auch immer. War etwas vorgefallen? War er straffällig geworden, gewalttätig? Hatte man ihm Johannes deswegen entzogen? Nur zu gern wollte Lauri es wissen, andererseits wäre es sicher klüger, sich gar nicht so sehr mit der Person Ville zu beschäftigen. Es hatten schon Leute eine emotionale Bindung zu ihrem Entführer aufgebaut und das wollte er um jeden Preis vermeiden, er hatte schon vorher viel zu viel in ihn investiert.

Ein anderes Fundstück war dann allerdings doch interessant: ein Portemonnaie mit etwas Bargeld, einer Geldkarte und Villes Ausweis. Lauri las die Daten: Ville Kristian

Haavisto, geboren am 26.05.1974 in Ivalo. Als Wohnort war auf dem Ausweis noch Inari angegeben. Vielleicht wäre es sinnvoll, sich diese Daten zu merken, sollte Lauri doch zur Polizei gehen wollen.

Leider blieb seine Suche ansonsten erfolglos. Er versuchte sogar, die Dielen anzuheben, aber nirgendwo gab es ein Handy oder sonst irgendein Kommunikationsmittel. Offenbar meinte Ville es vollkommen ernst damit, dass er es in Kauf nahm, dass ihm hier draußen etwas passierte und ihm dann niemand helfen konnte. Es war so widersprüchlich wie alles, was Ville tat. Einerseits hing er so an seinem Leben, dass er Lauris dafür zerstörte, andererseits riskierte er es auf eine solche Weise, obwohl er es nicht müsste. Wahrscheinlich ging es ihm nicht um das Leben selbst, sondern das Leben *hier*.

Seufzend zog sich Lauri an und ging hinaus. Er glaubte nicht wirklich, in den anderen Gebäuden etwas Brauchbares zu finden, aber es konnte nicht schaden, sich einmal genauer umzusehen. Im *Huussi* fand er erwartungsgemäß nichts Spektakuläres, nur Toilettenpapier, Handtücher und ein paar alte, ausgelesene Bücher. Im Vorratshaus durchwühlte er die Kühltruhe, fand aber nur große Mengen an gefrorenem Fleisch und Fisch. Bei den Konserven sah es nicht anders aus. Zumindest würden sie über den Winter nicht verhungern, denn die Vorräte schienen wirklich reichlich. Er seufzte und ging hinaus, machte sich auf den Weg zurück zum Wohnhaus und begann es zu umrunden. Vor dem Hundezwinger blieb er stehen und betrachtete die Tiere, die Ville heute nicht mit auf Tour genommen hatte. Einige von ihnen kamen an den Zaun und schnüffelten, ein paar bellten, aber nicht aggressiv, sondern zur Begrüßung. Sie hatten sich bereits an ihn gewöhnt und hielten ihn wohl für einen neuen Mitbewohner. Sie ahnten ja nicht, dass ihr Herrchen ihn in Wahrheit gegen seinen Willen hier festhielt.

Als Letztes, von der Sauna abgesehen, blieben die Werkstatt und der Schuppen. Auch wenn Lauri dort wohl ebenso wenig ein Handy finden würde, gab es sicher andere Dinge, die ihm irgendwie nützlich sein könnten. Er ging hinüber zur Werkstatt und trat ein. Hier gab es in der Tat viel zu entdecken, vor allem jedes Werkzeug, das man sich vorstellen konnte: Hammer, Zangen, Schraubschlüssel, Bohrer, Sägen und eine ganze Sammlung an Schnitzmessern.

Waffen.

Lauri nahm eines der Messer in die Hand und drehte es, um es von allen Seiten zu betrachten. Er stellte sich vor, wie er es in Villes Halsschlagader rammte. Würde das funktionieren? Und könnte er so etwas überhaupt, einen Menschen töten, selbst in Notwehr? Er konnte ja schon kaum einen Fisch ohne schlechtes Gewissen essen. Aber er war in einer Ausnahmesituation, die notfalls harte Maßnahmen erforderte. Er steckte das kleine Messer in seinen Sockenbund. Sicher war sicher.

Zuletzt ging er schließlich hinüber zum Schuppen und öffnete die Tür. Sein Blick fiel auf den zweiten Hundeschlitten, der wie eine Verheißung in der Hütte stand. In Lauris Kopf formte sich ein Plan. Ein *echter* Plan.

Ville dehnte seine Schlittentour besonders lange aus, um nicht so schnell wieder nach Hause zurückkehren zu müssen, und er hasste dieses Gefühl. Er wollte gerne nach Hause kommen, sich darauf freuen, gemütlich bei einem Kaminfeuer auf seinem Sofa zu sitzen, mit Kaarna, die ihm den Kopf in den Schoß legte. Aber das ging nicht mehr, denn da war jetzt noch jemand. Jemand, den Ville selbst dazu nötigte, dort zu sein, weil alles noch schlimmer wäre, wenn er fortginge. Er konnte sich gerade selbst nicht ausstehen.

Das Schicksal lenkt die Dinge, hatte einst der Schamane zu ihm gesagt, *und alles passiert, weil es passieren soll.*

Aber traf das auch auf das hier zu? Auf die ganzen kopflosen Entscheidungen, die Ville in letzter Zeit getroffen hatte? Stünde er noch einmal vor der Wahl, würde er Lauri ja doch wieder aus dem See ziehen und dann würde auch der Rest wieder so kommen, wie er gekommen war.

»Ich würde mich opfern«, sagte er zu sich selbst. Bei allen Himmelslichtern, er hatte es in den vergangenen Tagen hundertmal gedacht. Er hatte nicht das Recht, sein Leben über Lauris Leben zu stellen und wenn er sicher sein könnte, dass nur er einging, wenn sie das Band zerrissen, würde er es wohl tun, auch wenn er damit alles aufgeben und sich selbst überlassen müsste. Aber genau das war der Punkt: Er konnte nicht sicher sein. Er hatte keine Ahnung, was es mit Lauri machen würde, ob es Auswirkungen auf ihn hätte, die sie beide nicht überschauen konnten. Oder war der dagegen immun, weil er nicht so war wie Ville? Er nahm sich vor, demnächst den Schamanen aufzusuchen, auch wenn dieser ihn nicht gern sah. Er brauchte einen Rat, um dieses Problem, in das er sich zum Teil selbst hineinmanövriert hatte, zu lösen.

Lauris Hass tat ihm weh, verdient oder nicht. Er war wie eine Wunde im Fleisch, die sich entzündete, aber gleichzeitig auch die letzte Hoffnung, dass sie sich irgendwie noch trennen konnten. Wenn er Lauri doch nur die Wahrheit sagen könnte! Aber der würde sie weder verstehen noch glauben, und die Zeit drängte. Mit jedem Tag, der verging, rann sie ihm durch die Finger. Bald würde sich Lauri die Wahrheit ganz von selbst zeigen, aber nicht einmal dann war sicher, dass er sie wirklich sah. Und wenn doch? Was würde er dann tun? Ihn noch mehr hassen, noch mehr verabscheuen?

Ich tue, was für uns das Beste ist, auch wenn wir es beide gerade nicht sehen.

Er würde sich um Lauri kümmern. Sehen, dass es ihm in der Situation so gut wie möglich ging, und wenn er die letzten Gemüse- und Getreidereste zusammenkratzen und ihm veganes Essen kochen musste. Und dabei hoffen, dass der Bursche ihn nicht in den Wahnsinn trieb. Dass er ihn nicht dazu brachte, die Beherrschung zu verlieren, das wilde Tier in sich überhandnehmen zu lassen.

Es wurde Zeit, zurückzukehren und Ville ließ den Schlitten wenden. Vermutlich würde Lauri zu Hause auf dem Bett liegen und in einem Buch schmökern, so wie er es in den letzten Tagen immer getan hatte. Zweimal hatte er schon *Robinson Crusoe* gelesen und irgendwie berührte diese schlichte Tatsache Ville, weil Lauri wusste, dass es sein Lieblingsbuch war. Vielleicht konnten sie sich über das Buch unterhalten. Der letzte besondere Mensch, mit dem Ville über dieses Buch geredet hatte, war Johannes gewesen. Er hatte ihm auf kindgerechte Weise – also vor allem ohne die Kannibalen – die Geschichte nacherzählt und Johannes hatte gar nicht genug davon bekommen können.

Tatsächlich saß Lauri aber am Tisch, als Ville nach seiner Rückkehr das Haus betrat, und blickte ihm ernst entgegen. »Guten Tag«, sagte er förmlich.

Ville entkam ein belustigtes Schnauben. Was sollte das jetzt werden? »Guten Tag, der Herr.«

Lauri klopfte auf den Tisch. »Setz dich hin. Wir müssen reden.«

»Falls es darum geht, dass ich dich nach Inari fahren soll: Audienz abgelehnt.«

»Dass du dazu nicht zu bewegen bist, hab ich inzwischen begriffen. Aber wir müssen uns über meinen Aufenthalt hier unterhalten. Ich bin gezwungen, bis zum Frühjahr hier zu bleiben und dann wirst nicht einmal du mich davon abhalten können, mich hier zu verpissen. Aber bis dahin muss ich die Zeit irgendwie rumkriegen und ich kann dir sagen: Den ganzen Tag rumliegen und lesen wird nach einer Weile langweilig und deprimierend. Ich will, dass du mir etwas zu tun gibst.«

»Du kannst hier putzen«, erwiderte Ville und ließ sich Lauri gegenüber auf der Bank nieder. Irgendwie amüsierte ihn das gerade.

»Kann ich machen«, gab Lauri ernst zurück. »Ich will aber auch draußen was tun. Mit den Hunden helfen. Du weißt, dass ich Tiere mag und dass mir der Umgang mit ihnen fehlt.«

»Du hast hier Kaarna.«

»Kaarna ist alt und schläft den ganzen Tag. Ich schmuse viel mit ihr und hab sie lieb, aber ich will was tun. Lass mich dir bei der Versorgung deiner Schlittenhunde helfen. Es ... es würde mich glücklich machen und ich könnte vielleicht mehr Verständnis für die Natur und das Wesen der

Tiere entwickeln. Eine Entführung mit pädagogischem Mehrwert, sozusagen.«

Ville schnaubte erneut. »Du bist urkomisch. Na schön.« Er erhob sich. »Du kannst mir bei der Versorgung der Hunde helfen, ich kann jemanden brauchen, der mich entlastet. Ich werde dich ab morgen mit einbinden. Aber du wirst nichts ohne meine Aufsicht tun.«

»Geht klar.«

Ville nickte, obwohl ihm der Gedanke noch nicht so ganz behagte. Anderseits hatte Lauri recht: Er konnte nicht erwarten, dass der Junge tagein tagaus im Haus verbrachte und Däumchen drehte. Er brauchte eine Aufgabe, vielleicht wurde die Lage dadurch entspannter, weil er am Abend müde ins Bett fallen und keine Energie mehr für Streit haben würde. Außerdem bekam er dadurch ein tieferes Verständnis für Villes Lebensweise. Für den Kreislauf der Natur und die Wichtigkeit, sich darin zu integrieren, anstatt einfach hindurchzupreschen. Auf einmal wollte er ihm dieses Leben nahebringen, wie er Johannes *Robinson Crusoe* nahegebracht hatte.

Kapitel 13

»Aufwachen.« Jemand rüttelte Lauri an der Schulter und riss ihn aus seinen wirren Träumen. Jemand? Es gab ja nur eine mögliche Person.

»Noch fünf Minuten«, murmelte er, wie früher, wenn seine Mutter ihn für die Schule geweckt hatte.

»Die Pflicht ruft. Du wolltest mir helfen.«

Villes angenehm herber, rauchiger, etwas verschwitzter Geruch hüllte Lauri ein. Offenbar hatte er noch nicht geduscht. »Ja, ich stehe gleich auf.« Er blinzelte und sah direkt in Villes stechend blaue Augen. »Kannst du mir mal nicht so auf die Pelle rücken?«

Wie vom Blitz getroffen entfernte sich Ville ein paar Schritte vom Bett. »Ich warte draußen auf dich, wir müssen Schnee schippen, es hat heute Nacht wieder geschneit. Danach die Hunde füttern.«

»Was ist mit Frühstück?«

»Gibt es im Anschluss. Erst die wichtigen Pflichten.«

»Okay.« Mühsam rappelte sich Lauri hoch. Er hatte den Verdacht, dass es verdammt früh am Morgen war und damit so überhaupt nicht seine bevorzugte Tageszeit. Aber es nützte nichts. Er hatte Ville seine Hilfe angeboten als Teil seines Plans, und das musste er jetzt durchziehen, wenn er Weihnachten mit Äiti und Marko, ihrem neuen Partner, verbringen wollte.

Ein kalter Luftzug wehte ins Haus, als Ville hinausging. Lauri reckte und streckte sich und zog sich an. Ihm graute davor, jetzt in die kalte Dunkelheit hinauszugehen, aber von der Arbeit würde ihm sicher warm werden. Zum Glück war Ville kein allzu gesprächiger Mensch, sodass ihm unangenehme Unterhaltungen wahrscheinlich erspart bleiben würden. Gähnend trat Lauri aus der Tür. Es roch nach frischem Schnee.

Ville war bereits mit Schaufeln beschäftigt, hielt kurz inne und blickte auf. »Nimm dir die Schaufel neben der Tür.« Sein Tonfall klang seltsam belustigt, als glaubte er keine Sekunde daran, dass Lauri harte Arbeit in der Kälte aushalten konnte. Aber er würde dem Blödmann schon das Gegenteil beweisen.

Entschlossen nahm er die Schaufel und machte sich ans Werk. Bald schon brannten ihm die Muskeln in den Armen, weil er schweres Heben nicht gewohnt war, aber er ließ sich nichts anmerken, sondern kämpfte sich verbissen weiter durch den Schnee, um den Hof und die Eingänge der Nebengebäude freizuschaufeln. Ville hingegen schien die Arbeit nicht viel auszumachen. Aber er war auch geübt darin, lebte seit Jahren damit und sein Körper hatte sich daran angepasst.

»Danke für deine Hilfe«, sagte er, als sie mit dem Schippen fertig wurden. »Wenn du willst, kannst du zurück ins Haus gehen. Die Hunde versorgen kann ich auch allein.«

»Nein, nein!«, beharrte Lauri. »Ich will mitmachen.« Schließlich waren die Hunde der wahre Grund, aus dem er seine Hilfe angeboten hatte.

»Na gut. Dann lass uns die Eimer mit der Knochenbrühe aus dem Haus holen.«

Gemeinsam holten sie die beiden großen Eimer, die Ville stets am Nachmittag des Vortages zum Auftauen ins Haus stellte. Zum Glück hatten sie Deckel, sodass Lauri nichts verschütten konnte.

»Ich muss bald wieder neue Brühe kochen«, erklärte Ville beiläufig. »An Knochen habe ich noch einiges da. Nächsten Monat muss ich aber sehen, dass ich ein, zwei Rentiere oder einen Elch erwische.«

»Darfst du das denn, wenn die Rentiere alle den Sami gehören?«

»Tja.« Ville zog eine Grimasse, die Antwort genug war.

»Warum bekommen die Hunde jetzt nur Brühe?«, wollte Lauri wissen. »Brauchen sie nicht mehr Energie, wenn sie nachher wieder rennen?«

»Wenn ich ihnen jetzt Fleisch gebe, liegt ihnen das zu schwer im Magen. Das kann gefährlich werden und zu einer Magendrehung führen, die dann tödlich endet. Das Fleisch gibt es erst nach dem Training, wenn sie ausgepowert sind und sich wieder beruhigt haben.«

»Okay.« Lauri versuchte, sich so viele Informationen wie möglich zu merken.

Sie betraten den Zwinger und wurden augenblicklich von den Hunden umzingelt, die genau wussten, dass es Futter gab. Es war gar nicht so einfach, sich einen Weg durch die hungrigen Tiere bis zu den Futtertrögen zu bahnen.

»Wichtig ist es, dass das Futter genug Fett enthält«, erklärte Ville weiter, »das brauchen sie für ihren Energiehaushalt. Sie bekommen nicht nur das Muskelfleisch, sondern auch die Innereien. Das komplette Tier.«

Sie füllten die Tröge auf und die Hunde drängten sich darum, schlabberten die herzhafte Brühe, als hätten sie ewig nichts gefressen. Lauris Magen knurrte. Ville schien es zu hören und nickte ihm zu.

»Lass uns reingehen und frühstücken. Danach in die Sauna und dann spanne ich den Hundeschlitten an.«

Ich will nicht mit dir in die Sauna gehen.

»Kann ich mitfahren?«

Ville lächelte nachsichtig, als wollte er sagen: *Du willst mich wohl für dumm verkaufen.* »Nein, das geht nicht.«

»Wieso nicht? Hast du Angst, dass wir einen deiner samischen Bekannten treffen und ich dich an ihn verrate?«

»Du hast es erfasst.« Ville zwinkerte ihm zu und machte sich auf den Weg zurück ins Haus.

Lauri stapfte ihm hinterher. Am liebsten würde er ihn schon wieder anbrüllen und mit Vorwürfen überschütten, aber das wäre seinem Plan nicht zuträglich und der lautete nun mal: Villes Vertrauen erschleichen und so viel wie möglich über die Führung von Hundeschlitten lernen.

Nach dem Frühstück, das für Lauri aus *Puuro* und für Ville aus Käse und Räucherfisch bestand, ging Ville hinüber in die Sauna. Lauri hatte abgelehnt, ihn zu begleiten und würde erst nachher gehen, wenn Ville mit den Hunden unterwegs war. Körperliche Nähe zu ihm wollte er um jeden Preis vermeiden, denn sie brachte ihn nach wie vor aus dem Konzept. Hormone waren eben Hormone und Ville sandte einen ganzen Cocktail an Lockstoffen aus, von denen sich Lauri angezogen fühlte. Aber er würde seinen Schwanz nicht über seinen Kopf gewinnen lassen und Ville hatte Sex mit ihm ja schon abgelehnt, als er ihn noch leicht hätte haben können.

»Ich mache mich jetzt auf den Weg«, verkündete Ville, als er aus der Sauna zurückkehrte, nur mit einem Handtuch um die Hüften. Lauri wandte eilig den Blick ab. »Ich bin in etwa drei Stunden wieder da. Es wäre schön, wenn du uns in der Zeit vielleicht etwas zum Mittagessen vorbereitest. Du kannst dich frei an den Vorräten bedienen, aber sei achtsam mit dem Gemüse, das müssen wir uns einteilen.«

»Ich sag's dir gleich, ich bin kein guter Koch. Schon gar nicht mit tierischen Lebensmitteln.«

Ville deutete ein Kopfschütteln an. »Ich bin sicher, du bekommst das hin mit etwas Vernunft und Achtsamkeit gegenüber den Lebensmitteln.« Er zog sich an und ging zur Tür, wandte sich aber noch einmal um. Sein Gesicht verschwand fast hinter der dicken Fellmütze. »Danke für deine Hilfe.«

»Gern geschehen.« *Ich helfe mir damit ja vor allem selbst.*

Vom Fenster aus beobachtete Lauri, wie Ville die Hunde vor den Schlitten spannte. Er würde ihn demnächst bitten, auch dabei behilflich sein zu dürfen, aber heute oder morgen wäre es zu auffällig. Eins nach dem anderen. Lieber eine gelungene Flucht in ein, zwei oder auch drei Wochen, als eine Hals-über-Kopf-Aktion, die zum Scheitern verurteilt war. Als der Schlitten schließlich vom Hof fuhr, stand Lauri ein wenig unschlüssig herum. Nach der Sauna stand ihm nicht der Sinn, er würde nachher wohl nur kurz duschen. Aber dann fiel ihm etwas ein. Er ging hinüber zum Bücherregal und zog sich ein ganz bestimmtes Buch heraus: Das *Handbuch für Musher*.

Die traditionelle Rentierfarm, die Ville aufsuchen wollte, befand sich etwa zwanzig Kilometer nordöstlich an der norwegischen Grenze. Er war dort aus verschiedenen Gründen nicht gern gesehen, aber er brauchte jetzt einen Rat. Dringend. Und es gab nur einen Menschen, den er kannte, der ihm diesen geben konnte.

Misstrauische Blicke empfingen ihn, als er vor der Farm hielt, die im Wesentlichen aus umzäuntem Gelände und *Lavvus*, den traditionellen Zelten der Sami, bestand. Einige Rentiere standen auf einer umzäunten Koppel, ihr Schnaufen hallte in der klirrend kalten Winterluft wider und bildete kleine Wölkchen. Kaum, dass Ville vom Schlitten gestiegen war, eilte bereits jemand in strammen Schritten auf ihn zu.

»Ville!«, rief der Mann. »Ville, was hast du hier zu suchen? Du sollst hier doch nicht herkommen, so lautet die Vereinbarung!«

»Hannu.« Ville hob entschuldigend die Hände. »Ich will zu Anssi.«

»Anssi ist nicht da.«

»Doch, ist er. Bitte, es ist ein Notfall.«

»Ein Notfall?« Hannu trat näher und senkte stirnrunzelnd die Stimme. »Was hast du angestellt? Jemanden umgebracht?«

»Nein, natürlich nicht! Gott, Hannu. Ich kann dir nicht sagen, worum es geht. Das ist eine Sache, die ich nur mit Anssi besprechen möchte. Er ist der Einzige, der mir einen Rat geben kann.«

»Die Vereinbarung war, dass du dich von hier fernhältst. Du kannst nicht ständig hier auftauchen!«

»Ständig?«, zischte Ville. »Ich war das letzte Mal vor drei Jahren hier!«

»Du dürftest gar nicht kommen.« Hannus Miene verdüsterte sich weiter. »Wir haben nicht alle Rentiere zusammentreiben können, die wir im Frühjahr markiert hatten.« Die Aussage hing in der Luft wie eine Drohung.

»Es gibt hier viele wilde Tiere«, versetzte Ville abweisend. »Ich möchte nur mit Anssi sprechen. Dann gehe ich wieder und halte mich fern.«

Hannu verzog das Gesicht, wandte sich aber ab und hielt auf eins der Zelte zu. Zum Glück waren nicht alle so unheimlich ablehnend wie er. Aber über sein Auftauchen auf der Farm wären wohl nicht einmal Antero und Eino begeistert. Hannu schlug die Zeltbahn vor dem Eingang beiseite und rief etwas hinein. Ville hörte seinen eigenen Namen. Dann drehte er sich um.

»Geh rein, aber fass dich kurz.«

»Natürlich. Danke.« Ville duckte sich durch den Eingang und betrat das *Lavvu*.

Angenehme Wärme umfing ihn, ausgehend vom Herdfeuer, das in der Mitte des Zelts brannte. Der Geruch von Räucherwerk hing schwer in der Luft. Anssi saß in einer Art Sessel, gekleidet in die traditionelle, bunte Tracht der Sami, behängt mit Fellen und Knochenrelikten, auf dem Kopf ein Fuchspelz.

»Du bist wie ein Fluch«, sagte der alte Mann zur Begrüßung, aber er lächelte.

»Tja. Die Geister, die ich rief und so weiter. Ich grüße dich, Anssi.« Ville ließ sich ihm gegenüber nieder. »Das gleich vorweg: Ich würde dich nicht aufsuchen, wenn es nicht dringend wäre und ich nicht verzweifelt.«

Anssi legte den Kopf schräg und musterte ihn versonnen. »Was hast du angestellt?«

»Nichts«, log Ville. »Es ist eine rein hypothetische Frage.«

»Und wie kann sie ein Notfall sein, wenn sie nur hypothetisch ist?«

Ville seufzte und rieb sich die Stirn. »Angenommen, ich hätte einen Gefährten und er würde sich körperlich und geistig von mir trennen. Was würde mit ihm und mir passieren?«

»Warum sollte dein wahrer Gefährte sich von dir trennen wollen? Dann wäre er doch nicht derjenige.«

»Ich spüre aber doch das Band«, gab Ville zu bedenken und korrigierte sich hastig: »Ich meine, angenommen, ich würde das Band spüren und wüsste, dass er es ist. Er aber nicht. Und er geht fort. Was dann?«

»Er müsste es eigentlich auch spüren«, erwiderte Anssi nachdenklich und schaukelte vor und zurück. Zum Glück stellte er nicht in Frage, dass es um einen anderen Mann ging, nicht um eine Frau. »Ein Band hat zwei Enden, Ville.«

»Ich glaube nicht, dass er etwas spürt. Er ... er hasst mich.«

»Warum tut er das?«

»Weil ich einen großen Fehler begangen habe, von dem ich wissen muss, ob ich ihn wieder geradebiegen kann oder ob dann alles nur noch schlimmer wird.«

»Nun ja, es ist so.« Anssi lehnte sich seufzend zurück. »Ich kann auch nur mutmaßen, denn du bist der einzige solche Fall, dem ich meinen Lebtag je begegnet bin. Das Band ist unzerreißbar, wenn es einmal da ist. Er kann sich seelisch nicht von dir trennen und du nicht von ihm. Selbst, wenn ihr euch streitet. Es würde euch dennoch immer wieder zueinander hinziehen. Wenn ihr euch körperlich für eine längere Zeit und Distanz trennt und ihr diesem Sehnen demnach nicht nachgeben könnt, wird das großes Leid verursachen.«

Ville schlug die Hände vors Gesicht. »Ich hab's befürchtet. Es ist also zu spät. Es ist alles meine Schuld.«

»Ich werde nicht näher nachfragen, was du damit meinst«, erwiderte Anssi, »aber unabhängig davon entsteht das Band nicht durch Schuld.«

»Ich dachte immer, es entstünde erst, nachdem man sich mit einen potentiellen Gefährten körperlich vereinigt hat. Aber das ist nie geschehen und trotzdem ist es da. Es ist wie eine Nabelschnur, die zu ihm führt.«

»Oh, da hast du dich geirrt, mein Freund.« Anssi lachte nachsichtig. »Es entsteht bereits bei der ersten Begegnung und es liegt ganz und gar nicht in eurer Hand. Der Akt besiegelt es nur endgültig und unwiderruflich. Die Geister wählen aus, wen es verbindet, und ihr müsst euch fügen. Stell dir eure Seelen als Flammen vor, die einander nähren und zu einem Feuer werden. Werdet ihr getrennt, hat das Feuer allein nicht mehr genug Kraft. Es verglimmt.«

»Wir werden sterben?«, fragte Ville rau.

»Das weiß ich nicht«, gab Anssi zu. »Aber ihr werdet eingehen.«

»Alle beide?«

»Alle beide. Zwei Enden.«

Ville nickte langsam. »Es ist die blanke Ironie. Das, was ich getan habe, hat Schlimmeres verhindert und meinen Gefährten gleichzeitig dazu gebracht, mich zu verachten.«

»Weiß er, wer und was du bist?« Anssi unterzog ihn einer prüfenden Musterung.

»Nein. Er ahnt es nicht.«

»Dann liegt dein eigentlicher Fehler vielleicht nicht in dem, was auch immer du getan hast, sondern darin, dass du ihm die Wahrheit verschweigst. Als dein Gefährte hat er aber ein Recht darauf, sie zu kennen.«

»Er wird mir niemals glauben«, gab Ville verzweifelt zurück. »Nie.«

»Doch. Wenn er dein wahrer Seelengefährte ist, wird er es erkennen. Und nun geh, mein Freund, und stell dich deinem Schicksal.« Anssi verengte die Augen. »Und lass die Finger von unseren Rentieren.«

Ville lachte und nickte Anssi dankbar zu, bevor er das Zelt verließ. Zeit, nach Hause zurückzukehren. Die Blicke der anderen Sami stachen wie Pfeilspitzen in seinen Rücken, als er auf seinen Schlitten stieg und den Hunden den Befehl gab, zu wenden und loszulaufen.

Lauri doch noch zurück nach Inari zu bringen, war also vorerst keine Option. Dass er ihn über seine Motive, ihn festzuhalten, angelogen hatte, war sein eigentlicher Fehler. Aber was hätte er denn sagen sollen? Ihm war selbst nicht einmal so ganz klar gewesen, was ihn antrieb, so zu handeln. Oder anders gesagt: Er hatte es vor sich selbst nicht zugeben wollen. Jetzt war die Situation so verfahren, dass es, egal was er tat oder sagte, immer nur falsch wäre. Sogar die Wahrheit über sich und seine Vergangenheit. Diese Wahrheit, die sich Ville nicht einmal selbst glauben würde, hätte er sie nicht am eigenen Leib erlebt.

Kapitel 14

Lauri hatte gerade das Wasser mit den Kartoffeln zum Kochen gebracht, als Ville mit dem Hundeschlitten in den Hof einfuhr. Ein toter Fisch lag auf dem Schneidbrett und schaute vorwurfsvoll aus seinen toten Augen, weil er gleich in der Pfanne landen würde. Lauri konnte sich nach wie vor nicht überwinden, Fleisch von Säugetieren zu essen, aber mit Fisch machte er so langsam seinen Frieden. Er ließ das Fett heiß werden und legte den Fisch in die Pfanne. Die Haut begann zu brutzeln und würde nachher schön kross werden.

Plötzlich flog die Tür auf und Ville stürzte regelrecht herein. »Es tut mir leid!«, rief er.

Lauri ließ vor Schreck den Pfannenwender fallen. »Was tut dir leid?«

»Was ich getan habe. Es war falsch. Und was ich zu dir am Peltojärvi gesagt habe, es war nicht die Wahrheit.« Er riss sich die Mütze vom Kopf und atmete schwer.

Langsam wandte sich Lauri ihm vollständig zu und musterte ihn misstrauisch. »Soll das heißen, du siehst deinen Fehler ein und bringst mich doch noch nach Inari?« Lauri hielt den Atem an.

»Nein, das geht nicht.«

Lauri stieß den Atem wieder aus und verdrehte die Augen. Wäre ja auch zu schön gewesen. »Dann halt die

Klappe und setz dich an den Tisch. Es gibt Fisch mit Kartoffeln.«

Ville zog sich aus und ließ sich auf die Bank am Esstisch plumpsen. »Dass ich dich nicht fahren kann, hängt auch mit der Wahrheit zusammen«, erklärte er.

»Und wie lautet diese seltsame Wahrheit?« Genervt stellte Lauri zwei Teller für das Essen bereit. Was war mit dem Kerl los? Er wurde echt jeden Tag seltsamer.

»Ich kann sie dir jetzt noch nicht sagen. Aber bald ... Es ist schwierig, weil es die menschliche Vorstellungskraft übersteigen würde.«

»Sag mal hast du was geraucht oder so? Du redest ziemlich wirres Zeug.«

»Nein. Es geht mir gut. Okay, es geht mir furchtbar, aber ... bitte glaube mir, dass ich das hier nicht aus Bosheit mache.«

»Nein, natürlich nicht. Du tust es für einen höheren Zweck, bla, bla. Bitte: Fahr mich heim oder lass mich mit solchem Scheiß in Ruhe.«

Ville seufzte und rieb sich die Schläfen. »Ich weiß, es ist alles verrückt und du hasst mich. Aber du wirst, wenn es so weit ist, die Wahrheit erkennen. Das verspreche ich ...«

Gott im Himmel.

Dieses wirre Gequatsche machte Lauri bald mehr Angst, als wenn Ville Spuren von Aggressivität zeigte oder ihn unterschwellig bedrohte. Es bewies deutlich, dass es um seinen Geisteszustand sehr kritisch bestellt war.

»Wasch dir deine Hände«, befahl Lauri, »das Essen ist fertig.«

»Es riecht sehr gut.«

»Keine Ahnung, ob es auch schmeckt. Ich weiß nicht, wie man Fisch richtig brät.« Er stellte Ville den Teller hin, nachdem der vom Händewaschen zurückkehrte. Er hatte ihm fast den ganzen Fisch überlassen und sich selbst nur ein kleines Stück genommen, weil er sich lieber an die Kartoffeln hielt. »Guten Appetit.«

Sichtlich ausgehungert machte sich Ville über die Mahlzeit her und Lauri beobachtete ihn schweigend, während er in seinem eigenen Essen herumstocherte. Was trieb ihn gerade um? War er bei seiner Tour ins Grübeln gekommen? Und was meinte er mit Wahrheit? Am See, kurz bevor er Lauri damit konfrontiert hatte, ihn aus reinem Misstrauen bei sich festhalten zu wollen, war Lauri überzeugt gewesen, dass Ville ihm seine Gefühle gestehen wollte. Aber das konnte es nicht sein. Das wäre keine sensationelle Wahrheit, die die menschliche Vorstellungskraft übersteigt. Wahrscheinlich hatte er einfach einen noch größeren Sprung in der Schüssel, als Lauri bisher geglaubt hatte.

»Sehr gut«, sagte Ville und schob den Teller mit den Fischgräten von sich. »Sehr gutes Essen. Bist ein guter Koch.« Er sprang auf und wirkte wie ein aufgescheuchtes Tier. Irgendwas musste unterwegs passiert sein.

»Ville, was zum Teufel ist denn mit dir los?«

»Nichts, nichts.« Ville schniefte und rieb sich die Stirn. »Ich versuche nur gerade, meine Gedanken zu ordnen.«

»Da scheint ja einmal komplett der Wind in den Stapel gefahren zu sein.«

Ville lachte kehlig auf und nickte. »Ja. Das ist zutreffend. Hilfst du mir bei der Hundefütterung?«

»Na klar.« Lauri stand auf, räumte das Geschirr beiseite und zog sich an. Als Ville ihm einen Eimer mit Fleisch und Innereien reichte, konnte er allerdings ein Würgen nicht unterdrücken. *Zerhackte Leiche* war alles, was er denken konnte. Hoffentlich musste er das Zeug nicht mit bloßen Händen anfassen.

Die Hunde drehten fast durch, als sie Ville und Lauri mit dem Futter kommen sahen. Sie bellten, heulten, quietschten, umkreisten sie, aber wenn Ville ihnen befahl, stillzuhalten, hörten sie auf ihn. Sie füllten das Fleisch in die Futtertröge und die Hunde machten sich gierig darüber her.

»Wahnsinn«, flüsterte Lauri.

»Was meinst du?«

»Wie sie darüber herfallen. Total reduziert auf ihren Instinkt. Manchmal stelle ich mir das Leben so einfacher vor. Man muss sich über nichts Gedanken machen.«

»Es ist nicht einfacher«, widersprach Ville entschieden. »Wenn man nicht vorausschauend denken kann, muss man sich darauf verlassen, dass einen der Instinkt in jedem Moment rechtleitet, und glaub mir, das tut er nicht.«

»Hm.« Lauri betrachtete die Hunde, die sich an den Fleischbrocken gütlich taten und dabei sehr an Wölfe erinnerten. »Aber Sorgen um die Zukunft, so wie wir sie uns machen, kennen sie nicht.«

»Machst du dir denn Sorgen um deine Zukunft?«

»Soll das ein Witz sein?« Lauri verschränkte die Arme. »Im Moment sieht es ja nicht mal so aus, als ob ich noch eine hätte.«

»Ich tu dir nichts«, flüsterte Ville. Am Himmel zeigte sich ein Flimmern, nicht so intensiv wie an dem schicksalhaften Nachmittag am See, aber trotzdem klar erkennbar.

»Du tust mir doch schon was.«

»Ich wollte das nicht. Ich weiß, dass das nicht glaubwürdig klingt, aber ... es ist so.«

Lauri breitete die Arme aus und hob die Schultern. »Du kannst jederzeit umkehren. Du musst einfach nur sagen: *Hey, Lauri, ich fahr dich nach Inari.* Weißt du, ich würde dich nicht mal anzeigen, weil ich im Gegensatz zu dir nicht will, dass du irgendwo eingesperrt wirst. Es ist okay. Aber du kannst mir nicht sagen, dass es dir alles leid tut und du das nicht wolltest, aber dich im gleichen Moment weiterhin weigern, mich gehen zu lassen.«

»Ich würde dich gehen lassen, wenn es ginge.«

»Und warum zum Teufel geht es nicht?«

Ville sah ihn lange an, hielt seinen Blick mit seinen unglaublich intensiven Augen fest. »Glaubst du, dass es noch mehr Dinge zwischen Himmel und Erde gibt als die, die wir alltäglich sehen können?«

Lauri runzelte die Stirn. »Was wird das jetzt? Willst du mir ein tiefsinniges Gespräch aufdrücken? Du bist heute echt schräg drauf. Und wenn ich ehrlich sein soll, finde ich das ziemlich gruselig.«

»Nein. Lauri, bitte ...« Ville rang die Hände. »Stell dir vor, dass manche Legenden wahr wären. Dass–«

»Okay, das reicht jetzt wirklich.« Abrupt wandte sich Lauri ab und verließ den Zwinger. Er schauderte. Hatte Ville solche Phasen, in denen er normal war, dann aggressiv und dann irgendwie ... einfach nur bescheuert? Auf der heutigen Schlittentour schienen sich definitiv ein paar Schräubchen gelockert zu haben. Womit auch immer er ihn jetzt vollsülzen und sein Herz erweichen wollte, Lauri wollte es nicht hören.

»Lauri!«, rief Ville und klang ehrlich verzweifelt. »Hör mir doch zu!«

»Komm mal wieder runter!«, rief Lauri über die Schulter und ging weiter. »Du bist ja heute völlig durch den Wind!«

Ville blieb stehen und ließ die Arme baumeln. Er wirkte verloren zwischen seinen Hunden. Fast tat er Lauri leid, denn wahrscheinlich war er einfach nur ein armer, verwirrter Mann, der in Jahren der Einsamkeit verlernt hatte, wie man mit Menschen umging. Aber er war auch sein Entführer. Und mit dem durfte er kein Mitleid haben.

Als der Abend kam, bestand Lauris Körper nur noch aus Schmerz. Der erste Tag der harten, körperlichen Arbeit forderte seinen Tribut. Beim Abendessen, das Ville zubereitet hatte, konnte Lauri kaum noch gerade sitzen und die Augen offenhalten.

Ville war am späten Nachmittag wieder ins Haus zurückgekommen, aber er sprach nur das Nötigste und wirkte in sich gekehrt. Lauri fragte sich, ob er vielleicht zu hart zu ihm gewesen war, als er sich geweigert hatte, sein seltsames, spirituelles Gerede anzuhören, aber es gab eine Grenze dessen, was er psychisch aushalten konnte, und die war damit erreicht. So ein Geschwurbel packte er heute nicht mehr. Er hatte keine Ahnung, was Ville ihm hatte erklären oder sagen wollen und er war sich auch gar nicht sicher, ob er es wirklich wissen wollte. Ja, er wollte in gewisser Weise Villes Vertrauen gewinnen, um damit genug Freiheiten und Informationen zu bekommen, seinen Plan zu verwirklichen. Aber er musste aufpassen, dass die ganze Sache nicht in echtes Vertrauen und echte Zuneigung kippte. Er war kein Psychologe, dass er Ahnung hatte, wo genau er da die Grenze ziehen musste, also zog er sie lieber etwas zu früh. Vielleicht war Ville ja morgen wieder normal. Jedenfalls für seine Verhältnisse. Mit einem knurrigen, brodelnden Ville konnte Lauri umgehen, aber mit dem von heute war er heillos überfordert.

»Hast du Muskelkater?«, fragte Ville unvermittelt.

Lauri blickte auf und murrte leise. »Hm.«

»Du musst mehr Protein zu dir nehmen, um für die körperliche Arbeit stark zu bleiben«, belehrte ihn Ville. »Deine Kartoffeln geben dir kurzzeitig Energie, aber keine Kraft. Glaub mir.«

»Und was soll ich dann hier essen?«

»Ich weiß, du hörst es nicht gern, aber: Fleisch, Fisch, Milch, Eier und Käse. Und Fett brauchst du auch. Wenn du kein Rentier- oder Elchfleisch magst, habe ich zum Beispiel auch Schneehuhn oder Hase in der Kühltruhe. Die lassen sich auch immer mal gut fangen.«

»Ich soll süße Hoppelhäschen essen?«, fragte Lauri entsetzt.

»Wieso nicht?« Ville schmunzelte. »Oder hast du Angst, deinen eigenen Artgenossen zu verspeisen?«

Es dauerte einen Moment, ehe Lauri die Bedeutung dieses Spruchs begriff. »Ernsthaft?«, fragte er kopfschüttelnd. »Du besitzt jetzt echt noch die Frechheit, mich anzumachen?«

Entschuldigend hob Ville die Hände. »Sollte nur ein kleines Späßchen sein.«

»Erspar mir das bitte.«

Lauri stand auf. Er schwankte. Seine Glieder waren wie Pudding, *kochender* Pudding. Und trotzdem war alles, was er denken konnte: *Ville ist schwul oder mindestens bi.* Es hatte sich schon abgezeichnet, als Lauri seinerzeit Villes Ständer an seinem nackten Bauch gespürt hatte, aber jetzt, wo er noch dämliche Flirtsprüche klopfte, war es eindeutig.

Ein schwuler, soziophober Irrer. Ein schwuler, soziophober, *gutaussehender* Irrer. Ganz großartig. In Lauris Kopf schrillten die Alarmglocken, dass es dröhnte, aber sein Schwanz fragte ganz beiläufig: *Warum nicht ficken, wenn du sowieso hier festsitzt?* Knurrend ging er hinüber zum Bett. Unter gar keinen Umständen würde er mit Ville schlafen.

»Soll ich dich mit Kräutergeist einreiben?«, fragte Ville ganz unbedarft. »Das hilft gegen die Muskelschmerzen.«

»Ja.«

Nein! Das ist eine Prüfung!

Ville holte die Flasche mit dem Kräutergeist aus dem Schrank und schüttelte sie. »Zieh dich aus und leg dich auf den Bauch.«

Nein, nein, nein!

Diese Worte sollte er nicht aus Villes Mund hören, auch wenn es nur um Kräutergeist ging. Aber die Aussicht, seine furchtbar schmerzenden Muskeln massiert zu bekommen, war einfach unwiderstehlich. Es war ja keine sexuelle Nähe. Es war etwas Praktisches, so wie zusammen in der Sauna zu sitzen oder beim Schneeschippen nebeneinanderzustehen. Ville ließ sich neben ihm auf der Bettkante nieder und schüttete etwas von dem Geist aus der bräunlichen Flasche auf seine Hände. Der scharfe Duft zog in Lauris Nase und er schloss die Augen, als kräftige, raue Hände seine Waden berührten und die Muskeln durchwalkten.

Nicht stöhnen, Lauri. Nicht stöhnen.

Wären die Dinge anders, würde er sich das sehr gern als Vorspiel zu heißem Sex gefallen lassen. So aber musste er sich zusammenreißen.

Eine Massage ist eine Massage ist eine Massage.

Villes Hände waren geschickt. Er wusste, wie man Muskeln lockerte und Lauri konnte nichts dagegen tun, dass er eine Erektion bekam. Sollte Ville von ihm verlangen, dass er sich auf den Rücken drehte, würde er sich weigern. Die Hände kneteten sich weiter nach oben, ließen netterweise die Innenseiten seiner Schenkel und seine Pobacken aus und machten am Rücken weiter.

»Es wird ein wenig arbeiten«, erklärte Ville, »es kann sein, dass du heute Nacht erst einmal noch stärkere Schmerzen hast, aber morgen wirst du dich wie neugeboren fühlen.«

»Das will ich auch hoffen, sonst kann ich dir nicht helfen.« Als die massierenden Bewegungen langsam zu verdächtig zärtlichen Streicheleinheiten wurden, schüttelte Lauri die Hände nachdrücklich ab. »Ich denke, das reicht dann jetzt.«

Zum Glück versuchte Ville nicht, weiterzumachen, sondern hörte sofort auf und stöpselte die Flasche zu. »Ich werde noch ein bisschen schnitzen«, verkündete er. »Das stört dich nicht beim Schlafen, oder?«

»Nein.« Lauri zog die Decke über seine Hüften und drehte sich auf die Seite. »Aber ich wollte dich etwas fragen.«

»Ja?«

»Soll ich in Zukunft auf dem Sofa schlafen?«

»Nein, warum solltest du?«

»Weil ich viel kleiner bin und mich darauf ausstrecken kann. Du schläfst immer nur zusammengekauert und ich sehe, wie du dir andauernd verstohlen an den Rücken fasst. Das ist doch irgendwie bescheuert und macht schlechte Laune, wenn man nicht ordentlich schlafen kann.«

»Ich vermisse mein Bett schon manchmal«, gab Ville zu und kratzte sich an der Stirn. »Aber du sollst es komfortabel haben.«

»Ich komme auf dem Sofa zurecht. Du nicht. Also? Tausch?«

»Wenn es dir wirklich nichts ausmacht«, erwiderte Ville verlegen.

»Tut es nicht.«

Je entspannter und gutgelaunter du bist, desto besser für mich.

»Na schön, dann ... danke, dass ich mein Bett wiederhaben kann.«

Kapitel 15

Lauri betrat den Vorraum der Sauna. Er war bereits nackt, wusste nicht, wo seine Kleidung war und wann er sie abgelegt hatte, aber er stellte es nicht in Frage. Genauso wenig wie die Tatsache, dass hier plötzlich Fliesen auf dem Boden lagen, die exakt so aussahen wie die in seinem Badezimmer in Jyväskylä.

Er öffnete die Tür zum eigentlichen Saunaraum, der größer schien als sonst. Die Temperatur war angenehm; warm genug, dass man ins Schwitzen kam, aber nicht so brütend heiß, dass es kaum auszuhalten war. Plötzlich entdeckte er Ville, der – splitternackt, wie es sich gehörte – auf der oberen Bank in der Ecke saß. Seine Augen blitzten Lauri herausfordernd an. Zwischen seinen dunkel behaarten, festen Brustmuskeln liefen kleine Ströme von Schweiß hinab, genau wie von seinen Schläfen. Ein paar lose, wellige Strähnen hingen ihm in die Stirn. In diesem Augenblick war er der Inbegriff von wilder Männlichkeit. Ein aufgeregtes Kribbeln erfasste Lauris Körper und sammelte sich zu einem brennenden Ball in seinem Unterleib.

»Ville«, hörte Lauri sich selbst sagen, »wenn ich schon monatelang hierbleiben muss, dann will ich meine Bedürfnisse befriedigen.«

Zur Antwort drehte ihm Ville seinen Körper noch ein Stück zu und spreizte seine muskulösen Schenkel. Lauri stöhnte, als er den harten, großen, steil aufragenden

Schwanz erblickte und zögerte keinen Moment. Entschlossenen Schrittes ging er zu Ville hinüber – seit wann war diese Sauna so verdammt groß? – und kniete sich auf die untere Bank. Er wollte dieses appetitliche Ding lutschen, das durfte er sich verdammt noch mal gönnen, nach allem, was er hier mitmachte. Er näherte sich Ville, der rutschte ihm ein Stück entgegen.

Fuck.

Als Erstes nahm er den Geruch wahr, so herb und salzig, so animalisch und moschusartig, dass Lauri allein davon fast durchdrehte. Auf der Unterseite des Schafts pochte eine dicke Ader. Lauri streckte seine Zunge heraus und berührte sie, spürte das leise Puckern an der Zungenspitze. Er folgte dem Verlauf der Ader, spielte am Bändchen herum, zog sachte mit den Zähnen an der Vorhaut, bevor er wieder nach unten glitt. Villes Finger fächerten sich in sein Haar, als Lauri seine Nase an die Schwanzwurzel drückte und seine Hoden massierte. Er war süchtig nach Villes Duft. Er war wie ein Aphrodisiakum, das Lauris Verstand ausschaltete.

Villes erregtes Knurren aus tiefer Kehle ließ Lauris Trommelfelle vibrieren. Die Vibration vervielfachte sich in seinem Körper und zog bis in seine Zehenspitzen. Er spürte Schweiß kitzelnd seinen Körper hinabrinnen, verursacht durch die Temperatur in der Sauna und seine innere, weitaus größere Hitze. Langsam und genüsslich ließ Lauri die samtige Eichel in seinen Mund gleiten, schwelgte im salzigen Geschmack der Lusttropfen, die seine Zunge benetzten. Er nahm den Schwanz so tief auf, wie er konnte, bis der Würgreiz ihn zum Innehalten zwang und er ihn langsam wieder hinausgleiten ließ.

»Braver Junge«, raunte Ville und zog leicht an seinen Haaren, brachte Lauris Kopf in einen gleichmäßigen Rhythmus, dem er mit den Hüften entgegenkam.

Lauri schloss hingebungsvoll seine tränenden Augen. Es gab nur ihn, diesen unglaublichen Schwanz in seinem Mund und heißen Wasserdampf, der sich perlend auf seine Haut legte. Er saugte, als ginge es um sein Leben, ließ die Zunge um die Eichel kreisen, massierte die Hoden mit flinken Fingern. Drahtiges Schamhaar kitzelte seine Nasenspitze und katapultierte noch mehr von dem unwiderstehlichen, männlich-animalischen Duft in seine Sinne. Er stöhnte um den Schaft herum, setzte gezielt die Vibration seiner Kehle ein, um Ville zu erregen. Der Rhythmus der Hüften wurde schneller und härter, trieb sich unweigerlich dem Höhepunkt entgegen. Speichel lief an Lauris Kinn hinab, vermischte sich mit dem Schweiß an seinem Hals. Atmen wurde überbewertet, er hielt die Luft an, weil er so intensiv wie möglich spüren wollte, wie Ville in seinem Mund kam. Der aber krallte sich fester in Lauris Haare und riss seinen Kopf zurück. Der Schwanz schnappte aus seinem Mund, zog einen Speichelfaden mit sich. Ville legte seine Hand um diesen Kolben und hielt mit der anderen immer noch Lauri von sich weg. Ein paar Mal bewegte er die Hand noch kräftig vor und zurück, dann spritzte er ab. Lauri streckte die Zunge heraus, aber Ville hinderte ihn daran, auch nur einen der köstlichen Tropfen zu fangen.

Was sollte das? Wieso enthielt er ihm sein Sperma vor, nachdem Lauri ihn so gut geblasen hatte?

»Ich will es haben«, jammerte er und kämpfte gegen Villes Hand, die ihn wegdrückte.

»Du kannst es nicht haben«, erwiderte Ville und spritzte weiter, Schwall um Schwall, so viel, dass es nicht mehr normal war.

»Wieso nicht?«

»Du bist noch nicht bereit ...« Sperma lief in Strömen über Villes Hand, tropfte auf seine bebenden Schenkel.

Lauri heulte auf. Eine Wolke von Wasserdampf umgab ihn, ließ Ville im Nebel verschwinden, ihn selbst die Orientierung verlieren. Die Sauna war riesig, aber ihr Boden bestand aus Eis, sehr dünnem Eis, unter dem es schwärzlich schimmerte. Lauri begann auf der schmelzenden Oberfläche zu rutschen, hörte das leise Knacken, das den Tod bedeutete.

»Nein!«, rief er. »Nein, nein! Ville, wo bist du? Ville, das Eis!«

»Halt dich am Band fest!«, antwortete Ville aus dem Nebel.

»Welches Band?«

»Das Band, das zu mir führt!«

»Ich sehe kein Band. Ich weiß nicht, was du meinst! Ville?« Es knackte unter seinen Füßen. »Ville, das Eis bricht!«

»Ja, das muss es, Lauri. Das Eis muss brechen. Dann siehst du das Band.«

»Aber ...«

Plötzlich umgab ihn nur noch Stille. Stille, durchbrochen von leisen Atemgeräuschen. Die Wärme einer Decke umhüllte ihn, schenkte Geborgenheit. Langsam öffnete er die Augen, sah nur Schemen in der Dunkelheit. Er war wach. Er hatte geträumt, das einzige Relikt seine Erektion, die langsam erschlaffte.

O Gott. O Gott, was für eine kranke Psychoscheiße war das denn?

Der erste Teil des Traums, in dem er Traum-Ville den göttlichen Schwanz geblasen hatte – okay. Das war wohl die Auswirkung der Kräutergeistmassage, da spielten die Hormone schon mal verrückt, da wollte er nicht zu viel hineininterpretieren. Aber der Rest? Was zur Hölle? Das Gehirn machte schon ziemlich verrückten Kram aus unverarbeiteten Erlebnissen.

Leise stöhnend stand Lauri auf. Er hatte Durst, die Zunge klebte ihm trocken am Gaumen und schmeckte so salzig-herb wie das, was er eben noch im Traum gekostet hatte. Verdammt, war das heiß gewesen, ihm war noch ganz schwindelig davon. War das normal, von Sex mit seinem Entführer zu träumen? Oder lag es nur daran, dass er Ville schon sexy gefunden hatte, bevor der sich als geisteskranker Arsch entpuppt hatte?

Er goss sich ein Glas Wasser ein, das immer in einem Kanister mit Wasserhahn bereitstand, und trank gierig, um den Phantomgeschmack fortzuspülen. Dabei fiel sein Blick auf das Bett, in dem Ville lag. Er hatte den Vorhang nicht vorgezogen, aber sich bis zur Nase zugedeckt, sodass aus diesem Winkel nur noch der zerzauste, nachtdunkle Haarschopf zu sehen war. Der Schnee, der das Licht der Sterne und des abnehmenden Mondes reflektierte, erhellte das Haus durch die Fenster genug, dass sich Lauri ohne zusätzliche Lichtquelle sicher darin bewegen konnte. Aus einem inneren Impuls heraus ging er hinüber zum Bett.

Ville wirkte so friedlich, wenn er schlief. So harmlos und viel jünger, wenn die Mimik keine Fältchen in seine Züge zeichnete. Äußerlich war er ein schöner Mann. Innerlich? Lauri wusste es nicht, aber etwas hielt ihn davon ab, Ville als innerlich hässlich zu bezeichnen. Das war er nicht. Er war verdreht, er war stur und auf jeden Fall war er außergewöhnlich. Lauri war zornig auf ihn, verzweifelt, ohne Ende frustriert, aber Hass? Dafür reichte es nicht. Und Hass war auch nichts, womit Lauri seine Seele vergiften wollte. Irgendetwas war mit Ville passiert, was ihn zu dem gemacht hatte, der er jetzt war. Vielleicht ein Päckchen, das zu schwer zu tragen gewesen war und ihn gebrochen und aus einer heilen Seele einen Scherbenhaufen gemacht hatte.

Na toll, jetzt werde ich auch noch sentimental. Ich mache mich selber mürbe. Nicht gut.

»Überlegst du gerade, ob du mich umbringen sollst?«

Zu Tode erschrocken sprang Lauri zurück. »Ich - ich wusste nicht, dass du wach bist.«

»Deswegen ja«, erwiderte Ville, ohne sich zu bewegen oder die Augen zu öffnen. »Jemanden im Schlaf zu erstechen, bietet sich an.«

»Ich wollte dich doch nicht im Schlaf erstechen«, erklärte Lauri zutiefst erschüttert. Sein Herz pochte ihm bis zur Kehle und er stützte sich mit einer Hand an der Wand ab.

»Nein? Beruhigend zu wissen. Dann wäre ich dir auch sehr verbunden, wenn du mein Schnitzmesser wieder zurück an seinen Platz in der Werkstatt legst.«

»Dein Schnitzmesser?«, krächzte Lauri und das Metall brannte sich förmlich in seine Haut. Er trug es noch immer im Sockenbund.

Jetzt schlug Ville die Augen auf und sie glühten regelrecht in der Dunkelheit. »Ich weiß, dass du es hast«, flüsterte er gefährlich leise. »Ich merke, wenn mir etwas fehlt, Lauri.«

Der verwirrte, verlorene und zerstreute Ville vom Nachmittag war fort, jetzt war eindeutig das Raubtier zurück.

Jenes Raubtier, von dem Lauri sich eingebildet hatte, besser damit umgehen zu können. Jetzt stellte er das in Frage.

»Ich – ich hab es nur genommen, um mich im Notfall verteidigen zu können. Wenn du mal nicht da bist oder so ...«

»Es ist mir egal, warum du es genommen hast. Gib es mir. Hier gibt es nichts, wogegen du dich verteidigen musst. Und ich weiß, dass du es bei dir trägst, um es im Fall des Falles gegen *mich* zu richten. Das solltest du aber nicht tun, egal, wie sehr du mich hasst.« Ville setzte sich auf und streckte die Hand aus. »Gib mir das Schnitzmesser, Lauri.«

Langsam bückte sich Lauri und zog mit zitternden Fingern das Messer aus seinem Sockenbund. Sein Herz raste, seine Muskeln waren so angespannt, dass auch keine Massage mit Kräutergeist etwas dagegen bewirken könnte. »Hier.« Er reichte es Ville mit dem Griff zuerst.

Der nahm es entgegen und legte es auf den Nachttisch. »Gut. Komm gar nicht erst auf die Idee, dich an den Küchenmessern zu vergreifen, das merke ich noch schmeller. Und jetzt komm her.«

Zögerlich trat Lauri einen Schritt näher.

»Hier hin.« Ville klopfte auf die Seite des Bettes, die an der Wand stand.

»Was, ich soll zu dir ins Bett kommen?«

»Ja. Du wirst in Zukunft hier schlafen, es ist Platz genug für uns beide. Du hast mir zu viele Flausen im Kopf und ich will nicht, dass du einem von uns oder uns beiden wehtust. Ich habe einen leichten Schlaf und wenn du aufstehst, musst du über mich steigen und ich werde wach und kann dich im Auge behalten.«

»Das ist doch Blödsinn«, erwiderte Lauri. »Echt jetzt. Ich hatte nicht vor, dich abzustechen. Ich hab nur komisch geträumt und habe überlegt, dich zu wecken, um es dir zu sagen.« Es war gelogen, erschien ihm aber als die nächstbeste Ausrede.

»Und doch hattest du dabei ein Messer in deiner Socke stecken. Leg dich hin und erzähl mir von deinem Traum.«

»Ich will nicht zusammen mit dir in einem Bett schlafen.«

»Dann lauf hier nicht mit Messern herum!«, fuhr Ville ihn an. »Sei froh, dass ich dich nicht irgendwo anbinde!«

»Na schön.« Lauri schluckte. Ihm schien ja gar keine Wahl zu bleiben. »Ich hole mein Kissen und meine Decke.«

Ville nickte unwirsch und stand auf, damit Lauri an ihm vorbei ins Bett krabbeln konnte. Es war noch schlafwarm von Villes Körper und Lauri rückte bis ganz an die Wand, als Ville sich wieder neben ihm hinlegte. Gott sei Dank war das Bett groß genug, dass sie sich nicht unbedingt berühren mussten.

»Jetzt erzähl mir von deinem Traum«, forderte Ville.

»Ich hab das meiste schon vergessen«, log Lauri, der sich an jedes Detail erinnern konnte. »Kennst du das, dass man direkt nach dem Aufwachen noch alles weiß, und zwei Minuten später hat man es irgendwie vergessen?«

»Ja. Das passiert mir sogar relativ häufig. Woran erinnerst du dich?«

»An den Saunafußboden«, erklärte Lauri. »Er war plötzlich aus Eis und wurde immer dünner, begann unter mir zu knacken. Ich hab dich um Hilfe gerufen und du hast gesagt, ich soll mich an einem Band festhalten, das zu dir führt, aber ich konnte kein Band finden. Und dann, als ich dachte, ich falle ins Eiswasser, bin ich aufgewacht.«

»Und da war kein Band?«, wiederholte Ville nachdenklich.

»Nein. Da war nichts. Du hast noch gesagt, dass das Eis brechen muss, damit ich das Band sehe, aber ich bin ja vorher aufgewacht.«

»Hm.« Auf Villes Lippen formte sich ein winziges Lächeln. »Das Eis muss brechen, damit du das Band siehst«, wiederholte er. »Da ist was dran.«

»Wie meinst du das?«

»Ich meine, dass es vielleicht bedeutet, dass das Eis zwischen uns brechen muss, damit du siehst, was uns verbindet.«

»Uns verbindet, dass wir hier zusammen in der Wildnis hocken. Die räumliche Nähe. Sonst nichts.«

»Was ist mit der Liebe zur Natur und ihren Lebewesen?«

»Die wirkt sich bei mir anders aus als bei dir.«

»Nicht unbedingt. Wir sind beide radikal und kompromisslos, wenn es darauf ankommt.«

»Aber ich versuche, niemandem wehzutun. Was ist mit dir? Wie kannst du das von dir behaupten?«

»Ich behaupte das nicht«, gab Ville ernst zurück. »Ich habe in vierundvierzig Lebensjahren gelernt, dass Schmerz und Opfer ein Teil des Ganzen sind und sich nicht immer vermeiden lassen. Dass es manchmal sogar die falsche Entscheidung ist, sie vermeiden zu wollen.«

»Du hältst dich für ganz schön schlau und lebensklug, oder?« Lauri wandte ihm den Rücken zu. Er hatte schon wieder genug von diesem Gespräch, in dem Ville durch die Blume rechtfertigen wollte, was er ihm antat. »Gute Nacht.«

»Glaubst du an das Schicksal, Lauri?«

»Nein. Wenn das hier mein Schicksal sein soll, dann hasst mich das Schicksal und dafür sehe ich keinen Grund.

Und auf spirituelles Gesülze hab ich keine Lust.« Er rückte noch weiter an die Wand, bis er sich die Nase daran stieß.

»Wie du willst.« Ville seufzte und drehte sich ebenfalls um. »Solltest du deine Meinung ändern, lass es mich wissen. Ich hätte Dinge zu erzählen, die für dich wirklich interessant sein könnten. Aber es bringt nichts, sie dir zu sagen, wenn du dafür nicht offen und bereit bist.«

Der redet ja genau wie der Traum-Ville. Das ist mehr als gruselig.

Lauri kuschelte sich in seine Decke und schloss die Augen. Eigentlich hatte er damit gerechnet, nicht einschlafen zu können, aber in Wahrheit fand er Villes Nähe und Geruch seltsam beruhigend und so zog es ihn bald zurück ins Land der Träume. Kurz bevor er endgültig hinüberglitt, war ihm, als schnüffelte etwas an seinem Nacken.

Kapitel 16

Die Tage vergingen und bei Ville und Lauri in der Wildnis zog tatsächlich so etwas wie ein Alltag ein. Lauri schlief noch immer in Villes Bett und hatte aufgehört, sich darüber zu beschweren. Jede Nacht in seinem süßen Duft zu liegen, war der größte Luxus, den Ville seit langer Zeit hatte, auch wenn er ihn eigentlich nicht verdiente.

Er hatte nie geglaubt, dass ihm je ein Anblick wieder so ans Herz gehen könnte wie Johannes, der lachend und mit erhobenen Armen auf dem Schlitten den Berg hinunter rodelte. Aber der schlafende Lauri versprühte einen ähnlichen Zauber. Er löste ein Gefühl der tiefen Zuneigung aus, des Beschützenwollens, auch wenn hier die väterliche Komponente fehlte. Lauri war jung. Auf seine Art naiv, anfällig für Gefahren, auch wenn er wohl gerade Ville für die größte Gefahr in seinem Leben hielt.

Der letzte Monat des Jahres war angebrochen und mit ihm war *Kaamos* gekommen, die Polarnacht. Die Sonne stieg nicht mehr über den Horizont, aber vollkommen dunkel wurde es dennoch nie, dafür sorgten der Schnee, der Mond und die Sterne. Ville fühlte sich in der Dunkelheit geborgen und wenn es kalt wurde, wurde er erst richtig lebendig. Die Kälte schenkte ihm Energie, so wie der Bewegungsdrang seiner Hunde umso größer wurde, je kälter es war. Lauri half ihm auf dem Hof, schippte Schnee, kochte Essen und fütterte die Tiere. Ville hatte das Gefühl, dass dieses Leben ihm guttat. Dass es den blassen, zarten Jungen stärkte und ihm gar nicht die Gelegenheit bot, allzu viel zu grübeln und in Depressionen zu verfallen. Eigentlich hatte Ville nicht daran geglaubt, dass Lauri ihm so fleißig helfen würde. Er hatte befürchtet, dass der sich nach wenigen Tagen wieder jammernd ins Haus verziehen würde, stattdessen blühte er auf, zeigte manchmal sogar ein Lächeln und war zu Scherzen aufgelegt.

Darf ich hoffen?

Vielleicht war Ville der eigentlich Naive von ihnen beiden, dass er glaubte, Lauri könnte doch noch von selbst den wahren Gefährten in ihm erkennen und ihm verzeihen, was er durch Zwang und Lügen angerichtet hatte. Aber er hatte ihm immer noch nicht die Wahrheit gesagt. Er schaffte es schlicht und ergreifend nicht. Wann immer er das Thema in diese Richtung lenkte, blockte Lauri ab und wollte nichts davon hören, als sei er überzeugt, dass ihm Ville nur Märchen zu seiner eigenen Rechtfertigung erzählen wollte. Und wenn er ihm die Wahrheit einfach so hinwarf, würde es sich wohl auch genauso für ihn anhören. Also musste er warten. Nicht mehr lange, noch etwa zwei Wochen, aber dann konnte er versuchen, Lauri die Wahrheit zu *zeigen* und hoffen, dass der sie erkannte und nicht weiter die Augen davor verschloss.

»Darf ich das hier haben?«

Ville schreckte aus seinen Gedanken hoch und sah hinüber zu Lauri, der gerade frische Bettwäsche aus dem Schrank holte, weil er der Meinung war, dass das Bett neu bezogen werden musste. Die alte Bettwäsche weichte bereits zusammen mit anderer Schmutzwäsche in Wasser und Kernseife im Zuber ein. »Was meinst du?«

Lauri wedelte mit einem kleinen Kissen. »Das hier.«

»Das Mumins-Kissen?«

»Ja. Ich liebe die Mumins und habe zu Hause auch so ein Kissen. Ich würde mich sehr darüber freuen.«

Ville nickte lächelnd. »Dann nimm es.« Er war erstaunt, mit welch einer Leichtigkeit er Lauri dieses Kissen gab, denn für ihn hingen Erinnerungen daran. Schmerzhafte Erinnerungen. Er hatte sich nie davon trennen, aber auch nicht darauf schlafen können.

»Magst du die Mumins auch?«

»Ja. Ich mochte es immer, wie idyllisch sie leben. Und den feinen Humor.«

»Ich wollte als Kind immer genauso ein Turmhaus im Wald haben«, erklärte Lauri und knautschte das Kissen. »Überhaupt, im Wald wohnen. Mit den Tieren und vielen wunderlichen Gestalten.«

»Das tust du doch jetzt.«

Lauri musterte ihn nachdenklich. »Stimmt. Du bist eine ziemlich wunderliche Gestalt.«

Ville lachte auf und erhob sich. »Da hast du recht. Ich will noch in die Sauna, bevor ich mit den Hunden auf Tour gehe. Kommst du mit?«

»Auf Tour?«

»In die Sauna.«

Lauri schüttelte den Kopf. »Nein, danke.«

»Warum nicht?«

»Weil mir das unangenehm wäre.«

»War es dir am Anfang doch auch nicht.«

»Am Anfang war die Situation hier ja auch noch ein bisschen anders.«

Ville seufzte und begann sich auszuziehen. »Das ist doch albern. Wir schlafen zusammen in einem Bett und ich rühre dich nicht an, aber vor der Sauna hast du Angst?«

Lauri hob die Schultern. »Ich weiß nicht. Warum willst du denn unbedingt, dass ich mitgehe?«

»Weil ich seltsamer Eigenbrötler festgestellt habe, dass Gesellschaft in der Sauna ganz nett ist. Du weißt ja inzwischen, dass ich nicht allzu gesprächig bin, aber in der Sauna ist es einfacher, weil man auf das Wesentliche reduziert ist. Nichts lenkt ab. Keine Kleidung. Keine Konventionen, nur nackt sein und schwitzen.«

»Tja, also wenn *dich* das nicht ablenkt«, murmelte Lauri und kratzte sich am Kopf, brachte seine süßen, rötlichblonden Locken durcheinander. Er war so unglaublich hübsch mit seinen vollen Lippen, den rosigen Wangen und den leicht schräg liegenden, honigfarbenen Augen. »Ich gehe unter zwei Bedingungen mit: Erstens, kein Gerede vom Schicksal und von irgendwelchen Wundern zwischen Himmel und Erde, die uns hier zusammengeführt haben. Das macht mich mittlerweile echt aggressiv und ist der bekloppteste Grund überhaupt, um eine Entführung zu rechtfertigen. Zweitens, ich darf nachher dabei helfen, den Hundeschlitten anzuspannen, wenn du mich schon nicht mit auf Tour nimmst.«

Ville zuckte mit den Schultern. »Na schön, geht in Ordnung. Also raus aus deinen Sachen.«

Der Saunagang wurde nicht halb so unangenehm, wie Lauri befürchtet hatte. Ein bisschen hatte Ville recht: Wenn man sexuelle Gedanken außen vor ließ, konnte man tatsächlich eine Unterhaltung ohne Barrieren führen. Und auch wenn ihm hier nur Ville als Gesprächspartner blieb, entpuppte es sich als eine sehr angenehme Sache, einmal wieder ein erstaunlich normales Gespräch zu führen.

Sie unterhielten sich über Jyväskylä und Ville beschrieb ihm, wo er früher gewohnt und welche Lokalitäten er gern besucht hatte. Vieles kannte Lauri gar nicht mehr, denn zu der Zeit war er ein kleines Kind gewesen. Ville war nur acht Jahre jünger als Lauris Mutter. Dann wechselten sie das Thema und unterhielten sich erst über das Wetter und dann schließlich über den Klimawandel. Das erste Mal hatte Lauri das Gefühl, dass Ville ihm und seinen Ausführungen, seinen Gründen für ein veganes Leben und so weiter wirklich interessiert zuhörte.

Sie führten ihre Unterhaltung fort, als sie die Sauna verließen, sich mit Schnee abrieben und dann ins Haus zurückkehrten, um sich anzuziehen. Ville erzählte Lauri von den finnischen Wäldern und deren Eigenheiten und Lauri konnte nicht leugnen, dass ihn Villes schier endloses Wissen beeindruckte. Auf jede Frage, die er stellte, hatte Ville eine ausführliche Antwort. Dann wurde es Zeit, die Hunde aus dem Zwinger zu holen.

»Suchst du dir immer willkürlich zwölf Hunde aus oder laufen immer die gleichen zwölf zusammen?«, wollte Lauri wissen.

»Immer die gleichen zwölf zusammen«, erklärte Ville. »Ich habe in vielen Versuchen herausgefunden, welche meiner Hunde am besten miteinander harmonieren. Heute fahre ich mit Luppa, Haukku, Tessu, Rontti, Aave, Aurinko, Kerkko, Otso, Tuli, Feeli, Ukko und Syksy.«

»Kannst du dir immer merken, wer wer ist?« Verzweifelt versuchte Lauri, die Namen in seinem Kopf zu ordnen.

»Aber natürlich. Die Hunde sind wie meine Kinder, ich erkenne jeden einzelnen schon an seinem Bellen.« Ville rief noch einmal jeden der zwölf Hunde für den Schlitten beim Namen und die Tiere folgten ihm artig aus dem Zwinger, während Lauri dafür sorgte, dass die anderen blieben, wo sie waren.

»Es gibt verschiedene Arten der Gespanne«, erklärte Ville, während sie in den Hof liefen, wo der Schlitten schon bereitstand. »Zum einen die Tandemanspannung. Die Hunde laufen einzeln und hintereinander zwischen zwei parallelen Zugleinen. Das macht den Schlitten wendiger, vor allem, wenn man durch Waldgebiet fahren muss, weil das Gespann dann sehr schmal ist. Es eignet sich aber für höchstens fünf, sechs Hunde, sonst wird es zu lang. Die Inuit in der Antarktis leinen jeden Hund einzeln an den Schlitten, das sieht dann wie ein Fächer aus.«

»Und was machst du?«

»Ich bevorzuge das klassische Doppelgespann. Dabei gibt es eine zentrale Zugleine, an der links und rechts immer jeweils ein Hund angespannt wird.«

Lauri bekam fast ein schlechtes Gewissen, weil Ville seine Fragen so bereitwillig und ausführlich beantwortete. Er schien sich über sein Interesse zu freuen und ahnte offenbar nicht, dass Lauri dieses Wissen nur brauchte, um seine Flucht vorzubereiten. Was allerdings nichts daran änderte, dass es so oder so ein wirklich spannendes Thema war, im wortwörtlichen Sinne.

»Und hast du auch eine bestimmte Anordnung, in der die Hunde angespannt werden? Also welcher Hund wohin kommt?«

»Ja. Die Leithunde, das sind in diesem Fall Luppa und Aave, kommen ganz nach vorn. Die kräftigsten Hunde kommen ganz nach hinten, das sind hier Ukko und Aurinko, meine Wolfshybriden. Die anderen kommen dazwischen. Die kräftigeren, größeren Hunde spanne ich wie gesagt grundsätzlich hinter den kleineren an, aber der Charakter entscheidet mit. Deshalb kommt beispielsweise Otso hinter Syksy, denn Otso ist eine richtige kleine Rampensau, der vorne alle in den Wahnsinn treiben würde.«

Lauri lachte auf, obwohl ihm ein bisschen schwindelig wurde von all den Informationen. Es war komplizierter als erhofft und definitiv nichts, was er morgen oder übermorgen schon selbständig in die Tat umsetzen konnte. Er würde Ville einige Male dabei helfen müssen, auch mit den anderen zwölf Hunden, bis er es einigermaßen überblickte. Aber er hatte ja noch Zeit. Bis Weihnachten waren es noch drei Wochen und er befand sich in keiner akuten Gefahr. Ville tat ihm keine Gewalt an, gab ihm zu essen, ein warmes Bett zum Schlafen, kurz: Er war gut zu ihm. Er war besser zu ihm, als die meisten Leute da draußen andere Menschen behandelten und sicher sehr viel besser, als die meisten Entführer mit ihren Opfern umgingen. Wenn man ihn dabei beobachtete, wie liebevoll und geduldig er mit seinen Hunden umging, konnte man fast zu der Überzeugung gelangen, er sei ein guter Mensch.

Manchmal erschien es Lauri so, als ob Ville einfach ausblendete, dass er nicht freiwillig bei ihm lebte und es gab Momente, in denen sogar Lauri selbst es ausblendete. Vielleicht musste er das tun, um innerlich irgendwie heil zu bleiben. Er hatte ja einen Plan und einen Willen, zu flüchten. Den Rest der Zeit damit zu verbringen, mit seinem Schicksal zu hadern, brachte doch nichts, also war es klüger, das Beste daraus zu machen. Wenn keine negativen Gefühle sein Denken vergifteten, konnte er sich schließlich auch besser auf sein Vorhaben konzentrieren.

Gemeinsam spannten sie Hund für Hund an. Lauri versuchte, sich jeden Handgriff zu merken, aber es wurde ein seltsam intimer Moment zwischen ihm und Ville. Sie arbeiteten gemeinsam an einer Aufgabe, die zu einem Ziel führte. Eigentlich genau wie ein Schlittenhundegespann.

»Ich danke dir für deine Hilfe«, erklärte Ville schließlich. »Du hast wirklich Geschick im Umgang mit den Hunden und sie mögen dich sehr gern. Ich denke, das verdient eine Belohnung.«

»Eine Belohnung?«, wiederholte Lauri verwirrt.

»Ja. Du wolltest doch gern einmal wieder eine Tour mitfahren.«

»Oh. Ja, absolut!«

Ville nickte. »Ich würde dich einmal wieder mitnehmen. Heute nicht, aber gern in den nächsten Tagen.«

»Hast du keine Angst mehr, dass wir jemanden treffen könnten?«

»Mal sehen.« Ville lächelte zerknirscht. »Ich fahre heute testweise eine Route ab, bei der wir wahrscheinlich auf niemanden treffen würden. Sollte doch jemand in Sicht kommen, wenn ich mit dir unterwegs bin, kann ich abdrehen und umkehren. Sollte das also der einzige Grund gewesen sein, warum du mitfahren wolltest, dann muss ich deine Hoffnungen leider enttäuschen.«

»Das war nicht der Grund«, erwiderte Lauri, obwohl es durchaus ein großer Faktor war, der mit hineinspielte. Aber ein weiterer war die schlichte Tatsache, dass er gern einmal wieder etwas anderes sehen wollte als nur den Hof. Und natürlich wollte er den Hundeschlitten in Aktion erleben, die Befehle hören und die Reaktionen der Hunde darauf beobachten.

»Na gut.« Ville stieg auf den Schlitten. »Ich bin in zwei Stunden wieder da. Machst du uns Essen und holst Feuerholz ins Haus?«

Lauri nickte. »Mach ich.«

Als er zurück zum Haus ging, die gemütliche Stube betrat und an seine Aufgaben dachte, lächelte er. Und das machte ihm Angst.

Wieso lächle ich? Wieso fühle ich mich so ruhig und regelrecht entspannt?

Er bereitete seine Flucht vor, er sollte ein Bündel Adrenalin sein, stattdessen war er Buddha. Woran lagt das? Dass es hier so viele Dinge, die sonst seinen Alltag bestimmten, schlicht und ergreifend nicht gab? Dass er hier damit beschäftigt war, sich Gedanken darum zu machen, was zu essen auf den Tisch kam, dass es über den Winter reichte, oder dass Wasser und Holz geholt und Schnee geschippt werden mussten, anstatt darüber zu grübeln, welchen Platz er in der Gesellschaft hatte, was andere über ihn dachten und ob er einmal genug Geld verdienen würde, um sich ein Haus oder eine Eigentumswohnung zu leisten? Seine Idee mit den Touristen und den Motorschlitten erschien ihm auf einmal dumm und lächerlich und Villes Sicht darauf mehr als verständlich. Die Welt da draußen hatte hier in der Wildnis nichts zu suchen. Sie würde sie nur kaputtmachen. So wie sie Menschen kaputtmachte.

Kapitel 17

Die Schlittentour, auf die Ville Lauri schließlich mitnahm, blieb nicht die letzte. Von nun an durfte er ihn jeden Tag begleiten, wenn er es wollte. Und er wollte es. Allerdings war es verdammt schwer, sich bei den Touren auf das Praktische zu konzentrieren und sich die Abläufe einzuprägen, weil die Faszination der winterlichen Landschaft und Tierwelt Lauri so gefangen nahm. Sie beobachteten Rentiere, Füchse, einen Elch und Schneeeulen.

Ville zeigte sich jetzt meist gut gelaunt und auf eine angenehme Art gesprächig. Wären die Umstände anders, wäre Lauri ziemlich sicher immer noch in ihn verliebt, wahrscheinlich sogar mehr als am Anfang. Einen so außergewöhnlichen Mann wie Ville würde er wohl nie wieder treffen. Irgendwie machte ihn das traurig, auch wenn ihm wirklich nicht der Sinn danach stand, noch einmal irgendwo in der Wildnis festgehalten zu werden.

In der Uni und bei manchen Praktika habe ich mich eingesperrter gefühlt als hier.

Es war eine seltsame Feststellung, aber sie entsprach der Wahrheit. In seinem normalen Leben, so wie im Leben der meisten Menschen aus westlichen Ländern, richtete sich alles nach einem Zeitplan, den andere Menschen machten. Sie bestimmten, wann Lauri aufstehen und zur Arbeit erscheinen musste und wann er wieder gehen durfte. Eigentlich war es gar nicht so viel anders als hier: Er hatte die theoretische Freiheit, einfach zu gehen, niemand sperrte ihn irgendwo ein. Aber wenn er einfach ging, wann es ihm beliebte, bedeutete das Ärger und Schwierigkeiten von einer Sorte, die ihn in existenzielle Nöte brachte. Bei einem solchen Verhalten würde er seinen Job verlieren, damit sein Einkommen und wiederum damit seine Lebensgrundlage. Hier war es auf eine abstrakte Art genauso, aber hier bestimmte letztendlich die Natur den Tagesrhythmus und die Aufgaben, die es zu erledigen gab. Eine ganz übergeordnete Instanz also, der sich sogar Ville unterordnete.

»Ich verbinde die Schlittentour heute mit der Jagd«, verkündete Ville. »Ich nehme an, in dem Fall willst du nicht dabei sein?«

»Nein, ich glaube, das verkrafte ich noch nicht.«

Noch nicht?

Er hatte nicht vor, so lange hierzubleiben, bis er sich in irgendeiner Form daran gewöhnte. Aber er dachte ja auch ständig daran, wie er das Essen sinnvoll einteilen konnte, damit es bis zum Frühjahr reichte. Sein Denken begann sich zu verändern, an der neuen Situation auszurichten und zu vergessen, dass sie nur vorübergehend war.

»Würdest du Geflügel essen? Ich kann schauen, ob ich ein Schneehuhn erwische.«

»Hm. Ich würde es probieren.«

»In Ordnung.« Ville lächelte und nickte Lauri zu. »Ich werde heute etwas länger unterwegs sein. Mittagessen musst du für mich nicht vorbereiten, ich habe etwas eingepackt, aber koch dir gerne was.«

»Mach ich.«

Lauri beobachtete, wie Ville den Hof verließ und blieb wie erstarrt stehen. Eine Stimme regte sich in seinem Inneren: *Jetzt wäre eine Gelegenheit. Jetzt ist er lange genug fort und du hast oft genug beobachtet, wie man die Hunde anspannt und einen Schlitten führt.*

Er atmete einmal tief durch und versuchte, sich zu sammeln. Sein erster Weg führte ihn in die Vorratskammer.

Essen. Ich brauche Essen.

Zwar waren die Hunde durchaus in der Lage, die Strecke bis nach Inari an einem Tag zurückzulegen, aber Lauri wusste nicht, ob er dazu in der Lage war und falls irgendetwas Unvorhergesehenes dazwischenkam, wollte er vorbereitet sein. Er nahm sich zwei Dosen Erbseneintopf, der ließ sich notfalls auch kalt essen.

Mit klopfendem Herzen schlich er hinüber zum Schuppen und öffnete die Tür. Der zweite Schlitten stand dort, als wartete er nur darauf, benutzt zu werden. Lauri stieß einen langen Atemzug aus, stellte die Konservendosen ab und prüfte den Inhalt des Schlittenrucksacks. Ville hielt die Rucksäcke stets vollständig mit allen nötigen Sachen bepackt, aber Lauri wollte trotzdem sichergehen, dass alles dabei war, was er brauchte: Kompass, Werkzeuge, ein kleines Zelt, Decken, Feuer. Es war alles da. Lauri verstaute die Konserven in dem Rucksack, sah noch einmal prüfend aus der Tür und schob den Schlitten schließlich hinaus. Er durfte keine Zeit verschenken, aber auch nicht zu früh losfahren, um Ville nicht etwa noch einzuholen. Sowieso hoffte er inständig, dass Ville nicht in der gleichen Richtung unterwegs war, in die Lauri fahren musste. Wenn sie sich trafen, wenn Ville ihn entdeckte, wäre er geliefert.

Lauri kehrte zurück ins Haus und blickte sich noch einmal um. Gab es hier noch irgendetwas, was ihm unterwegs von Nutzen sein könnte? Ihm fiel das Musher-Handbuch ein und er nahm es an sich.

»Okay.« Er atmete tief durch. »Okay.«

Es war also so weit. Der Moment war gekommen, in dem er das, was er heimlich gelernt hatte, in die Tat umsetzen musste. Er verabschiedete sich von Kaarna. Sie winselte leise, während er sie hinter den Ohren kraulte, als wüsste sie, was er vorhatte, und er fühlte sich schlecht. Sein Herz pumpte wie verrückt, als er das Haus verließ und zum Hundezwinger lief. Einige der Tiere kamen ihm bellend und schwanzwedelnd entgegen, als wüssten sie schon, dass er sie gleich vor den Schlitten spannen wollte. Und in diesem Augenblick verließ ihn der Mut wie ein flüchtiger Geist und sein Herz sackte bis in die Knie. War es wirklich eine gute Idee? Was, wenn er sich verfuhr, wenn er mit dem Schlitten einen Unfall baute oder mit einem der Hunde etwas passierte? Wenn ein Schneesturm kam, wenn der Wolf ihm wieder begegnete, wenn ...

Lauri stieß einen kleinen Schrei aus. Warum musste er ausgerechnet jetzt plötzlich Bedenken haben? Und vor allem: Warum meldete sich genau jetzt sein Gewissen, das ihm sagte, dass er nicht einfach Villes geliebte Hunde stehlen durfte? Dass er jetzt nicht einfach wortlos abhauen durfte, wo Ville extra ein Schneehuhn für ihn fangen wollte, damit er Abwechslung auf dem Speiseplan hatte? Es war doch dumm, so zu denken. Aber er konnte nicht anders. Heute war einfach nicht der Tag. Es würde noch mehr Gelegenheiten geben, ganz sicher.

»Sorry«, sagte er zu sich selbst, zum Universum und zu allen, die auf seine Rückkehr warteten. »Es tut mir leid, aber ich bin einfach noch nicht so weit. Ich kann keine Flucht antreten, vor der ich zu viel Angst habe. Ich hoffe, ihr versteht das.«

Mit hängenden Schultern machte er sich auf den Rückweg zum Schuppen, schob den Schlitten wieder hinein und verwischte die Spuren der Kufen im Schnee mit dem Fuß. Einerseits fühlte er sich wie ein Versager, andererseits wusste er, dass er das Richtige tat. Also ging er, anstatt zu flüchten, zurück ins Haus. Und kochte sich Essen.

Es war längst dunkel, als Ville zurückkehrte. Lauri trat in die Tür, um ihn zu begrüßen – ein weiteres Symptom seines albernen, schlechten Gewissens – und erntete ein strahlendes, stolzes Lächeln.

»Sieh mal, was ich mitgebracht habe!«, verkündete Ville und hielt ein totes, weißes Federvieh in die Höhe.

»O Ville.« Lauri schlug die Hände vors Gesicht. »Wenn du willst, dass ich das esse, dann darfst du es mir vorher nicht zeigen. Sonst kann ich mir nicht einreden, dass es gar nicht von einem echten Tier kommt.«

»So ein Unsinn. Es ist doch gut, zu wissen, wo das Essen herkommt, das man zu sich nimmt.«

»Ich hätte dir auch so geglaubt, dass du nicht im Supermarkt warst.«

Ville seufzte. Das abgemurkste Schneehuhn baumelte von seiner Hand. »Ich rupfe es hier draußen, damit du es nicht sehen musst.«

»Das ist echt lieb von dir. Soll ich die Hunde ableinen und ihnen zu trinken geben?«

»Oh, ja, damit würdest du mir einen großen Gefallen tun. Warum so zuvorkommend heute?«

Weil ich ein schlechtes Gewissen habe, obwohl ich keines haben sollte, dachte Lauri, aber zuckte nur mit den Schultern. »Ich hab dir doch versprochen, dir hier behilflich zu sein.«

Er leinte die Hunde vom Schlitten ab und brachte sie zurück in den Zwinger. Seine Muskeln waren steif vor Anspannung, weil er sich die ganze Zeit so fühlte, als stünde ihm auf die Stirn geschrieben, was er heute vorgehabt hatte. Wie würde Ville reagieren, wenn er es bemerkte? Würde er ausrasten, ihn einsperren? Noch so eine Fehlzündung konnte sich Lauri nicht leisten, das nächste Mal musste er es durchziehen. Irgendwann würde auffallen, was er zu tun gedachte, und dann wäre es zu spät.

Lauri ging zurück ins Haus und beobachtete, wie Ville das Schneehuhn mitsamt seiner Federn in einen Topf mit kochendem Wasser warf. »Willst du die Federn mitkochen?«, fragte er entsetzt.

Ville lachte auf. »Nein, ich überbrühe es nur kurz, dann lässt es sich leichter rupfen. Bringst du den Hunden Wasser?«

»Ja, wollte ich gerade holen.« Er machte zwei Eimer voll. »War das der letzte Kanister? Ist kaum noch was drin.«

»Oh.« Ville drehte sich um. »Ja. Ich muss morgen zur Quelle fahren und die Kanister auffüllen.«

»Kann man nicht einfach Schnee schmelzen und abkochen?«

»Im Notfall geht das. Aber dem Schnee fehlen sämtliche Elektrolyte, von daher würde man seinem Körper damit auf Dauer keinen Gefallen tun.«

»Das wusste ich nicht.«

»Das sind aber Dinge, die man wissen sollte, bevor man allein in die Wildnis loszieht.«

Lauri zuckte erschrocken zusammen, aber dann fiel ihm ein, dass Ville sicher nur seine verunglückte Tour mit dem Motorschlitten meinte, nicht seinen heutigen, abgebrochenen Fluchtversuch. Langsam wurde er paranoid.

Ville hingegen schien mit sich und der Welt zufrieden, während er das bemitleidenswerte Schneehuhn zubereitete. Ab und an pfiff er sogar und machte »Hmm« oder »Ooh«, wenn er in den Bräter linste, der auf dem Holzofen stand. Es duftete köstlich, aber Lauri wusste trotzdem nicht, ob er das Tier essen konnte. Er würde es Ville zuliebe jedoch versuchen. Himmel noch eins, es hatte noch nie zuvor jemand Essen für ihn gejagt. Es konnte wohl kaum etwas die männlichen Urinstinkte mehr ansprechen als das.

»Also, was hast du heute so gemacht?«, erkundigte sich Ville beiläufig.

»Ich?«, krächzte Lauri, dem auf einmal die Stimme wegblieb.

»Ja, du«, erwiderte Ville verständnislos. »Oder siehst du hier noch jemanden?«

»Nein, also ... nein, ich habe nichts Besonderes gemacht. War kurz bei den Hunden. Dann in der Sauna und dann hab ich Essen gekocht. Rührei mit Pilzen. Eier sind irgendwie auch okay, ist wie mit Käse und Fisch, das krieg ich runter. Und dann hab ich auf dich gewartet. Ein bisschen gelesen und so.«

»Hm. Klingt nach einem unaufregenden, langweiligen Tag.«

Was hatte das zu bedeuten? Sprach Ville gerade wirklich ganz arglos mit ihm oder war das ein versteckter Wink mit dem Zaunpfahl, dass er gemerkt hatte, was Lauri vorgehabt hatte?

Die Erbsensuppe. O Gott, die Erbsensuppe ist noch im Schlittenrucksack!

Lauri wurde heiß und kalt und der Kragen seines Pullovers schien plötzlich so eng, als wollte er ihn erwürgen. »Ich bin mal auf dem *Huussi*«, verkündete er und eilte hinaus. Er musste die verdammte Suppe zurück ins Vorratslager bringen, bevor Ville etwas merkte. Und Ville merkte, wenn ihm etwas fehlte. Lauri hatte keinen Zweifel, dass das auch zwei Dosen Erbseneintopf betraf.

Panisch öffnete er die Tür zum Schuppen, holte die Dosen aus dem Rucksack und ging wieder hinaus, um sie zurück ins Vorratslager zu bringen. Als er dessen Tür erreichte, stach Villes Stimme wie ein Dolch in seinen Rücken.

»Lauri! Was machst du da?«

Erschrocken fuhr Lauri herum und verbarg hastig die Konservendosen hinter seinem Rücken. »N-nichts.«

»Hm.« Ville trat näher, bis nur noch ein, zwei Schritte sie trennten. »Was versteckst du da hinter deinem Rücken?«

Lauri war paralysiert wie das Kaninchen von der Schlange, unfähig, sich zu rühren. »Nichts.«

»Lauri?« Ville hob auffordernd eine Braue und brachte Lauri damit zum Einknicken. Er holte seine Hände hinter dem Rücken hervor. Stirnrunzelnd nahm ihm Ville eine der Konservendosen ab. »Erbseneintopf.« Er blickte auf und schüttelte den Kopf, aber seine Mundwinkel zuckten. »Hast du wirklich so wenig Vertrauen in meine Kochkünste?«

»Ich – ich dachte nur, falls ich das Schneehuhn nicht runterkriege ... du weißt, ich bin eigentlich Veganer ... ich dachte, ich kann dann vielleicht heimlich ein paar Löffel

Erbseneintopf essen, falls ich noch Hunger habe. Um dich nicht zu beleidigen.«

Ville gab ein leises Brummen von sich. »Und warum gleich zwei Dosen?«

»Falls es dir auch nicht schmeckt ...?«

Ville warf Lauri einen Blick zu, der sehr deutlich zeigte, dass er ihm kein Wort glaubte, aber Gott sei Dank hakte er nicht weiter nach. »Bring die Dosen zurück«, forderte er.

Eilig tat Lauri, wie ihm geheißen, während Ville draußen vor der Tür wartete. Er schwitzte Blut und Wasser.

Er ahnt etwas. Ich weiß genau, dass er was ahnt. Er muss meine Spuren vom Schuppen zum Vorratshaus gesehen haben. Wann lässt er die Bombe platzen?

Als Lauri die Vorratskammer wieder verließ, legte ihm Ville eine Hand auf die Schulter, nicht fest oder gar kneifend, aber so, dass er ihn nachdrücklich mit sich ins Haus führen konnte. Dann ließ er die Tür hinter ihnen ins Schloss fallen. Lauri schloss die Augen und wartete auf den Ausbruch des Vulkans. Aber nichts geschah. Als er die Augen wieder öffnete, stand Ville am Holzofen und spähte in den Bräter.

»Das Wurzelgemüse saugt die Aromen des Fleischs auf. Das wird köstlich.« Er wedelte ein wenig mit der Hand in Lauris Richtung. »Magst du den Duft?«

»Schon. Hab früher ja durchaus gerne Fleisch gegessen, als ich mir noch nicht so viele Gedanken darum gemacht habe.«

»Musst du hier ja nicht. Keine Massentierhaltung, keine Antibiotika, nur das, was die Natur uns gibt und wir uns nehmen dürfen. Keine grausamen Schlachtbetriebe.«

Zögerlich ließ sich Lauri am Esstisch nieder. Hatte er sich alles doch nur eingebildet und Ville hatte nichts gemerkt und seine Ausrede gefressen? Lauri konnte sich das kaum vorstellen, aber offenbar hatte Ville nicht vor, das Thema weiter zu vertiefen. Zumindest nicht jetzt.

Das Schneehuhn schmeckte überraschend gut und weil er sich die ganze Zeit mit Ville unterhielt, dachte er nicht wirklich darüber nach, was er da aß. Nach und nach schaffte es Lauri, sich zu entspannen, denn Ville thematisierte die Sache mit den Konservendosen nicht noch einmal und lenkte das Gespräch auch nicht annähernd in die Richtung. Stattdessen redeten sie über die Mumins. Über ihre Lieblingsfolgen und -charaktere.

»Wie kann man nur die Kleine My am liebsten mögen?«, fragte Lauri verständnislos. »Sie ist so frech und grantig.«

»Sie ist schlau«, widersprach Ville. »Sie durchschaut die Leute, das macht sie wohl zur Misanthropin.«

»Nein, also ich bleibe dabei, dass Muminmama die Beste ist. Sie ist so fürsorglich, immer verständnisvoll und hat alle lieb, egal, was sie anstellen. Und die Hatifnatten sehen aus wie Penisse mit Händen.«

Sie lachten und führten ihre Unterhaltung fort, bis es spät wurde und sie zu Bett gingen. Lauri kuschelte sich in seine Decke und sein Muminkissen und sprach sich innerlich gut zu. Ville war entspannt. Er hatte nichts gemerkt.

Aber als Ville am nächsten Vormittag wieder allein mit den Hunden auf Tour ging, musste Lauri feststellen, dass die Tür zum Schuppen abgeschlossen war. Es war vorbei. Ville hatte offenbar sehr wohl gemerkt, was Sache war. Und Lauri hatte seine einzige Chance vertan.

Kapitel 18

Sie sprachen nicht über den Schuppen. Es war eine Art einvernehmliches Schweigen zwischen ihnen, aber er blieb verschlossen, wann immer Lauri allein zu Hause war. Ville zeigte sich bemüht locker und freundlich, aber Lauri spürte an der Spannung zwischen ihnen, dass Ville an seinen Fluchtplänen zu knabbern hatte.

Und er fühlte sich deshalb schlecht. Es war verrückt, es war falsch, denn er hatte nichts Böses getan, schließlich war er hier nicht freiwillig. Dennoch fühlte es sich so an, als hätte er Ville mit seinen Fluchtplänen verraten. War es etwas Schlechtes, seinen Entführer zu verraten? Wenn dieser Entführer eigentlich nur gut zu einem war, einem Essen jagte, die Sauna anheizte und ein Muminkissen schenkte? Lauris Widerstand gegen Ville bröckelte mit jedem Tag mehr. Er konnte ihn nicht hassen und wollte es auch nicht. Sein Zorn stagnierte, fand nicht mehr genug Gründe, um sich weiter zu nähren. Die schlichte Tatsache, dass er hier festsaß, reichte dafür irgendwie nicht mehr aus. Dazu war das Leben hier eine zu reichhaltige, zu großen Teilen schöne Erfahrung. Es gab ihm das Gefühl, das er sich eigentlich von der Motorschlittentour erhofft hatte: Verbundenheit mit der Natur. Das Loslösen von Alltagssorgen. Und trotz seiner praktischen Gefangenschaft, Freiheit. Er würde nicht so weit gehen, zu sagen, dass er

Ville für diese Erfahrung dankbar war. Aber ein wenig dankte er dem Schicksal.

Vielleicht wären die Dinge einfacher, wenn er nicht wüsste, dass zu Hause eine Familie auf ihn wartete. Eine Familie, die ihm bittere Vorwürfe machen würde, sobald er zurückkehrte. Aber wenn er ihnen die Wahrheit sagte, verriet er Ville wirklich und würde sein Leben kaputtmachen. Das wollte er nicht. Ihm das hier wegzunehmen, was er sich geschaffen hatte, wäre unverhältnismäßig grausam. Alles, was mit der Welt da draußen zusammenhing, machte Lauri nur noch Angst. Manchmal begriff man wohl erst, von wie viel Lärm man stets umgeben war, wenn man plötzlich die Stille fand. Aber das hier war nicht das wahre Leben, schon gar nicht für immer. Es würde schwerer und schwerer für Lauri werden, in seine alte Wirklichkeit zurückzukehren, je länger er hierblieb. Was bedeutete, dass er auch um seiner selbst willen weiterhin versuchen musste, so bald wie möglich nach Hause zu kommen, auch wenn er ohne den Hundeschlitten nicht wusste, wie. Weihnachten war nicht mehr fern. Er musste es irgendwie schaffen.

An diesem Nachmittag, als sie wie üblich die Hunde versorgten, schien der Sternenhimmel besonders klar, sodass sogar der diffuse Schleier der Milchstraße zu erkennen war. Hier, ohne die Lichtverschmutzung einer Stadt, zeigte sich das sichtbare Universum in all seiner altehrwürdigen Pracht.

»Schaust du gerade in die Vergangenheit?«, fragte Ville.

Lauri blinzelte ihn an. »Was meinst du?«

»Die Sterne. Ihr Licht braucht tausende, hunderttausende, Millionen und teilweise sogar Milliarden Jahre hier her. So manches, was wir hier sehen, kommt direkt vom

Anbeginn der Zeit. Existiert vielleicht schon längst nicht mehr und wir erblicken nur noch eine Erinnerung an längst vergangene Zeiten. Der Sternenhimmel hat sich seit Anbeginn der Menschheit so gut wie nicht verändert. Hochkulturen sind darunter entstanden und untergegangen und was bleibt, sind wir hier draußen im Nirgendwo. Bedeutungslos für das Universum. Aber vielleicht bedeutungsvoll füreinander.«

Lauri schniefte, weil er plötzlich daran denken musste, dass bereits der dritte Adventssonntag nahte, dass seine Familie bitter von ihm enttäuscht sein musste und vermutlich schon ein Weihnachten ohne ihn plante. Sein Platz am Tisch würde nicht gedeckt, seine Geschenke vielleicht weggeworfen oder weitergegeben werden. Auf einmal war er wieder da, der Zorn auf Ville, weil der ihm einfach die Entscheidung über seine nähere Zukunft abgenommen hatte. Weil er behauptete, ihn nicht gefangen zu halten, aber den Schuppen abschloss, damit Lauri den Schlitten nicht nehmen konnte. Es trieb ihm die Tränen in die Augen.

»Warum weinst du?«, fragte Ville und lächelte sanft, als glaubte er, Lauri weinte vor Ergriffenheit.

»Hast du da draußen niemanden, dem du etwas bedeutest?«, erwiderte Lauri und unterdrückte ein Schluchzen.

»Nein.«

»Was ist mit deinen Eltern? Geschwister, wo sind die?«

»Ich weiß nicht.« Ville hob die Schultern. »Irgendwo.«

»Interessiert dich das nicht? Warum bist du so gleichgültig?« Verständnislos runzelte Lauri die Stirn. »Ich bin meiner Familie nicht egal und sie mir auch nicht. Sie vermissen mich, sie fehlen mir. Aber anscheinend ist das etwas, was du überhaupt nicht nachvollziehen kannst.«

»Sie werden damit zurechtkommen«, erklärte Ville gedehnt. »Die Menschen vermissen einen gar nicht so sehr, wie man glaubt. Sie kommen damit zurecht und bald ist man vergessen. Man nimmt sich da oft zu wichtig.«

»Ach, das redest du dir ein?«, versetzte Lauri wütend. »Aber ja, das musst du wohl, nachdem du deinen Sohn im Stich gelassen hast.«

»Bitte *was*?«

»Du hast mich schon verstanden! Du verkriechst dich hier in der Wildnis, während Johannes irgendwo da draußen ist und sich fragt, warum sein Vater sich nicht mehr bei ihm meldet. Aber du sitzt hier und behauptest ganz selbstgerecht, dass die Leute schon klarkommen und einen nicht vermissen, weil du verdammt noch mal nur an dich selbst denkst!« Lauri hatte sich in Rage geredet und sein Herz pumpte. Am liebsten würde er Ville beim Kragen packen und rütteln.

Aber der taumelte zurück, als hätte ihn ein Schlag getroffen. »Du hast doch keine Ahnung wovon du redest!« Das letzte Wort brüllte er, machte einen plötzlichen Satz auf Lauri zu und schlug ihn ins Gesicht. Lauri schrie auf und hielt sich die pochende Wange, während Ville die Fäuste ballte und rückwärts stolperte. »Niemals, *niemals* hätte ich Johannes im Stich gelassen, nur über meine Leiche! Er wurde mir genommen!« Das Brüllen wurde zu einem Heulen. »Man hat ihn mir genommen und mir damit mein Herz herausgerissen und du verdammter Bengel hast kein Recht, seinen Namen auch nur in den Mund zu nehmen, um ihn mir vorzuwerfen!« Abrupt wandte sich Ville ab, marschierte in eine Ecke des Zwingers und kauerte sich schluchzend in den Schnee. Seine Hunde scharten sich tröstend um ihn, der eine oder andere knurrte in Lauris Richtung.

Lauri drehte sich um und lief weinend zurück zum Haus. Die Ohrfeige brannte wie Feuer auf seiner Wange, der Rotz lief ihm aus der Nase und er wollte einfach nur nach Hause. Nach Hause, nach Hause, nach Hause. Er taumelte in das kleine Bad mit der Waschschüssel und dem Spiegel, vor dem er sich regelmäßig mit Villes Rasiermesser den spärlichen Bartwuchs abrasierte. Seine Augen waren gerötet, genau wie die Nase. Aber ansonsten sah er seltsam gesund aus. Die dunklen Ringe, die er sonst stets unter seinen Augen hatte, waren fort. Sein Körper war fester geworden, fühlte sich kräftiger an. Und doch stand er hier und bemitleidete sich selbst.

Was für ein Arschloch bist du eigentlich? Was für ein dummes, selbstgerechtes Arschloch bist du, einem trauernden Vater seinen Verlust vorzuhalten, nur um ihm wehzutun?

Er hatte nach wie vor keine Ahnung, was es mit Johannes nun auf sich hatte, aber allein die Fotos, die er gesehen hatte, hatten doch klar und deutlich gezeigt, wie sehr das Kind und Ville einander geliebt hatten. Und dass er ihn gewiss nie einfach so hätte hängen lassen. Vielleicht war Johannes gestorben.

O Gott.

Was auch immer es war, er musste sich bei Ville entschuldigen, und zwar auf der Stelle. Lauri rannte hinaus, zurück zum Zwinger, wo Ville noch immer erbärmlich weinend in der Ecke kauerte und sogar seine Hunde ignorierte, die ganz irritiert von seinem Verhalten schienen. So verzweifelt und zerstört hatte Lauri ihn bisher nie erlebt.

Er betrat den Zwinger und hoffte, dass die Hunde merkten, dass er in guter Absicht herkam. Sie ließen ihn passieren, beäugten ihn aber weiter misstrauisch.

»Ville.«

Er hob den Kopf nicht, verbarg ihn weiter zwischen seinen Knien.

»Ville ...« Lauri hockte sich neben ihn hin und berührte ihn vorsichtig an der Schulter. »Ich bin gekommen, um mich zu entschuldigen.«

Endlich blickte Ville auf. »Entschuldigen?«, wiederholte er leise.

»Ja. Für das, was ich gesagt habe. Es war total scheiße von mir. Was auch immer mit Johannes passiert ist, ich hab kein recht, dir das irgendwie vorzuhalten und deshalb bin ich dir auch für die Ohrfeige nicht böse. Ich hätte wohl genauso reagiert.«

»Sie tut mir trotzdem leid«, flüsterte Ville mit brüchiger Stimme. »Ich wollte dir nicht wehtun.«

»Wir haben uns jetzt beide wehgetan.« Lauri versuchte, aufmunternd zu lächeln. »Jetzt sind wir quitt.«

Ville schluckte hart und musterte ihn nachdenklich. »Ich war nicht immer so ein notorischer Einzelgänger«, begann er schließlich. »Ich habe den Wald und die Natur immer geliebt, aber mein Traum war es, eine Familie zu haben, der ich diese Dinge nahebringen kann. Weil meine eigene Familie stets so distanziert und desinteressiert war, aus Gründen, die ich bis heute nicht kenne. Nun wollte ich nicht mit einer Frau zusammen sein, nur um ein Kind zu zeugen. Das wäre unfair gewesen, denn ... na ja, ich stehe eben nicht auf Frauen. Aber dann lernte ich Mika kennen. Ich war Ende zwanzig, meine Partner bis dahin alle deutlich jünger, aber Mika war ein paar Jahre älter, wir verstanden uns gut und kamen schließlich zusammen. Mika war bisexuell, geschieden und hatte einen kleinen Sohn.«

»Johannes«, folgerte Lauri und setzte sich neben Ville in den Schnee. Endlich. Endlich erfuhr er die Geschichte um dieses Kind.

»Genau. Johannes. Und Johannes entpuppte sich als genau der Sohn, von dem ich stets geträumt hatte. Er liebte die Natur und die Tiere und war sehr anhänglich. Er lebte die meiste Zeit bei uns, ich reduzierte meinen Job auf halbtags, damit ich mehr Zeit mit ihm verbringen konnte. Mika war manchmal eifersüchtig und sagte, dass ich den Jungen mehr liebe als ihn, und wenn ich ehrlich sein soll, hatte er recht. Johannes ...« Villes Augen wurden glasig und er blickte in den Himmel, wo in der Ferne die bunten Lichter des Nordens zu flimmern begannen. »Er war mein Ein und Alles.«

»Was ist mit ihm passiert?«

»Mika hat sich von mir getrennt und ist zu seiner Ex zurückgekehrt, Johannes' Mutter. Sie wollte nicht, dass ich den Jungen weiterhin sehe und sie enthielten ihn mir vor. Johannes hat bitterlich geweint, als er und Mika ausgezogen sind und er begriff, dass ich von nun an nicht mehr mit ihnen zusammenleben würde. Ich habe versucht, mir vor Gericht ein Umgangsrecht zu erstreiten, aber als Nur-Exfreund des Kindsvaters ohne jede rechtliche Verwandtschaft zu dem Kind hatte ich keine Chance. Eine Zeit lang habe ich den Spielplatz aufgesucht, auf dem sich Johannes manchmal aufhielt, nur um ihn zu sehen. Aber seine Mutter drohte mir dann mit einer Anzeige. Ein schwuler Mann, der ein Kind liebhat, das muss ja ein Perverser sein. In diesem Augenblick habe ich aufgegeben, zutiefst enttäuscht und verbittert von dieser Welt.«

»Und dann bist du nach Inari gezogen?«

Ville nickte. »Ich habe es in Vantaa nicht mehr ausgehalten. Ich wollte nicht mehr Johannes begegnen und ihn dann nicht mehr in den Arm nehmen, nicht mehr mit ihm reden dürfen. Menschen haben mich nur noch angewidert. Ich ging nach Inari, weil es dort wenige gab, und begann, mein Leben nach und nach immer mehr in die Wildnis auszulagern. Bis mich das Schicksal schließlich zwang, es endgültig und ganz nach hier draußen zu verlegen.«

»Wie das?«

»Das ist diese Wahrheit, die ich dir seit einer Weile zu sagen versuche und von der ich mittlerweile glaube, dass du sie erst begreifen kannst, wenn du sie siehst. Also hab bitte noch ein klein wenig Geduld. Du wirst sie bald erfahren.«

Lauri rückte näher an Ville heran. Was dem widerfahren war, erschütterte ihn zutiefst, aber die Offenbarung barg auch eine Chance für sie beide, einige Dinge wieder geradezurücken. In diesem Augenblick empfand er nichts als Zärtlichkeit. »Dich hat ewig niemand angefasst, oder?«, raunte er leise und legte eine Hand an Villes Wange. Ihm war, als könnte er selbst durch den dicken Handschuh die kalte, verwitterte Haut spüren. »Niemand hat dich umarmt, dir keine lieben Worte gesagt. Das hast du vermisst, nicht wahr? Du bist hier draußen ganz allein und tust so, als würdest du es wollen, aber eigentlich willst du's nicht. Eigentlich hast du Sehnsucht. Hiernach.« Er streichelte Villes Wange mit dem Daumen, verlor sich in den immer noch feuchten, nachtschneeblauen Augen, in denen die Polarlichter tanzten, als hätten sie dort ihren Ursprung. »Hast du mich deshalb nicht mehr gehen lassen? Weil du ein bisschen Johannes in mir siehst und es nicht wieder verlieren wolltest?«

»Ich sehe Johannes nicht in dir«, erwiderte Ville. »Dafür fehlt das väterliche Gefühl, auch wenn du altersmäßig durchaus mein Sohn sein könntest. Aber es ist das Gefühl, wieder jemanden an meiner Lebenswelt teilhaben zu lassen, das du mir zurückgebracht hast. Jemandem, den es wirklich interessiert, diese Welt zu zeigen, meine Welt, ihm mein Wissen zu vermitteln und diese Dinge gemeinsam zu erleben. Die Freude daran zu teilen.« Seine Augen füllten sich erneut mit Tränen. »Das war wohl der Grund. Einer davon. Aber ich war damals zu feige, um mir und auch dir das einzugestehen. Es war nicht gelogen, als ich sagte, dass ich dir nicht vertrauen kann. Aber es hatte nichts mit den Motorschlitten zu tun. Ich habe nicht darin vertraut, dass du zu mir zurückkommst, wenn du einmal fort bist. Dass ich dich verliere wie Johannes. Obwohl ich dich erst wenige Tage kannte, wollte ich das nicht.«

Lauris Herz krampfte sich zusammen und sein Blick verschwamm, sodass er blinzeln musste, um Villes Gesicht wieder zu erkennen. All sein Zorn war verraucht. Ville war kein krankes Monster. Er war ein Mensch, dem das Leben einige Dinge einfach an die falsche Stelle gerüttelt hatte. »Ich sage dir jetzt etwas, Ville Kristian Haavisto: Ich hab dich lieb. Die Umstände, unter denen wir uns hier kennengelernt haben, sind nicht gesund. Nein. Aber vielleicht gibt es wirklich so was wie Schicksal. Ich hab dich wirklich lieb, okay?« Und es war die Wahrheit. Bereits nach dieser kurzen Zeit lag es außerhalb von Lauris Vorstellungskraft, Ville nicht mehr in seinem Leben zu haben. Nach diesem Geständnis umso weniger. Wahrscheinlich war er selbst schon verrückt geworden, aber nichts könnte gerade weniger eine Rolle spielen.

»Ich wünschte, dass du ehrlich wärst, süßer Lauri«, flüsterte Ville und sein strenger Blick wurde weich. »Ich wünschte, dass du mir all das sagen würdest, weil du es wirklich meinst und nicht, weil du mein Vertrauen gewinnen willst, um zu fliehen.«

Es war wie ein Schlag in die Magengrube. Lauri sackte zurück und plumpste in den Schnee. »Deswegen sage ich das nicht«, krächzte er. »Wie kommst du darauf?«

»Ich weiß, dass du meinen Schlitten stehlen wolltest und meine Hunde«, gab Ville zur Antwort und seine Stimme klang seltsam metallisch. »Dass du es lange vorbereitet hast. Deswegen alles wissen wolltest. Heimlich den Musher-Ratgeber gelesen hast. Ich habe es verdrängt. Mir eingeredet, dass du ehrliches Interesse an dem Thema hast, ohne Hintergedanken. Aber nach der Sache mit den Konserven waren deine wirklichen Absichten nicht mehr zu leugnen. Ich weiß, dass du sie eingepackt hattest, Lauri. Und dass du den Schlitten bereits herausgeholt hattest. Deshalb musste ich den Schuppen abschließen. Ja, ich habe kein Recht, dich hier festzuhalten, aber ich wollte verhindern, dass dir ein so waghalsiges Unterfangen da draußen zum Verhängnis wird. Abgesehen davon, dass ich nicht vorhabe, dir meine Hunde zu überlassen.«

Für einen Moment blieb Lauri die Luft weg und machte ihn unfähig, etwas zu erwidern. »Aber ich bin doch geblieben«, flüsterte er schließlich. »Ist es nicht das, was zählt? Ja, es stimmt. Ich wollte fahren. Hatte den Schlitten schon draußen. Aber dann habe ich es mir anders überlegt. Ich habe beschlossen, nicht zu fahren und stattdessen hierzubleiben. Ich hab mich selbst dafür verflucht und wusste nicht, wieso ich kneife, aber jetzt ist es mir klar: Weil ich dich liebhabe. Dich und diesen Ort hier, der keiner ist. Ich bin geblieben, weil das nicht die Art war, auf die ich dich verlassen wollte, einfach so, ohne irgendetwas, während du mir Essen jagst. Alles andere ist doch nicht mehr wichtig. Oder?«

Lange sah Ville ihn an, als versuchte er, in Lauris Gesicht zu ergründen, ob er die Wahrheit sagte. Und dann brach das Eis. Erst das in Villes Augen, dann die dünne Schicht, die zwischen ihm und Lauri noch bestand. Lauri hörte das warnende Knacken, aber diesmal kündete es nicht von einem kalten, dunklen Tod, sondern von Freiheit und Geborgenheit. Er fiel nicht in das eisige Wasser, sondern in Villes starke Arme, die ihn an sich zogen. Ihre Lippen trafen sich. Wie längst überfällig das war, spürte Lauri in jeder Faser seines Seins. Da waren Gefühle, die sich nicht mehr wegwischen ließen. Die ganze Zeit. Die Wut hatte sie nur kurzzeitig überdeckt.

Eine Stimme regte sich in ihm: *Ich darf nicht den liebhaben, der mich hier festhält.* Aber er hatte ihn lieb. Und vielleicht war dieses Festhalten hier ein wenig wie der Hundezwinger: Er sorgte dafür, dass sie nicht einfach fortliefen, orientierungslos, ohne Führung. Damit sie in der Sicherheit blieben, in der sie in dieser Wildnis überleben konnten.

Lauri verschränkte seine behandschuhten Finger in Villes Nacken und zog ihn noch näher. Ihre Münder öffneten sich, ihre Zungen trafen aufeinander und begannen ein Spiel, von dem Lauri selbst in der arktischen Kälte heiß wurde. Villes Geschmack war alles, was sich Lauri je erträumt hatte und noch mehr. Mit seinem ureigenen, maskulinen Geruch vermischte er sich zu einem Cocktail, der wie eine Droge wirkte. Er wollte ihn. Wollte ihn so sehr, mehr als alles andere auf der Welt, ob es nun verrückt und ungesund war oder nicht.

Ville ließ die Hände unter Lauris Po gleiten und hob ihn hoch, ohne ihre Lippen auch nur für eine Sekunde voneinander zu trennen. Er trug ihn fort, setzte ihn nur kurz ab, um das Gatter des Zwingers zu schließen. Ihr Weg führte sie zurück ins Haus, in die Wärme und Geborgenheit, die nur sie miteinander teilten. Über ihnen tanzten die Polarlichter. Es war Schicksal.

Kapitel 19

Unendlich sanft legte Ville Lauri aufs Bett, nachdem sie hastig ihre Jacken, Stiefel, Mützen und Handschuhe ausgezogen hatten. Er wollte ihn nicht verstören, indem er ihn zu grob anfasste oder zu ungestüm vorging, obwohl seine Triebe ihn dazu drängten, ihm die Kleider vom Leib zu reißen und über ihn herzufallen, als hinge sein Leben davon ab. Es wäre nicht der richtige Moment und es hätte Konsequenzen, die er Lauri nicht zumuten konnte, bevor der nicht die ganze Wahrheit kannte. Also musste er sich zusammenreißen. Wenigstens ein bisschen. Was gar nicht einfach war, so wie Lauri sich lustvoll unter ihm wand und förmlich an seinen Lippen hing.

Mein süßer Lauri. Mein wundervoller, süßer Lauri.

Ihn zu küssen war, als ob ein verstorben geglaubter Teil in Ville wieder zum Leben erweckt wurde. Der Teil, den er glaubte, in Vantaa bei Johannes gelassen zu haben. Diese Hände, die seinen Hinterkopf umfassten, als hätte Lauri Angst, dass Ville aufhörte, ihn zu küssen, erfüllten ihn mit Leben. Seine eigenen Hände glitten unter Lauris Pullover, fühlten die glatte, weiche Haut. Er war so zart und besaß doch ungeahnt viel Kraft, nicht nur körperlich, sondern auch mental. Er war perfekt. So unglaublich perfekt.

»Ich will dich so sehr«, stöhnte Lauri an seinem Mund, schlang ihm die Beine um die Taille und wackelte mit seinen Hüften. »Ich will dich spüren. In mir. Hart. Schnell. Intensiv ...«

»Langsam«, summte Ville und lächelte. Er konnte kaum glauben, dass Lauri solche Dinge zu ihm sagte. »Das wirst du. Eins nach dem anderen.«

Er löste sich von Lauris weichen, süßen Lippen und küsste seinen herrlichen, milchweißen Hals. Er leckte über den Adamsapfel, spürte ihn auf und ab hüpfen, als Lauri schwer schluckte. Ville biss leicht in die weiche Haut, zog mit den Zähnen daran, bis ein kleines, rotes Mal entstand. Lauri schreckte nicht zurück, sondern legte den Kopf noch mehr in den Nacken, bot ihm sein empfindliches Fleisch dar wie eine Beute.

Du willst also von mir gerissen werden. Ich werde dich mein Jagdfieber spüren lassen.

Ville stieß ein leises Knurren aus und saugte weiter an dieser köstlichen Haut, bis Lauri unter ihm zitterte und ihn an den Haaren zog. Widerwillig löste sich Ville von ihm und schob ihm den Pulli über den Kopf. Lauri warf ihn ungeduldig fort und bettelte mit einem kleinen, niedlichen Jammerlaut nach mehr. Ville lehnte sich zurück und betrachtete den halb entblößten Körper, den er nun schon etliche Male gesehen hatte, aber den er nun endlich berühren und liebkosen durfte.

Ich hätte dir damals schon nachgeben sollen, als du mich verführen wolltest. Das hätte uns vermutlich viel Kummer erspart. Der Widerstand war doch sowieso zwecklos.

Lauris Brustwarzen waren rosige, kleine Knospen, die sich vor Erregung bereits versteift hatten und Ville nahm sie in den Mund, reizte sie mit seiner Zungenspitze.

»Ja, ja!« Lauri zog die Beine an. »O Gott. Ich hab dich vor kurzem angelogen, als ich behauptet habe, ich erinnere mich nicht mehr an meinen komischen Traum. Ich habe geträumt, dass ich dir in der Sauna einen geblasen habe. Danach war ich so geil, dass ich aufstehen und dich anstarren musste. Ich wollte dich nicht umbringen.«

Ville lachte auf und kniff Lauri in eine Brustwarze, während er in die andere leicht hineinbiss. »Würde dir das gefallen, hm?«

»Blöde Frage. Und ob mir das gefallen würde. Du sahst so rattenscharf aus.«

Ville glitt weiter nach unten und neckte mit seiner Zunge Lauris Bauchnabel. »Die Sauna ist angeheizt. Wir können rübergehen ...«

»Scheiße, ja! Ja, ja, ja! Ich will dich nackt und schwitzend!«

Abermals lachte Ville auf. Dieser vor Lust entfesselte Lauri machte ihn sprachlos. Vor einer halben Stunde war er noch kalt, abweisend und verletzend gewesen, jetzt bettelte er nach Villes Nähe, als sei ein Damm in ihm gebrochen. Und Ville erging es kaum anders. Er hatte Mühe, Lauri nicht einfach zu packen und gnadenlos gegen die Wand zu ficken. Auch das würde er tun, aber nicht jetzt, nicht heute.

Dafür ist es noch zu früh. Für die letzte Konsequenz musst du wirklich bereit sein, mein Süßer, und dazu musst du meine wahre Natur erst noch kennenlernen. Bald.

Sie zogen sich noch im Haus aus. Lauri kniff Ville in den Hintern und rannte lachend davon, nicht in die Sauna, sondern in den Schnee. Erschrocken schrie er auf, als hätte er vergessen, dass Schnee kalt war, aber er rannte weiter, weckte damit Villes Jagdinstinkt. Mit einem lauten Knurren hechtete er ihm nach. Lauri war wendig und flink, wich ihm immer wieder aus, aber schließlich schaffte es Ville, ihn in eine Ecke zu drängen. Es war kalt, verdammt kalt, Lauri schlotterte, aber Ville kochte innerlich.

»Du entkommst mir nicht«, raunte er.

Lauris Brustkorb hob und senkte sich hastig. Sein Blick wurde unruhig, schien nach einem Fluchtweg zu suchen. Ville nutzte die Gelegenheit und stürzte sich auf ihn. Lauris Schrei gellte durch die Nacht, als sie zusammen in den Schnee fielen. Sie rangelten eine Weile miteinander, aber Ville gewann mit Leichtigkeit die Oberhand, packte Lauri und hob ihn hoch.

»Hab ich dich. Zeit zum Aufwärmen.«

»O ja.« Lauris Kiefer klapperte und er klammerte sich fest an Villes Körper, während er sich von ihm zur Sauna tragen ließ. Ville spürte die Kälte unter seinen Füßen nicht. Er war ganz Hitze, ganz Lust, ganz im Jagdfieber.

Als sie die Sauna betraten, kam die Wärme ihnen wie eine Wand entgegen und ließ sie für einen Moment taumeln. Ville setzte Lauri auf der oberen Bank ab und goss mit Kiefernöl versetztes Wasser auf die heißen Steine. Dampf stieg auf und legte sich wie ein feiner Nebel auf ihre Haut. Ville legte seine Hände auf Lauris noch immer zitternde Knie und drückte sie auseinander. Da war er, dieser Geruch, der Ville einen schier unkontrollierbaren Appetit bereitete. Konzentriert.

Lauris Penis, der in der Kälte erschlafft war, begann sich langsam wieder aufzurichten und seine strammen, kleinen Hoden waren eng an den Körper bezogen. Ville beugte sich über den einladend geöffneten Schoß und drückte einen Kuss auf die feuchte Schwanzspitze. Lauri zuckte zusammen und stöhnte leise. Ville vergrub die Nase in den Schamhaaren, wo der Duft am intensivsten war. Er drückte einen weiteren Kuss auf die Peniswurzel und leckte über den Hodensack, spielte mit den Eiern und saugte sie in seinen Mund.

»Mehr?«, fragte er mit belegter Stimme, als er sie wieder entließ.

»Ja, ja!« Lauri krallte die Finger in sein Haar und sah mit schweren Lidern auf ihn hinab. Das Honiggold seiner Augen war eine Schattierung dunkler geworden, die Wangen gerötet und ein paar lockige Strähnen klebten ihm im Gesicht.

»Du bist unglaublich«, raunte Ville und leckte mit breiter Zunge den zuckenden Schaft hinauf. »So unglaublich. Ich musste dich einfach fangen.« Er saugte die rosige Eichel in seinen Mund, ließ ein Vakuum entstehen, bis sie zwischen seinen Lippen fester wurde und salzige Tropfen preisgab.

Lauri legte ihm einen Schenkel auf die Schulter und lehnte sich mit geschlossenen Augen zurück, öffnete sie aber einen Moment später wieder, als wollte er keinesfalls etwas verpassen. Ville ließ den süßen Schwanz bis zum Anschlag in seine Kehle gleiten, drückte ihn mit der Zunge an seinen Gaumen und begann seinen Kopf rhythmisch zu bewegen, sah dabei immer wieder zu Lauri hinauf. Der schien kaum fassen zu können, was mit ihm geschah, sein Ausdruck wechselte zwischen Erstaunen und Ekstase und wann immer Ville mit seiner Eichel in der Kehle schluckte, entlockte es ihm einen kleinen, spitzen Schrei.

Ville drückte ihn weiter nach hinten, bis er auf der Bank zum Liegen kam, seine gespreizten Schenkel in die Höhe ragten und alles offenbarten. Der Anblick war so köstlich, so einladend und gehörte ganz ihm.

»Meine Beute bist du. Mein Labsal.«

Er drückte je einen Kuss auf Lauris an den Bauch gezogene Oberschenkel und glitt mit seinen Fingern zwischen die festen, kleinen Pobacken, während er unablässig weiter den Schwanz saugte und die Hoden leckte. Er spürte den engen Muskel unter seinen Fingerkuppen zucken, befeuchtete sie kurz mit Speichel und massierte die Pforte zu Lauris Körperinnerem. Er würde ihn heute nicht ficken. Jedenfalls nicht mit seinem Schwanz. Aber eine kleine Vorschau durfte er ihnen beiden gönnen. Vorsichtig führte er eine Fingerkuppe ein und entlockte Lauri damit ein heiseres Keuchen. Er war eng, so unglaublich eng, wie er sich um seinen Finger schloss und ihn regelrecht hineinsaugte. Es würde ein Fest werden, ihn zu decken und ganz zu Seinem zu machen, wenn es so weit war.

Er zog die Fingerkuppe wieder heraus und leckte und küsste sich über den Damm zwischen die leicht gespreizten Backen. Seine Zungenspitze fand den Muskel, der unter der Berührung erwartungsvoll zuckte. Ville wollte ihn ein wenig für sich öffnen. Mit beiden Daumen zog er die Pobacken auseinander, spuckte dazwischen und bohrte sich mit seiner Zunge tiefer. Lauri schien nicht zu wissen, ob er sich entspannen oder gegenhalten sollte, seine Öffnung krampfte sich zusammen, entspannte sich wieder.

»Lass mich dich schmecken«, flüsterte Ville kehlig.

Er drang ein kleines Stück in Lauri ein, bewegte die Zunge an den Fältchen, presste die Lippen darum und saugte ein wenig. Zufrieden beobachtete er, wie Lauris Schwanz einen kleinen, sämigen Faden auf seinen Bauch tropfte, während er ihn leckte. Er ersetzte die Zunge wieder durch seinen Finger, führte ihn bis zum Knöchel ein und krümmte ihn leicht. Lauris Penis zuckte und sein Gesicht nahm einen ungläubigen Ausdruck an.

»Mach das noch mal«, forderte er.

Ville lachte dunkel und krümmte seinen Finger erneut. Lauri heulte auf und krallte die Zehen ein, legte den Kopf in den Nacken und offenbarte das dunkelrote Mal an seinem Hals, das Ville ihm beschert hatte.

»Scheiße, das geht durch Mark und Bein. So gut ...«

»Sag bloß, dass bis jetzt noch keiner deine Prostata gefunden hat.«

»Ich glaube nicht.« Lauri begann sich vor und zurück zu bewegen und damit Villes Finger zu ficken.

»Aber Jungfrau bist du nicht mehr, oder?«

»Nein. Aber so geil wie du hat mich vorher noch niemand gemacht.«

Ville stieß ein lustvolles Grollen aus und gesellte einen zweiten Finger zu dem ersten, neckte Lauris Prostata, während der keuchend und immer schneller seine Hand fickte.

Oh, so hab ich dich mir erträumt. Genau so.

»Wann darf ich endlich deinen Schwanz lutschen?«, stöhnte Lauri, legte eine Hand um seinen Schaft und begann zu masturbieren.

»Wenn du für mich gekommen bist. Dann erlaube ich es dir vielleicht.«

»Vielleicht?« Verstört hielt Lauri inne und Ville nutzte die Gelegenheit, die Hand von dessen Schwanz wegzuschieben und ihn wieder in den Mund zu nehmen. »Wehe, ich darf das nachher nicht bei dir machen«, jammerte Lauri und wand sich unter ihm. »Wehe. Ich will dich leersaugen, bis kein Tropfen mehr übrig ist ...«

Wer hätte gedacht, dass der kleine, blasse Weltverbesserer so versaut reden kann?

Ville lächelte um den Schwanz herum, während er ihn tiefer in seine Kehle gleiten ließ und gleichzeitig mit seinen

Fingern Lauris Prostata bearbeitete. Er molk ihn regelrecht ab und als sich der Schließmuskel immer enger und rhythmischer um seinen Finger zog, wusste er, dass Lauri direkt auf seinen Höhepunkt zusteuerte.

»Gib mir alles«, murmelte Ville und ließ seine Zungenspitze um die Eichel kreisen. »Alles, was du hast.«

Das schien der letzte Funken zu sein, um die Explosion zu entfachen. Lauri bäumte sich auf und kam. Sein Körper krampfte sich um Villes Finger, sein Schwanz pumpte ihm heißes Sperma in die Kehle, Schuss um Schuss. Er schluckte alles. Nahm es als Geschenk an, als Zeichen von Lauris Hingabe. Das Eis zwischen ihnen war gebrochen, das Band war sichtbar. Nun war es an Lauri, sein Ende im richtigen Moment zu ergreifen.

Wir gehören zusammen. Ich wünsche mir nichts mehr, als dass du das endgültig erkennst.

Schwer atmend und erschöpft lag sein Süßer auf der Bank und jammerte leise, als Ville seine Finger aus ihm herauszog. Ihre Körper waren schweißnass, der Geruch von Sex und Männlichkeit hing in der Luft.

»Gib mir deinen Schwanz«, forderte Lauri und setzte sich langsam auf. »Ich hab ihn mir verdient. War ein braver Junge. Bin für dich gekommen.«

»O ja, das bist du.« Ville strich ihm über die Wange und ließ die Hand an seinem Kinn ruhen. »So ein braver Junge, hm?« Er schnellte nach vorn und küsste ihn hart, leckte mit seiner Zunge tief in Lauris Mund. Es sollte ihn stören, dass Lauri so viel jünger war als er, aber das tat es nicht. Es war kein Vater-Sohn-Verhältnis wie mit Johannes, voller unschuldiger Liebe und Zuneigung. Es war vielmehr ein Spiel zwischen Lehrer und erwachsenem Schüler, ganz und gar nicht unschuldig, sondern vollgepumpt mit erotischer

Spannung. Auch wenn Ville der Erfahrenere von ihnen beiden war, in der mentalen Stärke waren sie sich ebenbürtig. Lauri konnte man darin leicht unterschätzen und diesen Fehler hatte Ville auch begangen.

Lauri schob ihn nachdrücklich zurück und rutschte auf die untere Bank. »Er ist so unglaublich schön«, stöhnte er, als er Villes Schwanz in die Hand nahm. »So hart und so groß. Ich will, dass du mich damit fickst, bis ich Sterne sehe.«

»Das werde ich«, versprach Ville, »aber nicht heute. Heute wirst du ihn mir lutschen. Und du wirst schlucken.«

»Ja, das werde ich«, versicherte Lauri eifrig.

Ville entzog sich ihm und setzte sich auf die obere Bank, lehnte sich gegen die Wand und spreizte seine Beine weit. Lauri näherte sich ihm, kniete sich auf die untere Bank und strich mit flachen Händen langsam seine Schenkel hinauf. Er sah so verführerisch aus mit seinen feuchten, lockigen Haaren, den geröteten Wangen und dem Schlafzimmerblick unter langen Wimpern. Diese herrlich weichen Lippen legten sich um Villes Eichel, lutschten, ließen sie mit einem provozierenden Ploppen wieder frei.

»Du schmeckst noch besser als in meinem Traum.«

Ville hob zur Antwort eine Braue und lächelte. Während der Bengel versucht hatte, abzuhauen, hatte er also gleichzeitig von Sex mit ihm fantasiert. Erneut legte sich der warme, feuchte Mund um seinen Schwanz und nahm ihn diesmal tief in sich auf, so tief, dass Lauri würgte und ihn mit einem Husten wieder entließ.

»Langsam«, mahnte Ville und streichelte Lauris speichelnasses Kinn. »Du bist zu ungeduldig.«

»Ich kann's nur einfach kaum erwarten, dass du in mir kommst.« Herausfordernd züngelte er um Villes Eichel, am Bändchen, drückte die Zungenspitze in den Schlitz.

Ville kam ihm mit den Hüften entgegen, stieß ein Stück in seinen Mund hinein und wurde von saugender Hitze empfangen.

So gut.

Lauri spielte ihm an den Hoden herum, während er ihn lutschte, ließ sie durch seine Finger gleiten und massierte sie, was Villes Lust weiter verstärkte. Der Junge wollte wohl unbedingt, dass er schnell kam und Ville musste über diesen Gedanken lachen. Er streichelte Lauri durch das feuchte, zerzauste Haar, als der fragend aufblickte.

»Weiter, mein braver Bengel.« Er tätschelte ihm die Wange und drückte seinen Kopf wieder in Richtung seines Schoßes. Artig nahm Lauri den Schwanz wieder in den Mund und verwöhnte ihn mit geschickter Zunge.

Ville merkte erst jetzt richtig, wie sehr ihm körperliche Nähe gefehlt hatte. Wie sehr ihm *Sex* gefehlt hatte. Er hatte immer gern gefickt, sich aber in seiner Einsamkeit mit Onanieren zufriedengegeben. Wie könnte er je wieder darauf verzichten? Wie könnte er je wieder auf Lauri verzichten? Aber jetzt, so wie die Dinge standen, hatte er Hoffnung, es vielleicht auch gar nicht zu müssen. Ob das so blieb, würde sich allerdings erst zeigen, wenn Lauri die ganze Wahrheit kannte.

Bald.

Lauri wurde immer eifriger, krallte sich an Villes Schenkeln fest und bewegte seinen Kopf in einem schnellen, harten Rhythmus auf und nieder, als wüsste er genau, wie Ville es brauchte. Sein Höhepunkt nahte unweigerlich, er stieg mit seinen Hüften in den schnellen Rhythmus ein.

»Wag es nicht, mir dein Sperma vorzuenthalten«, knurrte Lauri warnend, als er Villes Schwanz kurz aus seinem Mund entließ.

»Was?«, fragte er ungläubig.

»Du hast mich schon verstanden. Ich will es. Ich will alles. Tief in meiner Kehle.«

»Oh, das wirst du bekommen!« Erneut drang Ville tief in Lauris Mund ein, spürte den engen Schlund, der sich um seine Eichel schmiegte, und nach wenigen Stößen kam er. Pumpte sich völlig aus, bis seine Hoden schmerzten und Lauri ihn ächzend in die Schenkel kniff.

Mit einem lauten Schmatzen entließ der seinen Schwanz, der einen langen, weißlichen Faden nach sich zog, aus seinem Mund. »Das war geiler als in meinem Traum. Fuck.«

»Ja?« Ville umfasste Lauris Kinn und strich mit dem Daumen über seine feuchten Lippen. »So ein guter, versauter Junge.« Er küsste ihn tief und innig, schmeckte sich selbst, vermischt mit Lauris eigenem Aroma. Die Hitze in seinem Inneren, gepaart mit der äußeren Hitze durch die Sauna, trieb ihn an den Rand des Erträglichen. »Lass uns rausgehen, uns abkühlen und dann ins Haus.«

»Versprich mir, dass wir es heute noch mal tun.«

Ville grinste, rutschte von der Bank und zog Lauri mit sich. »Du bist ja unersättlich.«

»Und? Bist du zu alt und müde dafür?«

Ville ließ seine Hand in Lauris Nacken gleiten und kniff ihn warnend. »Nicht im Geringsten.«

»Dann fick mich heute Nacht noch.«

»Nein.« Er drehte Lauri zu sich herum. »Gefickt wird ein andermal.«

»Wann?«

»Wenn du die ganze Wahrheit gesehen hast. Mein Geheimnis.«

»Du und deine komische Wahrheit«, murrte Lauri. »Es geht mir echt auf die Nerven. Sag sie mir doch einfach.«

»Du würdest sie mir jetzt nicht glauben.«

»Wenn ich sie dir jetzt nicht glaube, warum sollte ich es dann in ein paar Tagen oder Wochen tun?«

»Weil ich sie dir dann zeigen kann.«

Lauri stöhnte. »Na schön. Was auch immer es ist, so langsam will ich's wirklich wissen.«

»Das wirst du.« Ville küsste ihm den Scheitel. »Und jetzt komm. Mir ist nach einer Schneeballschlacht.«

Kapitel 20

Prustend stolperten sie ins Haus und hielten sich aneinander fest. Sowieso fiel es Lauri verdammt schwer, die Finger von Ville zu lassen, seit er nun auf den Geschmack gekommen war. Irgendetwas in ihm hatte sich gelöst. Irgendetwas, was von Anfang an da gewesen, jedoch von Villes Weigerung überschattet worden war, ihn nach Inari zu bringen. Er fühlte sich zu Ville hingezogen wie eine Motte zum Licht. Vielleicht würde er sich daran verbrennen, aber er konnte nicht aufhören, zu ihm zu fliegen.

Er schmiegte sich fest an Villes großen, starken Körper, genoss die Hitze, die die Schneekälte der Haut schmolz. Sie krabbelten ins Bett, deckten sich zu und kuschelten sich aneinander. Es fühlte sich so unheimlich gut an. Lauri hatte bisher neben ein paar Dates mit Sex nur eine sehr kurze Beziehung gehabt, nichts wirklich Ernstes, doch das hier fühlte sich plötzlich so ernst an, dass es ihm Angst machte. So lange kannte er Ville noch nicht und sie waren sich gerade erst nähergekommen. Es war einfach die intensivste Zeit in seinem Leben und er wollte, dass es nie wieder aufhörte.

Immer wieder küssten sie sich, rieben ihre Nasen aneinander, blickten sich lange einträchtig schweigend in die Augen. Es herrschte ein so tiefes Verständnis zwischen ihnen, dass es das Ungesagte für diesen Moment beiseiteschob. Ihre Nähe erregte sie langsam wieder und sie begannen erneut, sich gegenseitig mit Händen und Lippen zu erkunden und schließlich zum Höhepunkt zu bringen. Es war wie ein Rausch, von dem Lauri nicht mehr herunterkommen wollte.

»Du bist so süß«, raunte Ville ihm zu. »So süß und wundervoll. Nenn mich selbstsüchtig, aber ich will dich nicht hergeben.«

»Ich will gerade auch nicht von hier fort«, gestand Lauri. »Ich will einfach hier mit dir liegen, morgen wieder aufstehen, unsere Arbeit tun, in die Sauna gehen, mit den Hunden helfen, dann etwas essen und wieder mit dir ins Bett.«

»Wir können auch zwischendurch ins Bett gehen«, murmelte Ville und begann, an der empfindlichen Stelle hinter Lauris Ohr zu knabbern.

Lauri stöhnte auf und ließ es sich eine Weile gefallen. »Am besten zwischen jedem Arbeitsschritt.«

Ville ließ von ihm ab und schob ihn ein Stück von sich. »Lauri ... könntest du dir vorstellen, dieses Leben hier dauerhaft zu führen?«

»Du meinst, länger als bis zum Frühling?«

Ville schluckte hörbar. »Ja.«

Lauri drehte sich auf den Rücken, starrte an die Decke und blinzelte. Jetzt, wo der Rausch doch langsam verklang, wurden seine Gedanken wieder etwas klarer. »Im Moment würde ich nichts lieber tun als das. Es ist gut hier mit dir und die Polarluft vertreibt die ganzen bösen Geister, die mich immer so runtergezogen haben. Hier bin ich so frei. Aber ... aber ich kann die Augen nicht vor der Realität verschließen.«

»Was meinst du?«

»Ich meine, dass es ein hartes Leben ist, von dem ich noch nicht weiß, ob ich dafür geschaffen bin. Und dass ich nicht einfach hierbleiben kann und so tun, als hätte ich vorher kein Leben gehabt. Ich stecke mitten in meinem Studium. Meine Eltern warten auf mich und wissen nicht, was los ist. Wer weiß, ob sie überhaupt meine Miete weiterzahlen oder ob mein Zimmer in der WG schon aufgelöst wurde. Na ja, und dann ist da noch ein Motorschlittenvermieter, der sich wohl ziemlich bestohlen und betrogen vorkommt, weil er denkt, ich bin mit dem Ding getürmt. Das sind alles Sachen, die mich belasten, solange sie ungeklärt bleiben.«

»Und du? Du sprichst immer viel von den anderen. Wie sie sich fühlen, worum sie sich sorgen, worüber sie sich ärgern. Aber was ist mit dir? Was willst du vom Leben? Du hast bewusst die Einsamkeit Sápmis gesucht, wohl nicht ohne Grund. Etwas hat dich von dort weg und hierher gezogen.«

Lauri lächelte. »Das Schicksal?«

»Sag du es mir.«

»Es ist noch zu früh, um das wirklich beurteilen zu können. Es war die reinste Achterbahnfahrt, seit ich hier bin und jetzt schwebe ich gerade in einer Traumblase, möchte nur noch hier mit dir wohnen, arbeiten, Schlitten fahren und Sex haben. Aber ist das die Realität? Kann ich dir wirklich dauerhaft vertrauen, ist das nicht zu viel verlangt, wo du nicht einmal *mir* in einer kleinen Sache vertrauen wolltest? Keine Ahnung.«

»Die Realität ist immer mehr als das, was man auf den ersten Blick sieht«, belehrte ihn Ville und streichelte ihm durchs Haar. »Auch hier in meiner Welt. Hier sogar ganz besonders. Du kannst mir vertrauen, ich hatte nie ernsthaft etwas Böses mit dir im Sinn und ich werde dich nie wieder anlügen. Ich möchte dir ab jetzt vertrauen.«

Lauri hob eine Braue. »Du hast mal so getan, als würdest du mich umbringen und irgendwo in die Wildnis werfen, wenn ich dich nerve.«

»Ja, ich habe so getan. Aber ich hätte dir kein Haar krümmen können. Und habe es ja auch nicht, obwohl du mich manchmal in den Wahnsinn getrieben hast. Die Ohrfeige wird mir auf ewig leid tun. Glaubst du mir das?«

Seufzend nickte Lauri. »Ja. Trotzdem bräuchte ich Zeit, um mit meinem alten Leben abzuschließen.« Er wandte sich Ville zu und streichelte ihm über die behaarte Brust. »Ich werde noch ein paar Tage hierbleiben. Aber dann ...«, zaghaft blickte er auf, »dann musst du mich erst mal gehen lassen.«

Etwas in Villes Blick erstarrte, fror von den Rändern her ein wie eine Glasscheibe im Winter. »Du willst immer noch fort von mir?«

Lauri schüttelte den Kopf. »Ich will nicht. Aber ich muss. Mit deinem Segen. Weglaufen ist keine Lösung, verstehst du? Ich möchte weder vor dir weglaufen, noch vor der Welt da draußen. Wenn ich hierher zurückkomme, will ich erst meinen Frieden mit allem machen. Mit meiner Familie reden, damit sie mich nicht hassen und damit wir ihr nicht das gleiche antun, was man dir und Johannes angetan hat, nämlich einem Elternteil seinen Sohn vorenthalten. Ich will außerdem das mit dem Motorschlitten klären. Überlegen, was ich mit meinem Studium mache, denn ich will es nicht einfach kopflos abbrechen. Vielleicht gibt es eine Möglichkeit, das von der Ferne aus weiterzuführen. Oder ich schließe es erst ab und komme dich bis dahin in den Semesterferien besuchen.«

Ville stieß einen langen Atemzug aus. »Das heißt aber, du denkst durchaus darüber nach, dauerhaft bei mir zu bleiben?«

»Nenn mich verrückt, aber ja, verdammt.«

»Wie kommt es, dass du deine Meinung so geändert hast?« Ville klang immer noch skeptisch.

»Weil ... weil ich begriffen habe, wie nahe ich mich dir fühle. Irgendwie verbunden. Dir und diesem Ort hier. Wenn ich mir vorstelle, nicht mehr hier zu sein, tut es mir regelrecht körperlich weh. Ich kann das nicht rational erklären. Mein Verstand schüttelt auch nur seinen sinnbildlichen Kopf. Aber was soll ich machen?«

»Das sagst du vielleicht jetzt im Rausch der Gefühle, aber sobald du zurück in Jyväskylä bist, überlegst du es dir anders und kommst nie wieder.« Ville klang resigniert und ließ den Kopf hängen.

»Nein«, wisperte Lauri. »Dazu müsste ich dich vergessen und das ist unmöglich. Meinem Leben würde etwas fehlen. Du hast so einen Eindruck hinterlassen. Wenn du mir wirklich vertrauen willst, wie du es sagst, dann musst du mir das glauben.«

Ville lächelte wehmütig und strich über Lauris Wange. »Ich werde dich zurückbringen, wenn du es unbedingt willst«, versprach er schließlich, als erklärte er damit den Abbruch der Therapie einer unheilbaren Krankheit.

Lauri konnte kaum fassen, was er hörte. Meinte Ville das wirklich ernst? Er sollte jubilieren, aber seltsamerweise fühlte er keine Freude. Jetzt, wo Ville einlenkte, war Lauri längst über den Punkt hinausgewesen. Jetzt wünschte er sich beinahe, Ville würde weiterhin Gründe finden, ihn nicht gehen zu lassen. Es war verrückt. Und es entbehrte jeder Logik. Aber es war, wie es war. »Wirklich?«

»Ja. Ich will dich nur um eine Sache bitten: Warte mit der endgültigen Entscheidung bis zum kommenden Vollmond.«

»Warum?«

»Hinterfrag es jetzt nicht. Warte bis dorthin, es ist nicht mehr lang. Du wirst es dann sehen.«

Lauri nickte sachte. »In Ordnung. Ich wollte sowieso nicht gleich morgen gehen.« Er schmiegte sich enger an Ville. »Aktuell will ich gar nicht.«

»O mein Süßer.« Ville drückte Lauris Kopf an seine Halsbeuge und ließ ihn seinen Duft schnuppern, von dem er ganz kirre wurde. Er spürte warme Atemluft auf seinem Scheitel.

Dass dieser Mann ihm ein solches Herzklopfen bereitete, war der blanke Irrsinn, und doch fühlte es sich absolut natürlich und richtig an, so wie ein Schlittenhund durch die Eiseskälte laufen wollte. Nicht alles Gute im Leben begann auch immer auf eine gute, ordentliche Weise, aber Lauri erinnerte sich an das, was der Pfarrer früher einmal in der Kinderstunde gesagt hatte: Gott schreibt auch auf krummen Zeilen gerade. Ob es Gott gab, wusste Lauri nicht. Aber an das Schicksal begann er langsam wirklich zu glauben.

Ville hatte alles auf eine Karte gesetzt. Aber tatsächlich war das der einzige Weg, der sich richtig anfühlte, auch wenn er Angst vor dem hatte, was schlimmstenfalls geschehen konnte. Als er mit Lauri im Bett gelegen hatte, nachdem sie sich plötzlich und unerwartet so nahegekommen waren, hatte er eine profunde Sache begriffen: Wenn er Lauri bei sich halten wollte, musste der freiwillig zu ihm kommen. Das Band hatte zwei Enden, die von zwei Händen gefasst werden mussten. Vielleicht stimmte es doch nicht, was der Schamane gesagt hatte. Vielleicht konnte das Band sehr wohl von einer Seite losgelassen werden. Von Ville nicht, so viel war klar. Aber von Lauri. Es war nicht Villes Aufgabe, Lauri mit dem Band zu fesseln, sondern ihn zu überzeugen, es aus eigenem Willen festzuhalten. Wenn sein Junge bald die volle Wahrheit kannte, würde er die Entscheidung treffen und sich entweder mit Schaudern von ihm abwenden oder ein Teil seiner Welt werden.

Die nächsten Tage verliefen erstaunlich harmonisch. So, wie sich Ville ihr Zusammensein eigentlich erhofft hatte. Natürlich lieferten sie sich hin und wieder ein paar Wortgefechte – das lag einfach in ihrer Natur –, aber wenig später landeten sie in der Regel im Bett und das Thema war vergessen. Langsam wurde Lauri ungeduldig, weil Ville sich beharrlich weigerte, ihn zu ficken oder sich umgekehrt von ihm nehmen zu lassen. Nicht, dass Ville keine Lust darauf hätte, im Gegenteil. Aber diese letzte Bastion musste er noch stehen lassen, bis Lauri sich endgültig für ihn entschieden hatte. Danach gab es kein Zurück mehr, das hatte er im Gefühl und sein Gefühl trog ihn in der Regel nicht. Aber es war, als sei bereits eine Mauer zwischen ihnen gefallen, die keine Macht der Welt wieder hochziehen konnte. Vielleicht gab es Vergebung für Ville und trotz ihres holperigen Starts eine Zukunft, die auf Vertrauen basierte.

Ich wünsche es mir so sehr.

Er hatte geglaubt, die Einsamkeit sei seine Bestimmung und dass ein Mensch, der in seine selbstgewählte Klausur eindrang, alles nur kaputtmachen würde. Aber in Wirklichkeit machte ein Seelengefährte alles erst vollständig. Es war eine Erkenntnis, die Ville in seinen Grundfesten erschütterte, aber gleichzeitig ein ungeahntes Glücksgefühl in ihm auslöste.

Sie unternahmen kleine Touren mit dem Hundeschlitten in der jetzt immer nächtlichen Umgebung, Lauri half ihm, die Trinkwasserkanister an der Quelle aufzufüllen und begleitete ihn sogar zum Eisangeln auf den kleinen, nahegelegenen See, auch wenn sie erfolglos blieben.

»Ich hab jetzt ziemlich Schiss auf zugefrorenen Seen«, gestand Lauri, »das kannst du dir ja denken. Aber wenn du dabei bist, ist es okay. Dann fühle ich mich sicher, weil ich weiß, du würdest mich rausziehen.«

Ville lächelte. Das Vertrauen, das Lauri ihm nun wieder entgegenbrachte, erwärmte sein Herz, das er zu einem Eisblock gefroren geglaubt hatte. Aber seit er Lauri aus dem See gezogen hatte, hatte es Stück für Stück zu tauen begonnen. »Ich würde nach dir tauchen, wenn ich müsste.«

Lauri schluckte und sah ihn lange an. »Wenn ich fortgegangen wäre ... an dem Tag, als ich den Schlitten nehmen wollte. Was hättest du gemacht? Sei ehrlich.«

Ville stierte auf das Eisloch und überlegte, was er antworten sollte. Da er sich jedoch entschieden hatte, Lauri nicht mehr anzulügen, sagte er die Wahrheit. »Du wärst nicht weit gekommen, denke ich. So oder so. Ich hätte deine Spur aufgenommen und sie verfolgt. Dich gefunden.«

»Mich erjagt.«

»Ja.« Ville lächelte. Lauri ahnte nicht, wie recht er damit hatte.

»Und dann?«

»Dich zurückgebracht. Dir den Hintern versohlt dafür, dass du meine Hunde gestohlen hast.«

Lauri sog scharf die Luft zwischen die Zähne und zog die Knie an seinen Körper. »Was sagt das über mich aus, wenn ich die Vorstellung irgendwie erregend finde?«

Ville beugte sich zu ihm vor, bis seine Nase fast Lauris Wange berührte, und flüsterte: »Dass du meine perfekte Beute bist.«

Ein Beben rann durch Lauris Körper, selbst durch die dicke Jacke erkennbar. Dann blickte er in den Himmel. »Bald ist Vollmond.« Es klang, als wüsste er nicht so recht, was er von dieser Tatsache halten sollte. Es konnte Abschied bedeuten, für sie beide.

»Ja.«

»Ich hab Angst.«

»Wovor?«

Lauri zuckte mit den Schultern und schüttelte den Kopf. »Ich weiß nicht. Vor allem. Vor deiner Wahrheit. Vor dem Punkt, an dem ich gehen muss.«

»Du musst nicht und das weißt du. Nicht meinetwegen.«

»Es gibt aber nicht nur dich und mich.«

»Manchmal wünschte ich, es wäre so«, gestand Ville.

»Dann wäre alles leichter, nicht wahr?« Lauri zog die Knie noch fester an seinen Körper, schien sich zu einer Kugel einrollen zu wollen. »Dann wäre das Leben einfacher für uns.«

»Man muss dem Leben zugutehalten, dass es nie behauptet hat, einfach zu sein«, gab Ville zu bedenken. »Das Abenteuer besteht darin, sich diesen Schwierigkeiten zu stellen. Gemeinsam geht das einfacher.«

Lauri rückte näher und lehnte den Kopf an Villes Schulter. »Mir kommen so viele Gedanken, was das Gemeinsame angeht. Würdest du die Wildnis für mich aufgeben? Wahrscheinlich nicht. Würde ich die Zivilisation aufgeben? Ich weiß es nicht.«

»Ein Kompromiss, mit dem wir beide leben können, wäre die beste Lösung.«

»Und wie soll der aussehen?«

»Etwas Zivilisation hierherbringen, vielleicht. Ich brauche das nicht, aber du vermutlich schon. Ins Internet kommt man heute leicht über Satellit, das ist selbst hier kein Problem, wenn man ein Handy oder einen Laptop hat.« Ville lachte leise. »Wir könnten die Mumins schauen.«

»Das würde ich gern. Aber ohne Strom?«

»Ich könnte im Sommer noch ein paar Solarpanels aufstellen. Im Winter ... nun ja. Wir könnten einen Generator anschaffen.«

»Mir wäre wichtig, dass wir jederzeit eine Verbindung zur Außenwelt herstellen können, wenn wir das wollen. Oder wenn es zum Beispiel einen medizinischen Notfall gibt. Wärst du dazu bereit?«

Ville nickte. »Wäre ich.« Für Lauri würde er es tun. Sich ein Stück weit der Zivilisation annähern, damit sein Junge sich bei ihm wohl und sicher fühlte. Im Grunde war Lauri selbst schon eine solche Annäherung. »Ich wäre für vieles bereit, wenn du bei mir bleibst. Weil du mein Leben bereicherst.«

»Das bedeutet mir viel. Es wird mir die Entscheidung erleichtern, denke ich. Auch wenn ich gar nicht weiß, womit ich dich bereichere, ich futtere dir doch nur deine Kartoffeln weg.« Er lachte, Ville lachte auch, aber gleich darauf wurden sie wieder ernst. »Das meiste von dem Leben hier gefällt mir. Ich fühle mich frei, kann endlich wieder richtig atmen. Das habe ich hier in der Wildnis gesucht. Und dann habe ich auch noch dich gefunden, den verkorksten, sexy Einsiedler. Was soll ich machen?« Er lächelte zerknirscht. »Aber jetzt ist mir ganz schön kalt. Ich glaube nicht, dass hier heute noch ein Fisch anbeißt. Gehen wir rein und holen uns gegenseitig einen runter?«

Ville lachte auf und knuffte Lauri in die Seite. »Wie könnte ich dazu nein sagen? Irgendwie musst du ja heute noch zu deinem Eiweiß kommen, wenn wir schon keinen Fisch fangen.«

Noch immer lachend standen sie auf, packten ihre Utensilien zusammen und machten sich auf den Rückweg zum Hof. Der Mond schien hell. Der Puls der Erde schlug so laut, dass Ville ihn hörte.

Kapitel 21

Die Tage vergingen und jetzt, wo tatsächlich die reelle Möglichkeit zu bestehen schien, bald zurück nach Hause zu kommen, verspürte Lauri plötzlich keine Eile mehr, obwohl Weihnachten nahte und er schon fast einen Monat hier war. Die niederschmetternde Sehnsucht nach Hause, die er noch vor kurzem empfunden hatte, war zu einem Pflichtgefühl verkommen, zu Hause vorbeizuschauen, um alles in Ordnung zu bringen. Und selbst das schien plötzlich Zeit zu haben. *Äiti* hatte ja den Brief bekommen. Es würde schwierig werden, ihr zu erklären, dass der Brief einerseits gelogen, andererseits doch die Wahrheit war. Er vermisste sie, aber gleichzeitig spürte er, wie es ihn befreite, einmal nicht unter ihrer permanenten, wachsamen Gegenwart zu leben, in der sie ihn jeden Tag anrief oder bei ihm vorbeischaute. Machte ihn das zu einem schlechten Sohn? Er wusste es nicht. So oder so musste von neuem herausfinden, wer und was er war.

Abgesehen von all diesen Dingen spürte Lauri, wie Ville rastlos wurde. Eine innere Unruhe schien ihn umzutreiben, er war leicht reizbar und am Mittag hatten sie sich sogar gestritten, weil er plötzlich der Meinung war, dass Lauri zu viele Kartoffeln verbrauchte. Es war eine Seite an ihm, die Lauri irritierte und die er nicht einzuordnen wusste. Fetzen der Dunkelheit, die zweifellos in ihm wohnte. Stresste ihn die Tatsache, dass der Vollmond näher rückte und damit der Tag ihres Ultimatums? Offenbar hatte er kein Vertrauen darin, dass sich Lauri für ihn entscheiden konnte. Dabei hatte sich Lauri längst für ihn entschieden, nur noch nicht für die Umstände, wie sie ihre Beziehung weiterführen konnten.

Es war Nachmittag und Lauri stand in der Küche, um Vorbereitungen für das Abendessen zu treffen. Ville war gerade von seiner Hundeschlittentour zurückgekehrt und leinte die Tiere ab, als ein seltsames Geräusch Lauris Aufmerksamkeit erregte. Ein rhythmisches Pulsieren, fremd und unnatürlich, das hier nicht hergehörte. Lauri hatte in den letzten Wochen so wenige solcher Geräusche gehört, dass er einen Moment brauchte, um es einzuordnen: ein Helikopter. War das ein Zufall?

Oder sucht man etwa nach mir?

Wir erstarrt sah Lauri aus dem Fenster und entdeckte Ville, der in einer unnatürlich steifen Körperhaltung in den Himmel starrte. Die Hunde wirkten nervös, manche bellten.

Wenn ich jetzt rausgehe und winke, würden die Piloten vielleicht auf mich aufmerksam. Dann würden sie mich mitnehmen, dann müsste ich mich nicht auf Villes Wort verlassen.

Aber wollte er das? Wollte er noch gerettet und mitgenommen werden, war *Rettung* überhaupt der richtige Ausdruck? Er empfand Ville nicht mehr als Gefahr, nicht mehr als Bedrohung. Lauri wollte genauso wenig mit Gewalt von hier fortgeholt wie festgehalten werden. Er wollte selbst entscheiden, wann er kam und ging.

Lauri sperrte das Geräusch des Helikopters aus und rieb weiter Fisch mit getrockneten Kräutern ein, als kreise diese Höllenmaschine nicht weiterhin über ihnen auf der

Suche nach ihm oder wonach auch immer. Es war das erste Mal, dass Lauri begriff, wie vertraut ihm diese Welt hier geworden war und wie fremd diese da draußen. Er hatte geglaubt, ein solcher Prozess würde Jahre dauern, aber jetzt fand er sich schon nach wenigen Wochen in Villes Ansichten wieder. Er verstand ihn und seine Lebenswelt immer mehr. Hier zu sein, war heilsam für Seele und Geist, weil hier andere Gesetze galten, einfach zu verstehende. Wenn du nicht frieren willst, musst du Feuerholz sammeln und spalten. Wenn die Hunde Hunger haben, musst du ihnen Fressen zubereiten. Wenn du den Winter überleben willst, musst du mit deinen Vorräten haushalten. Wenn es dich eingeschneit hat, musst du dich freischaufeln. Wenn du Ville zum Sex verführen willst, musst du dich wie ein braver Junge vor ihn knien, während er seiner Arbeit nachgeht.

Lauri grinste bei letzterem Gedanken und während er sich detailliert ausmalte, wie er Ville nachher verführen wollte, stellte er fest, dass das Hubschraubergeräusch immer leiser wurde. Der Helikopter entfernte sich. Lauri wusch sich die Hände und hielt einen Moment inne. In diesem Augenblick flog die Tür auf und Ville stürzte herein.

»Lauri!« Er wirkte völlig aufgelöst und atmete hastig. »Da war ein Helikopter.«

»Ich weiß«, erwiderte Lauri und fragte sich, warum Ville so aufgebracht darüber war. »Ich habe ihn gehört.«

»Aber du ...« Ville schluckte hart. »Du bist nicht nach draußen gekommen. Du hast dich ihnen nicht gezeigt. Du hättest auf dich aufmerksam machen können, damit sie dich mitnehmen.«

»Warum sollte ich das tun?« Lauri stemmte die Hände in die Hüften. »Ich hatte doch versprochen, dass ich noch bis zum Vollmond hierbleibe. Und dann bringst du mich zurück, wenn ich das will. Das waren deine Worte.«

»Das heißt, du vertraust meinen Worten?« Villes Stimme klang brüchig und ungläubig.

Lauri runzelte die Stirn, unsicher, was er davon halten sollte. »So wie du das sagst, klingt es, als sei das keine gute Idee.«

»Doch! Doch, es ist eine gute Idee und ich schwöre, ich habe dich nicht angelogen. Es ist nur ... ich habe nicht zu hoffen gewagt, dass du mir wirklich vertrauen könntest, nach allem, was ich getan habe.«

»Ich kann vergeben«, erklärte Lauri. »Jeder verdient eine zweite Chance. Bis jetzt habe ich nicht bereut, sie dir gegeben zu haben. Bitte sorg dafür, dass sich das nicht ändert.«

Mit wenigen, großen Schritten überwand Ville die Distanz zwischen ihnen und riss Lauri in seine starken Arme. Lauri stieß einen überraschten Laut aus, verschränkte dann aber seine Hände in Villes Nacken und stellte sich auf die Zehenspitzen, um einen Kuss einzufordern, der ihm bereitwillig gewährt wurde. So leidenschaftlich und drängend, als wollte Ville ihm damit noch einmal klarmachen, wie richtig seine Entscheidung war. Schnell heizte sich die Spannung zwischen ihnen auf, Lauri begann seinen Unterleib gegen Villes Schenkel zu reiben und stöhnte ihm in den Mund.

»Wann fickst du mich endlich?«, keuchte er an seinen Lippen. »Ich bin so heiß auf dich.«

»Bald. Sehr bald, hoffe ich.«

Ville drehte Lauri mit dem Rücken zu sich, drückte ihn an seinen Körper und glitt mit einer Hand zwischen seine Beine, rieb die Erektion durch den festen Stoff der Hose.

»Ich will es jetzt«, jammerte Lauri. »Dieses Hinhalten macht mich wahnsinnig. Du willst mich wohl ganz mürbe und willenlos machen, hm?« Er fühlte sich wie Eis, das in der Sonne schmolz.

»Schscht«, zischte Ville in sein Ohr und öffnete ihm mit einer Hand den Hosenstall, während die andere an seiner Brust lag und ihn immer noch fest an sich drückte. Lauri spürte auch Villes unmissverständliche Härte in seinem Rücken und rieb sich aufreizend daran. Ville befreite Lauris Schwanz und nahm ihn in seine große, schwielige Hand. »Unersättlicher Bengel.« Er rieb ihn so heftig, dass es fast wehtat.

Lauri stellte sich auf die Zehenspitzen und ließ sich wieder sinken, tänzelte verzweifelt in Villes Klammergriff, während sein Schwanz gnadenlos abgemolken wurde und seine Hoden sich bereits an den Körper zogen, um sich auf den Orgasmus vorzubereiten. Er schwelgte in dem maskulinen Geruch, der ihn umhüllte, im Gefühl des großen, gestählten Körpers hinter ihm. Villes Daumenkuppe massierte seine Eichel, entlockte ihr Tropfen um Tropfen Vorsperma, bis Lauri endgültig die Beherrschung verlor und keuchend abspritzte. Seine Knie zitterten, sein Sperma ergoss sich über Villes Hand und er fluchte leise, weil es schon vorbei war.

»Ich glaube, so schnell bin ich noch nie gekommen«, ächzte er.

»Ja, ich glaube, das war ein neuer Rekord«, erwiderte Ville amüsiert und küsste ihm den Nacken. »Ich kann es kaum erwarten, das Sperma regelrecht aus dir herauszuficken«, raunte er und schnappte nach Lauris Ohrläppchen, was Lauri einen Schauer durch den ganzen Körper jagte. »Das wird ein Fest. Aber ... wir müssen jetzt erst mal reden.«

»Reden, worüber?« Mit noch immer zittrigen Beinen drehte sich Lauri um und säuberte sich mit dem kleinen Handtuch, das Ville ihm reichte, bevor er seine Hose wieder schloss.

»Über den noch fehlenden Teil der Wahrheit«, erklärte Ville ernst. »Der Moment ist gekommen, ich kann es nicht länger aufschieben.«

»Oh.« Eine heftige Aufregung erfasste Lauri. Wahrscheinlich war das, was Ville ihm zu sagen hatte, völlig unspektakulär und er machte sich umsonst verrückt. »Soll ich mich lieber setzen?«, fragte er dennoch. »Ich muss erst mal runterkommen.«

»Ja. Es wäre vielleicht besser.«

Nervös nahm Lauri auf der Küchenbank Platz und die Anspannung zwischen ihnen beiden wurde greifbar, sandte ein unangenehm elektrisierendes Gefühl in seine Magengegend, das der abklingende Rausch seiner Erregung nicht mehr überdecken konnte. Ville ließ sich ihm gegenüber nieder. Was wollte er ihm sagen? Und warum gerade jetzt?

»Es ist so ... ich muss nachher fort.«

»Was, wohin?«, erkundigte sich Lauri verwirrt. »Und für wie lange?«

»Für drei Tage. Den Tag vor dem Vollmond, den Vollmondtag und den Tag danach. Nach Monduntergang am dritten Tag komme ich wieder. Es ist ein geheimer Ort, an den ich mich dafür zurückziehen muss.«

»Aber wofür denn?« Lauri verstand gerade nichts mehr.

»Lauri ... ich hatte dich ja schon mehrmals gefragt, ob du glaubst, dass mehr zwischen Himmel und Erde existiert, als wir auf den ersten Blick sehen können. Du hast immer abgeblockt, aber jetzt und hier muss ich dich ehrlich bitten, mir diese Frage zu beantworten.«

Lauri kratzte sich am Kopf. Was sollte er darauf jetzt antworten? »Ich weiß nicht. Vielleicht schon. Du meinst das Schicksal, das uns zusammengeführt hat?«

»Das, was hinter diesem Schicksal steckt.«

»Und was ist das?« Dann kam ihm ein plötzlicher Gedanke. »Warte! Ich habe eine Idee, was du mir sagen willst.«

Überrascht hob Ville eine Braue. »Ja? Was denkst du?«

»Du bist ein Schamane oder so was.« Das ergab zumindest annähernd Sinn und würde einiges erklären.

»Oh.« Ville lächelte zerknirscht. »Nein, das bin ich nicht, auch wenn Schamanismus dabei seine Finger im Spiel hatte.«

»Was dann? Nun rück schon raus mit der Sprache, ich sterbe hier vor Neugier!«

Ville atmete tief durch und klopfte nervös mit den Fingern auf die Tischplatte. »Diese Bücher, die du gern liest, mit den Wolfswandlern – was sie darstellen, ist falsch. Mit den Körpern, die sich hin- und wieder zurückmorphen. Das entspricht nicht der Realität.«

»Okay.« Lauri lehnte sich ein wenig zurück. Ville kam ihm ziemlich konfus vor. »Ich sagte ja schon, ich weiß, dass es Wandler nicht gibt.«

»Auch das ist nicht richtig.« Ville stierte auf den Tisch. »Es gibt sie.« Endlich blickte er auf und sah Lauri lange und ernst an. »Ich bin einer.«

Lauri brauchte einen Moment, ehe sein Hirn das Gesagte verarbeiten konnte. Dann lachte er und stützte das Gesicht in seine Hände. »Sorry. Ich weiß, dass das jetzt eher sexy sein sollte, aber ich find es einfach nur süß.«

»Süß?«, wiederholte Ville entsetzt.

»Ja. Ich meine, ich hab sonst was befürchtet, aber jetzt sehe ich, du wolltest mich nur mit einem sexy Spielchen überraschen, um mich noch mehr davon zu überzeugen, hier bei dir zu bleiben. Ich finde das echt cool, dass du dir das mit meinen Wolfsbüchern gemerkt hast.« Das könnte durchaus heiß werden, wenn sie es richtig anstellten.

»Du verstehst nicht«, erwiderte Ville drängend, »ich bin *wirklich* ein Wolf.«

»Ja.« Lauri beugte sich ein Stück nach vorn. »Mach mir den Wolf. Zeig ihn mir. *Rawr.*« Er machte eine Krallenbewegung.

Ville lehnte sich zurück, wich Lauri aus. In seinen Augen stand etwas, was sich nicht deuten ließ. »Du denkst, ich mache Witze.«

»Keine Witze. Spielchen! Und ich find sie heiß, versteh mich nicht falsch.«

»Nein, nein, nein, nein!« Ville schlug mit der flachen Hand auf den Tisch und sprang auf. Lauri fasste sich erschrocken an die Brust. »Lauri, ich mache keine Witze. Das ist mein voller Ernst. Ich weiß, es hört sich total verrückt und unglaubwürdig an. Ich kann dich nicht direkt dabei sein lassen, es wäre zu gefährlich für dich, aber du wirst es sehen, verstehst du? Wenn der Wolf kommt. Du bist mein Gefährte, du erkennst ihn, du erkennst mich darin.«

Meint er das wirklich ernst?

Ein seltsames Gefühl begann in Lauris Magen zu brodeln. Warnend, alarmierend. »Okay.« Er räusperte sich unbehaglich. »Jetzt mal ohne Mist: Ist das jetzt noch ein Spiel oder nicht?«

»Es ist kein Spiel.« Rastlos ging Ville vor dem Küchentisch auf und ab. »Das war es nie. Du denkst, es ist ein Märchen? Ich kann's dir nicht verübeln. Aber tief in dir musst du doch spüren, dass ... dass ich die Wahrheit sage.« Seine Stimme war ein verzweifeltes Krächzen.

»Können wir jetzt damit aufhören?«, erkundigte sich Lauri vorsichtig. »Es überschreitet gerade die Grenze von sexy zu gruselig-«

»So hab ich mir das nicht vorgestellt!«, fuhr Ville auf und rieb sich die Schläfen mit den Daumen. Er wirkte wie ein panisches Tier, dem die Zeit davonlief. »Ich dachte, du bist so weit. Ich dachte wirklich, du siehst das Band, das uns verbindet, und erkennst die Wahrheit in mir, wenn ich sie dir sage, auch wenn sie ziemlich märchenhaft klingt.«

»Ville?«

»Ich bin ein Wolf!«, schrie er. »An den drei Vollmondtagen verlasse ich meinen menschlichen Körper und werde zum Tier. Darum lebe ich hier draußen, abgeschieden von der Menschheit!«

Noch immer versuchte Lauri, Humor oder Spiellust in Villes Augen zu erkennen, aber er fand keine. In ihnen stand nichts als bitterer Ernst. Und da war sie wieder, die Stimme, die von Anfang an Zweifel in ihm gesät hatte:

Ville ist nicht gesund. Er ist krank im Kopf. Er hat dich einfach hier festgehalten, wo ein geistig gesunder Mensch eine natürliche Schranke gehabt hätte. Er lebt hier draußen ganz allein, hat Angst vor der Welt, und jetzt hält er sich auch noch für einen Wolf.

»Ville«, sagte Lauri ruhig und stand langsam auf. Sein Herz wummerte, dass es ihm bis hinter die Schläfen pochte, während Übelkeit seinen Magen quälte. »Lass mich dir jetzt auch etwas sagen und versprich mir, dass du deswegen nicht böse wirst.«

Villes Blick verdüsterte sich unheilvoll. »Was?«

Vorsichtig streckte Lauri eine Hand nach ihm aus. »Ich ... ich denke, du brauchst Hilfe.« Er schluckte heftig. »Verstehst du, du hältst dich für einen Wolf, aber du bist ein Mensch. Gestaltwandler gibt es nicht. Das ist ein Märchen. Deine Isolation hier draußen hat dich vielleicht den Bezug zur Realität ein bisschen verlieren lassen. An sich ist das ja nicht mal schlimm, weil du hier draußen keinem damit schaden kannst. Aber ich weiß nicht, ob ich so mit dir zusammenleben kann. Denn das sind ... es sind Wahnvorstellungen. Verstehst du das?«

»Fass mich nicht an!«, zischte Ville und sprang zurück, als hätte er sich an Lauri verbrannt. »Du glaubst mir also nicht?«

»Ich glaube dir, dass du dich für einen Wolf hältst«, erwiderte Lauri diplomatisch, »aber ich glaube nicht, dass du einer *bist*. Das ist ein bisschen viel verlangt.«

Villes Kinn bebte. Seine Hände ballten sich zu Fäusten, bis die Knöchel weiß hervortraten. Er rang merklich um Fassung, schien seine Schizophrenie nicht zu begreifen. Lauri war kein Psychologe, aber das war wohl ein Merkmal der Krankheit. Er fühlte sich furchtbar. Als hätte jemand seine Traumblase zerstochen, damit er erkannte, dass es keine Zukunft mit Ville geben konnte. Nicht so. Er wünschte sich Hilfe für ihn, Heilung, eine gesunde Rückkehr in die reale Welt, aber die konnte er ihm alleine nicht bieten.

»Vielleicht machen wir es umgekehrt«, schlug er zaghaft vor. »Vielleicht begleitest du mich mal nach Jyväskylä? Vielleicht können sich deine samischen Freunde in der Zwischenzeit um deine Hunde kümmern. Ich kümmere mich in Jyväskylä um dich und wir suchen uns Hilfe.« Er wollte ihn nicht aufgeben. Aber es würde ja nicht besser werden, wenn er so tat, als würde er ihm glauben.

»Hilfe?« Villes Stimme klang unnatürlich hoch. Etwas in seinem Blick brach, seine Schultern erschlafften. »Es würde nichts ändern, wenn ich dir erkläre, wie es dazu gekommen ist, oder?«

»Ich denke, ich weiß, wie es gekommen ist. Dein Trauma mit Johannes, deine Enttäuschung von den Menschen. Du willst nicht mehr zu ihnen gehören. Stimmt's?«

Ville schloss die Augen, fasste sich an die Schläfen und drückte die Daumen hinein. »Weißt du, wenn man jemandem, der einem sehr viel bedeutet und mit dem einen etwas verbindet, seine Wahrheit sagt ... eine Wahrheit, ein Geheimnis, das man jahrelang mit sich herumgeschleppt hat, so wahnsinnig wie es ist, und das einen bei allen Wünschen und Hoffnungen regelrecht gezwungen hat, sich in die Wildnis zurückzuziehen – wenn man ihm das erzählt im tiefen Vertrauen darauf, dass derjenige es begreift und einen nicht für verrückt hält und dann sagt er dir, dass er dich für psychisch krank hält und zu einem Therapeuten bringen will, das tut ungefähr so weh, wie wenn man einem Vater sagt, dass er seinen Sohn nicht mehr sehen darf, weil er sicher ein Perverser ist.« Er schien Probleme mit seiner Atmung zu haben, Schweiß stand ihm in dicken Perlen auf der Stirn.

»Ich will dir doch nur helfen«, beharrte Lauri und versuchte, sich Ville zu nähern. Es schien ein Spiel mit dem Feuer zu sein. Aber Ville wich nur weiter zurück.

»Und mich in eine Psychiatrie bringen oder in irgendein Forschungslabor? Nein. Genau deshalb bin ich weit weg von der Zivilisation. Nur die, die Zeuge meiner Verwandlung waren, wissen von meiner wahren Natur. Und jetzt du. Weil ich dir vertraut habe. Das hätte ich vielleicht nicht tun sollen, so wie ich es am Peltojärvi gesagt habe. Du glaubst mir nicht. Du *siehst* mich nicht.« Sein Blick wurde unstet, sein Geist schien immer mehr Schwierigkeiten zu haben, mit der Realität verknüpft zu bleiben. Es war beängstigend. »Ich muss fort. Muss mich beeilen.« Er schluckte heftig. Sein Adamsapfel hüpfte auf und ab. »Halte Ausschau nach einem Wolf, Lauri, aber nähere dich ihm nicht. Ich kann ihn nicht vollständig kontrollieren. Halte Ausschau und erkenne die Wahrheit.« Abrupt wandte er sich ab und stürzte regelrecht aus der Tür. Lauri sah ihn in Richtung Westen laufen, ehe er aus seinem Blickfeld verschwand.

Er selbst blieb ratlos zurück. Ratlos und vollkommen verängstigt.

Kapitel 22

Am nächsten Morgen war Ville immer noch nicht zurückgekehrt. Lauri hatte in der Nacht vor lauter Sorge kein Auge zugemacht und war mehrmals in den Hof gegangen, um nach Ville zu rufen. Erfolglos. Wo konnte er hingegangen sein? Alle Hunde waren noch da und auch sie schienen aufgebracht, knurrten Lauri sogar an, als er ihnen Futter brachte.

Hoffentlich ist er nicht einfach kopflos losgerannt und ihm ist etwas passiert.

Lauri wollte daran glauben, dass Ville dergleichen nicht tun würde. Dass er klug und erfahren genug war, um sich da draußen nicht in Schwierigkeiten zu bringen. Vielleicht traf er sich mit irgendjemandem? Mit den Rentierhirten? Dennoch ging Lauri abermals hinaus und leuchtete die Umgebung mit der Taschenlampe ab, die er in einem Schubfach in der Kommode gefunden hatte. Er traute sich nicht, sich allzu weit vom Hof zu entfernen, sollten sich unabhängig von Villes Wahnvorstellungen wirklich wilde Tiere nähern. Aber das Einzige, was Lauri hörte, war der Widerhall seiner eigenen Stimme zwischen den Bäumen. Er war ganz einsam hier draußen. Und wäre er nicht von fünfundzwanzig Hunden umgeben, würde er sich wohl zu Tode fürchten.

Er kehrte ins Haus zurück und aß ein wenig Räucherfisch und eingelegtes Gemüse, das erste Mal überhaupt seit Villes Fortgang, aber er bekam kaum etwas geschluckt. Wie schlimm stand es wirklich um Villes geistige Gesundheit? Konnte man es tatsächlich als harmlos betrachten, wenn sich jemand einbildete, sich bei Vollmond in einen Wolf zu verwandeln? Vermutlich nicht. Aber wahrscheinlich hätte Lauri das Gespräch anders angehen sollen. Ville hatte sich sicher ausgelacht gefühlt. Eigentlich sollte Lauri nur zu gut verstehen, dass er nicht mit jemandem diskutieren wollte, der sich anscheinend über ihn lustig machte. Er kannte das selbst nur zu gut.

Als er sich am späten Abend ins Bett legte und Ville immer noch nicht zurückgekehrt war, kamen Lauri die Tränen. Wenigstens war der Mond schon am Nachmittag untergegangen und schien jetzt nicht mehr vorwurfsvoll zum Fenster herein. Selbst Kaarna schien nicht so tiefenentspannt wie sonst, sondern lief immer wieder hin und her, als suchte sie nach etwas.

»Haut dein Herrchen wirklich immer ab, wenn Vollmond ist?«, flüsterte er ihr zu.

Sie winselte leise. Bedeutete das *ja*? Lauri wälzte sich unruhig hin und her und weil er weiterhin keinen Schlaf fand, stand er wieder auf, entzündete eine Lampe und holte die alten Bilder von Ville und Johannes aus der Schublade. Es waren die einzigen Fotos, die er von Ville hatte und auf diesen war er nicht der Mann, der er jetzt war, nicht nur aufgrund des unterschiedlichen Alters. Und doch erkannte er ihn wieder: die beschützerische Ausstrahlung. Die fürsorglichen Gesten, mit denen er Johannes bedachte. Die Zärtlichkeit, mit der sein Blick auf seinem Schützling ruhte. Lauri fing an zu weinen. Er wollte Ville nicht verlieren, ihn nicht aufgeben. Ville war ein guter Mann und er hatte Lauris Herz berührt, mit all seinen Fehlern. Selbst die Wolfssache erschien ihm plötzlich vernachlässigenswert. Wenn er nur wieder da wäre.

Nach Monduntergang am dritten Tag komme ich wieder.

Das hatte Ville gesagt und daran hielt sich Lauri fest. Es wäre morgen Nachmittag. Würde er Wort halten oder hatten sich die Umstände inzwischen geändert?

Bitte, liebes Schicksal. Lass ihn gesund sein und wiederkommen.

Weil er nicht wusste, was er sonst tun sollte, begann er zum dritten Mal, *Robinson Crusoe* zu lesen. Er fühlte sich Ville nahe, wenn seine Augen über die Zeilen flogen. Gegen Morgen überfiel ihn Müdigkeit und er ruhte ein paar von wirren Träumen zerhackte Stunden bis zum späten Vormittag. Schließlich weckte ihn, trotz allem, der Hunger. Zuletzt hatte er gestern Vormittag gegessen. Da sich im Haus außer Eiern nichts Brauchbares mehr fand, ging er hinüber in die Vorratskammer. Zunächst wühlte er in der Kühltruhe herum, entschied sich dann aber, keine tierischen Lebensmittel an seinen kaum vorhandenen Appetit zu verschwenden. Er wollte nur mit irgendetwas seinen Magen stopfen, damit der Ruhe gab. Und nichts eignete sich dafür besser als Erbseneintopf. Davon hatte Ville reichlich eingelagert und wenn er zurückkehrte, würde er sicher nicht sauer sein, wenn Lauri sich eine Dose genommen hatte.

Als er den Vorratsraum mit den Konservenregalen betrat, war irgendetwas seltsam, und das lag nicht nur daran, dass die Petroleumlampe ausgebrannt war. Er hatte das Gefühl, nicht allein zu sein.

»Hallo?«, rief er verunsichert. War Ville zurückgekehrt?

Dann entdeckte er sie. Ein paar Füße, die aus dem engen Gang zwischen dem letzten und vorletzten Regal herausschauten. Sie trugen Villes Stiefel. Sein Herz setzte für einen Moment aus.

»Ville?« Lauri trat um die Ecke und erschrak fast zu Tode. Ville lag am Boden, die Augen halb geschlossen, eine dünne Decke über sich gebreitet. »Ville?« Seine Stimme verkam zu einem hohen Kreischen. »Bist du wach? Ville!«

Er kniete sich neben ihn, aber erhielt keine Reaktion. Villes Körper war schlaff und reglos. Ohne Leben. Eine eisige Klaue griff nach Lauris Herz und drückte es brutal zusammen. Das konnte nicht sein. Das durfte nicht sein!

»Ville, wach auf!«, krächzte er verzweifelt. »Scheiße, wach auf, komm!«

Seine Kehle setzte sich zu, erstickte seine Stimme, während er mit zitternden Fingern nach Villes Halsschlagader tastete. Da war nichts. Nichts, nichts, nichts!

O Gott. Das darf nicht sein. Das darf einfach nicht sein!

Er rüttelte Ville noch einmal, öffnete dessen Jacke, um das Ohr auf seine Brust zu pressen, in der Hoffnung, einen Herzschlag zu hören. Stille. Grabesstille. Und er war so furchtbar kalt.

»Nein, nein! Ville!«

Langsam rieselte in sein Bewusstsein, was diese Kälte zu bedeuten hatte. Unabänderlich. *Er ist tot*, sagte die gemeine Stimme in ihm, die ihm auch geflüstert hatte, dass Ville geisteskrank war und Lauri ihn nicht lieben durfte. Er wünschte diese verdammte Stimme zur Hölle. *Er ist tot. Hier draußen erfroren, während du nichtsahnend im warmen Haus gesessen hast. Du hast ihn umgebracht.*

Lauri stieß ein langgezogenes Heulen aus und klammerte sich zitternd an Villes Pullover. »Nein. Bitte nicht, Ville. Bitte nicht!« Er rüttelte ihn abermals, aber es half nichts. Ville blieb kalt. Der Ausdruck starr. Die Augen tot.

Warum lag er hier? Hatte er sich vor Lauri verstecken wollen, weil er ihm so wehgetan und ihn nicht ernstgenommen hatte? War er dabei eingeschlafen und im Schlaf erfroren?

Ich bin ein Mörder. Ich habe einen Menschen getötet.

»Es tut mir so leid«, schluchzte er und verkrampfte seine Hände in den Stoff. Jeder Atemzug brannte wie ein Höllenfeuer. »Es tut mir so schrecklich leid. Ich wollte nicht gemein zu dir sein. Dann hältst du dich eben für einen Wolf, na und? Es tut doch keinem weh hier draußen. Vielleicht musstest du dich ein bisschen vom Menschsein lossagen, weil Menschen einfach scheiße sind. So wie ich.«

Er weinte an Villes kalter Brust, die nicht warm werden wollte, egal, wie fest er ihn umschlang. Stattdessen fraß sich die Kälte in seine eigene Haut, zog ihn in ihre todbringende Umarmung.

Ich hab dich verloren. Ich hab dich verloren, mein einsamer Wolf, weil ich dir in meiner Selbstgerechtigkeit das Herz gebrochen habe. Ich hab dich umgebracht. Und würde alles dafür geben, dich wiederhaben zu können.

Wenn Lauri nicht am Weinen erstickte, dann an der Schuld, die sich wie ein zu enges Korsett um seine Brust schnürte und ihm die Rippen brach. Er hatte Ville verloren. Ville, der geglaubt hatte, endlich nicht mehr allein sein zu müssen. Jemanden zu haben, der ihn verstand. Jemand zu haben, der ihn lieb hatte. Und Lauri hatte ihn lieb. Er hatte es nur im falschen Moment auf die schlechtestmögliche Weise gezeigt. Ja, Ville hatte Fehler gemacht. Hatte in all den Jahren Einsamkeit vergessen, wie man sich einem anderen Menschen gegenüber verhielt, dass man ihn nicht einfach bei sich festhalten konnte. Aber er hatte ihn doch nur aus Angst bei sich gehalten, ihn wieder zu verlieren.

Weil Lauri ihm so viel bedeutet hatte. Weil Lauri ihm aus irgendeinem Grund so viel bedeutet hatte, dass er ihn in seine abgeschottete, behütete Welt hineingelassen hatte. Zum Preis seines Lebens.

»Was ist mit uns passiert?«, fragte Lauri weinend. »Warum hat mich das Schicksal zu dir geführt, warum hab ich dich sofort irgendwie geliebt und du mich auch? Du warst so sensibel hinter deiner harten Schale und ich bin mit der Keule auf dich los. Hast gedacht, ich will dich einsperren lassen. Aber ich hatte einfach nur Angst, Ville. Angst um dich und um mich. Und jetzt hab ich dich verloren. Für immer.«

Er wusste nicht, wie lange er so mit Ville saß, seinen schweren, kalten Körper in den Armen wiegte und seine Stirn, seine Wangen und den Mund küsste. Ville wachte nicht auf. Atmete nicht, hatte keinen Herzschlag. Niemand würde ihn je wieder zurückholen, keiner wusste, wie lang er hier vielleicht schon lag. Niemals würde sich Lauri vergeben. Niemals. Vielleicht sollte er einfach hierbleiben und ebenfalls sterben, in der Kälte einschlafen, so wie Ville. Er hätte es nicht besser verdient, vor allem, wenn er sich vorstellte, wie Ville hier gelegen haben musste. Hatte er geweint? Gezittert? Hatte ihm das Herz bei jedem Schlag wehgetan, so wie Lauris jetzt, war er immer schwächer geworden, bis ihn die Erschöpfung übermannt hatte? Er musste sich so unheimlich zurückgestoßen von ihm gefühlt haben, dass er lieber hier draußen erfroren war, anstatt ins Haus zurückzukehren. Lauri musste ihn so unglaublich tief verletzt haben. Nur mit seiner blöden Rechthaberei.

Ein neuer Weinkrampf schüttelte ihn, aber als er selbst vor Kälte zu zittern begann und seine Gelenke sich steif anfühlten, bettete er Villes Körper vorsichtig auf den Boden und erhob sich schweren Herzens. Für einen Moment überlegte er, den Leichnam ins Haus zu bringen, aber dort würde er sich schneller zersetzen und schlimmstenfalls von Kaarna angefressen werden, also ließ er ihn hier.

»Ich hab dich so lieb«, flüsterte er kehlig. »Bitte vergib mir, wo auch immer du jetzt bist.« Er schniefte. »Ich muss jetzt gehen. Das weißt du, oder? Ohne dich kann ich hier nicht sein.«

Ich kann keinen Moment länger hierbleiben. Ich bin ein Mörder auf der Flucht. Aber ich kann nicht hier bei deiner Leiche bleiben. Sonst sterbe ich selbst an meiner Schuld. Gerade will ich's auch am liebsten, aber ich will nicht noch mehr Leben ruinieren. Die meiner Familie.

»Ich verspreche, dass ich jemanden schicken werde, der deine Hunde versorgt. Vielleicht kann ich Kaarna zu mir nehmen auf ihre alten Tage ... und ich will auch dafür sorgen, dass du anständig beerdigt wirst, vielleicht nach einem samischen Ritual, falls es so was gibt.« Einen Moment starrte er Ville noch an, in der Hoffnung, dass der sich doch bewegte, dass er atmete, die Augen richtig öffnete. Aber die Hoffnung war vergebens. Ville war fort. Für immer. Der außergewöhnliche Geist verstummt, so wie die schöne, tiefe Stimme, die nie wieder zu ihm sprechen würde. Der Schmerz darüber zerriss ihn in Stücke, die nur noch an den dünnen Fäden seines eigenen, schwindenden Lebenswillens zusammengehalten wurden. Wie sollte er jetzt weitermachen?

Als Lauri ins Haus zurückkehrte, um seine wenigen Sachen zu packen, überfiel ihn plötzlich Panik. Was, wenn die Polizei dachte, er hätte Ville umgebracht – nicht nur indirekt, sondern eigenhändig? Würden sie ihn obduzieren lassen, um seine Todesursache herauszufinden? Lauri wurde speiübel bei dem Gedanken, dass jemand Ville aufschneiden und in seinen Innereien herumwühlen könnte. So übel, dass es, gepaart mit der Anspannung und dem erdrückenden Gefühl in seiner Brust, dafür sorgte, dass er sich übergeben musste. Er stellte den vollgekotzten Eimer einfach vor die Tür, es interessierte ja sowieso niemanden mehr. Dieser Hof hier war verloren, gestorben mit seinem Besitzer. Jetzt war es Lauris Pflicht, dafür zu sorgen, dass hier alles seiner Wege ging. Dass jemand die Hunde holte ... und Villes Leiche.

Sein Herz weigerte sich, von Ville als Leiche zu denken, aber sein Verstand hämmerte es ihm wieder und wieder unmissverständlich in den Schädel.

Tot. Tot. Tot. Weil du ein selbstgerechtes Arschloch bist, das sich für moralisch überlegen hält, weil es bis vor einem Monat auf Tierprodukte verzichtet hat. Stattdessen hast du jetzt ein Menschenleben auf dem Gewissen. Gratuliere.

Ein neuer Weinkrampf schüttelte ihn und machte ihn unfähig, auch nur einen Handgriff zu tun. Er hatte keine Ahnung, wie er es schaffen sollte, mit dem Hundeschlitten nach Inari zu fahren, aber er konnte nicht hier mit Villes totem Körper bleiben. Er würde durchdrehen, mehr als jetzt schon. Und es würde rein gar nichts ändern. Die

Schuld begleitete ihn so oder so, für den Rest seines erbärmlichen Lebens.

Lauri zwang sich, ruhig zu atmen und seine Gedanken zu ordnen. Er stellte Kaarna einen großen Napf Futter und Wasser bereit und hoffte, dass die Hündin überlebte, bis Hilfe kam. Genau wie die anderen, die er heute nicht vor seinen Schlitten spannen würde. Dann zog er sich an, dick und warm, aber so, dass er sich bei der Schlittenführung noch ausreichend bewegen konnte. An der Tür hielt er inne und kehrte noch einmal zurück, sah sich in dem Haus um, das sein Zuhause hätte werden können, wenn die Dinge nicht so ein albtraumhaftes Ende genommen hätten. Er sah Ville vor sich, wie der am Holzofen stand und im Eintopf rührte. Wie er am Küchentisch saß und schnitzte. Die kleine, mittlerweile fertige Figur – ein Wolf – stand auf der Kommode. Lauri nahm sie an sich und ließ sie in eine Jackentasche gleiten. Ein Talisman, ein Erinnerungsstück. Genau wie die Fotos und *Robinson Crusoe*, die er ebenfalls an sich nahm. Sein Herz brannte vor Schmerz so sehr, dass er schreien wollte, weil es nicht auszuhalten war. Und er gestattete es sich. Schrie, bis seine Lungen rasselten, bis sein Kopf hämmerte und seine Sicht verschwamm.

Wie ein Betrunkener wankte er aus dem Haus und ging zum Schuppen. Er nahm Villes bevorzugten Hundeschlitten, weil er auch damit das Gefühl hatte, dass er ihm damit nahe sein konnte und es ihm vielleicht Glück brachte. Sollte es wirklich mehr zwischen Himmel und Erde geben, würde Ville hoffentlich sehen, wie leid Lauri alles tat und ihn beschützen, anstatt ihn als böser Geist heimzusuchen.

Er überprüfte das Schlittengepäck auf Vollständigkeit, legte das Buch, die Fotos und die Figur dazu und ging schweren Herzens zum Hundezwinger, um die zwölf

Hunde zu holen, die er vor seinen Schlitten spannen wollte. Die Tiere wirkten widerwillig, was keine guten Voraussetzungen für ihre Zusammenarbeit waren, aber schließlich folgten sie ihm doch aus dem Zwinger und ließen sich in den Schlitten einspannen. Jetzt könnte Lauri einfach losfahren. Aber ein innerer Drang zog ihn zurück zur Vorratskammer. Er wollte Ville noch einmal sehen. Sichergehen, dass er wirklich tot war und sich von ihm verabschieden.

Ville lag noch immer unverändert zwischen den Regalen, die Augen halb geschlossen, die Züge leblos. Noch immer schlug sein Herz nicht, noch immer spürte Lauri keinen Atem. Vielleicht war er nicht erfroren, sondern schon vorher an seinem gebrochenen Herzen gestorben. An der Enttäuschung. Vielleicht hatte er es nicht ausgehalten, nach Johannes noch jemanden gehen zu lassen, der ihm etwas bedeutete. Lauri gab ihm einen langen Kuss auf die kalten Lippen und hoffte, dass er wie Schneewittchen wieder erwachte, aber das geschah natürlich nicht. Es gab nun mal keine Märchen. Dafür Albträume.

Er kehrte in den Hof zurück, stellte sich auf den Schlitten und sah sich ein letztes Mal um. Da war das Haupthaus, in dem Kaarna nichtsahnend wartete, dass ihr Herrchen zurückkehrte. Die Sauna, in der Lauri und Ville heiße Stunden verbracht hatten. Das *Huussi*, an das er sich erstaunlich schnell gewöhnt hatte, der Schuppen und die Vorratskammer, in der er Ville gefunden hatte. Er wollte sich den Anblick ins Gedächtnis einbrennen, damit er gedanklich hierher zurückkehren konnte, wann immer er die Welt nicht mehr aushielt. Nur Villes Leiche wollte er vergessen. Ihn wollte er lebendig in Erinnerung behalten.

Lauri schaltete seine Stirnlampe ein und blickte nach vorn. Es kostete ihn eine unbeschreibliche Überwindung, das eine Wort auszusprechen, das die Hunde zum Loslaufen bewegte, obwohl er nur fortwollte, fort, fort, fort. Aber schließlich fasste er sich ein Herz: »*Mene!*«

Kapitel 23

Lauri fuhr in östliche Richtung, um den Peltojärvi zu erreichen, der einen guten Orientierungspunkt für die weitere Strecke bot. Es würde hart werden, den See zu sehen. Noch härter, ihn überqueren zu müssen, ohne Ville, der ihn notfalls retten konnte.

Am Peltojärvi sind wir uns begegnet. Dort hast du mich vor dem Tod gerettet, nur um einen Monat später dein eigenes Leben zu verlieren. Meinetwegen.

Lauri lenkte den Hundeschlitten, als hätte er nie etwas anderes getan. Als würde Villes Geist mitfahren und ihm dabei helfen. Wenn das so weiterging und es keine unvorhergesehenen Zwischenfälle gab, lag es im Bereich des Möglichen, dass er am späten Abend noch Inari erreichte. Umso besser. Je früher er dort ankam, desto eher konnte Hilfe für die Hunde geschickt und Villes Leichnam abgeholt werden. Gäbe es irgendeine Möglichkeit, Kontakt zu Johannes aufzunehmen? Leider kannte Lauri nicht einmal den Nachnamen des Jungen, der inzwischen um die siebzehn Jahre alt sein musste. Er sollte vom Tod seines Stiefvaters wissen, in der Hoffnung, dass er sich überhaupt noch an ihn erinnerte.

»Lauri!«

Erschrocken drehte sich Lauri um und im gleichen Augenblick kam der Schlitten für einen Moment ins Holpern. Was war das? Es hatte wie Villes Stimme geklungen.

»Stop!«, rief Lauri und die Hunde kamen zum Stehen. Er blickte sich um, leuchtete mit seiner Stirnlampe in die Umgebung. Nichts. Er war weit und breit allein, nur er und die zwölf Hunde. Außerdem wäre es sowieso vollkommen unmöglich, dass Ville hier war, selbst wenn er doch noch lebte. Sie hatten sich bereits fünf oder sechs Kilometer vom Hof entfernt. »*Mene!*«, befahl er den Hunden und der Schlitten zog wieder an.

»Lauri! Lauri!«

Panisch drehte sich Lauri um, leuchtete hektisch alle Richtungen ab, hielt den Schlitten jedoch diesmal nicht an. Er war allein, immer noch allein, aber er hörte Villes Stimme, die ihn rief. Sie musste in seinem Kopf sein.

Ich drehe durch. Er hat mir doch nicht vergeben, sein Geist sucht mich heim.

Lauri brach vor Angst in Tränen aus, aber er fuhr weiter. Er durfte jetzt nicht schwach werden, musste körperlich und mental stark bleiben, um das hier durchzusehen.

»Laaauriii!« Es klang so langgezogen und verzweifelt, dass Lauri einen schmerzvollen Schrei ausstieß. Villes Stimme quälte ihn, peinigte ihn und auf einmal brodelten alle möglichen Gedanken in seinem Kopf.

Was, wenn er doch nicht tot war? Wenn er nur stark unterkühlt war und seine Atmung und sein Kreislauf deshalb nur sehr stark heruntergefahren, sodass ein medizinischer Laie sie nicht mehr ausmachen konnte? Lauri war kein Arzt, er könnte sich geirrt haben. Vielleicht führte er durch seine Flucht und die Tatsache, dass er Ville in der Vorratskammer hatte liegen lassen, erst seinen Tod herbei? Panik überfiel ihn erneut und er hatte Schwierigkeiten, sich auf dem Schlitten aufrecht zu halten.

»Stop!«, rief er, als er das Gefühl hatte, dass seine Kräfte ihn gleich verließen.

Die Hunde wirkten nervös, ihre Anspannung schien sich über die Leinen direkt auf Lauri zu übertragen. Und zwar nicht nur, weil sie nicht schon wieder stehen wollten. Sie blickten sich unruhig um, schnüffelten in die Luft, manche fiepten. Irgendetwas war hier. Irgendwas oder irgendwer.

»Ville?«, rief Lauri, völlig sinnlos, weil Ville wohl so ziemlich der Letzte war, der sich hier herumtrieb.

Und dann, just in diesem Augenblick, heulte ein Wolf. So laut und so erschreckend nahe, dass es Lauri bis ins Herz fuhr und er einen verzweifelten Schrei ausstieß.

Ich drehe durch. Irgendwas in meinem Kopf ist kaputtgegangen. Oder das Schicksal will sich an mir rächen, ich weiß es nicht.

Die Hunde wurden sehr unruhig und traten auf der Stelle, schienen schnellstmöglich weiterlaufen zu wollen, was sicherlich auch die beste Idee war.

Halte Ausschau nach einem Wolf, Lauri, aber nähere dich ihm nicht.

»*Mene!*« Die Hunde liefen auf der Stelle los, aber ihr Zug war ungleichmäßig, die Fahrt holperig und unkontrolliert. »*Rauhoitu!*«, rief er. »Beruhigt euch!«

Aber plötzlich schienen die Tiere überhaupt kein Interesse mehr zu haben, auf seine Anweisungen zu hören und schlugen einen anderen Weg ein, der weiter nach Norden anstatt nach Osten führte.

»Haw! Haw!« Lauri verzweifelte langsam, weil die Hunde ihm nicht mehr gehorchten und weil er spürte, dass irgendetwas ihre Verfolgung aufgenommen hatte. Er brauchte sich dazu nicht einmal umzudrehen, er spürte es im Rücken.

»Lauri!«

Lauri schrie, während sein Geist in Stücke zu zerreißen schien. Villes Stimme in seinem Ohr, die unruhigen Hunde, der Wolf hinter ihnen, umgeben von Eis und Schnee und ewiger Nacht. Vielleicht hätte er doch nicht gleich kopflos losfahren sollen, sondern eine Nacht warten. Aber hätte das etwas geändert? Hätte er sich lieber auf die Suche nach einem der samischen Rentierhirten machen sollen, von denen Ville so oft sprach? Sie waren vermutlich näher als Inari und konnten Hilfe holen. Aber Lauri wusste nicht, wo er sie finden konnte.

Ihr Verfolger kam näher. Lauri hörte die schnellen Schritte von vier Pfoten im Schnee, den rasselnden Atem, das leise Knurren.

»Lauri«, sagte Villes Stimme in seinem Kopf. Sie rief nicht mehr, sprach so leise, als sei sie nahe genug zum Flüstern. »Lauri.« Er weinte, weil er wollte, dass die Stimme ihn verließ. Und dass sie ihn *nicht* verließ.

»Stop!«

Wider erwarten hielten die Hunde an. Lauri spürte eine Präsenz hinter sich und wagte es, sich langsam umzudrehen. Er zitterte. Es wurde stärker, als er in zehn, höchstens fünfzehn Metern Abstand einen Wolf erblickte. Majestätisch stand das Tier im Schnee und starrte ihn an, in sich ruhend, seiner Beute sicher. Seine eisblauen Augen bohrten sich direkt in Lauris Seele.

»Tu mir nichts«, schluchzte er. »Ich wollte das nicht. Ich wollte nicht, dass er stirbt. Ich dachte, ich tue das Richtige, aber es war alles falsch ...«

Der Wolf bewegte sich nicht von der Stelle und wandte den bannenden Blick nicht von ihm. Die Hunde liefen nicht los, zogen jedoch unterschwellig an der Leine und jaulten, um Lauri zu signalisieren, dass sie hier nicht länger stehen wollten, schon gar nicht in Gegenwart eines potentiellen Angreifers.

Blaue Augen. Wölfe haben keine blauen Augen, sondern bräunliche oder bernsteinfarbene. Ville hat blaue Augen.

Lauri konnte nichts gegen das irre Lachen ausrichten, das seinen Mund verließ. Die Trauer um Ville trieb ihn in wahnhafte Vorstellungen, genau die Art von wahnhaften Vorstellungen, für die er Ville noch zum Therapeuten hatte schicken wollen.

»Das ist ein Wildniskoller«, sprach er sich selbst zu. »Ich habe einen Wildniskoller. Und mein Gewissen, meine Schuld. Eine psychische Ausnahmesituation. Du bist nicht Ville, oder? Du bist es nicht, du *kannst* es nicht sein.«

Der Wolf knurrte und trat einen Schritt näher. Adrenalin schoss durch Lauris Körper und er krallte sich am Schlitten fest. Ohne darüber nachzudenken, gab er den Hunden den Befehl, loszulaufen und nach links zu wenden und aus irgendeinem Grund hörten sie plötzlich wieder auf ihn. Vielleicht, weil sie wussten, wohin er zu fahren gedachte. Nicht zum Peltojärvi, nicht nach Inari, sondern zurück zum Hof. Lauri stellte es nicht in Frage, denn tief im Inneren wusste er, dass er es sich immer vorwerfen würde, wenn er jetzt nicht umkehrte. Ob Ville nun tot oder lebendig war, er würde ihn ins Haus bringen und dann weitersehen. Vielleicht gab es irgendwo Hinweise, wo er die Rentierhirten finden konnte, damit er diese Sache nicht allein durchstehen musste.

Mit hoher Geschwindigkeit glitt sein Hundeschlitten durch die Nacht, immer in Richtung heimwärts. Ihnen auf den Fersen war ein Wolf. Ein Wolf mit blauen Augen.

Als sie endlich wieder im Hof einfuhren, konnte Lauri dennoch nicht aufatmen. Sie hatten ihren Verfolger nach wie vor nicht abgeschüttelt, er trieb sich irgendwo in der Dunkelheit der Bäume um die Lichtung herum. Und in der Vorratskammer lag immer noch Villes Körper.

Würden die Hunde ihn verteidigen, wenn der Wolf angriff? Würden sie sich verletzen oder weglaufen? Der Mond war schon fast untergegangen und sein Licht fehlte, aber der Schein der Stirnlampe reichte aus, um abzusteigen und die Tiere abzuleinen. Sollte er sie sofort in den Zwinger bringen oder unangeleint im Hof lassen, bis er Ville ins Haus geschleppt hatte, damit sie ihn im Notfall vor dem Wolf verteidigen konnten? Lauri war überfordert. Aber schließlich entschied er sich dafür, die Hunde noch im Hof zu lassen, während er Ville holte. Sicher war sicher, selbst wenn schlimmstenfalls ein paar davonliefen.

Er stieg vom Schlitten ab. Augen blitzten im Dickicht und verschwanden wieder und Lauri war ein reines Bündel aus Anspannung, während er hinüber zum Vorratshaus ging. Ein Knurren direkt hinter ihm ließ ihn in seiner Bewegung erstarren. Langsam, sehr langsam, drehte er sich um. Der Wolf mit den blauen Augen stand keine fünf Schritte hinter ihm und fletschte bedrohlich die Zähne. Die Hunde fiepten und wichen zurück, von ihnen hatte Lauri offenbar keine Hilfe zu erwarten. Er stieß mit dem Rücken an die hölzerne Wand des Vorratshauses.

»Ville?«, flüsterte er. Der Wolf starrte ihn an.

Er erinnert mich wirklich so an dich, Ville. Aber es kann doch nicht sein, dass wahr ist, was du erzählt hast. Das kann nicht sein. So etwas gibt es nicht.

Plötzlich jaulte das Tier auf und taumelte zurück, als sei es von irgendetwas getroffen worden. Erschrocken blickte sich Lauri um, aber entdeckte niemanden. Lauerte jemand im Dickicht und hatte auf den Wolf geschossen? Aber er hatte keinen Schuss gehört. Ein Betäubungspfeil?

»Hallo?«, rief Lauri. »Ist da jemand?«

Er bekam keine Antwort, aber der Wolf zog sich weiter zurück und fiel mit einem letzten Jaulen auf die Seite. Lauri atmete stoßweise. Alles erschien so vollkommen surreal. Vorsichtig machte er ein paar Schritte nach vorn, um zu sehen, ob der Wolf verletzt war, ob vielleicht Blut in den Schnee sickerte. In diesem Moment flog krachend die Tür des Vorratshauses auf und Ville stürzte heraus.

Ville?!

Mit einem Aufschrei warf sich Lauri zur Seite und robbte ein Stück davon, schreiend. Auch Ville schrie und wälzte sich im Schnee. Sein Körper bebte und wurde durchgeschüttelt wie bei einem epileptischen Anfall, seine Nase blutete. Lauri konnte nicht aufhören, zu brüllen, bis ihm fast der Kopf platzte. Das war ein Albtraum. Das musste ein Albtraum sein, denn er war noch viel durchgedrehter als der Traum mit der Sauna mit dem Eisboden. Ville stieß weiterhin Laute aus, die sehr an ein Wolfsheulen erinnerten und schälte sich mit hektischen, unkoordinierten Bewegungen die Kleidung vom Leib, bis er zitternd im Schnee lag. Erst jetzt begann Lauris Verstand, sich langsam einzuschalten.

Ville lebt. Ville lebt. Ville. Lebt!

Mit einem Aufschrei stürzte er zu ihm hinüber, warf sich neben ihn in den Schnee und drehte ihn auf den Rücken. Ville atmete schwer, aber er war eindeutig wach und lebendig, Lauri spürte seinen Herzschlag, als er seinen Handschuh wegwarf und ihm die Hand auf die nackte Brust legte. Wie war das möglich? Er war doch so kalt und tot gewesen, wie man nur sein konnte!

»Du bist hier«, stellte Ville atemlos fest und sah ihn an, der Blick so stechend wie der des Wolfs, der scheinbar tot im Schnee lag. »Du bist zurückgekommen.«

»Du weißt, dass ich fort war?«

Ville nickte. »Ja.« Seine Augen blitzten. »Ich merke, wenn mir etwas fehlt.«

Lauri schluckte heftig. »Ich dachte, du wärst tot. Darum bin ich gegangen.«

»Aber wenn du dachtest, ich sei tot, wieso bist du dann zurückgekommen?«

»Weil ich plötzlich Angst hatte, ich könnte mich geirrt haben. Dass du vielleicht doch noch lebst und meine Hilfe brauchst. Ich habe mich so schuldig an deinem Tod gefühlt, ich dachte, du bist hier draußen erfroren, weil du dich vor mir verstecken wolltest!«

»Nein, nicht doch.« Mühsam setzte sich Ville auf und wischte sich mit dem Handrücken das Blut von der Nase.

»Ich hab da draußen auf dem Hundeschlitten ständig das Gefühl gehabt, dass du mich rufst. Lauri, Lauri, immer wieder.«

»Du hast es also gehört?« Ville lächelte erstaunt.

»Ja.«

»Ich konnte dich ja nicht wirklich rufen«, erklärte Ville. »Als Wolf kann ich nur heulen, aber nachdem ich deine Spur aufgenommen hatte, habe ich versucht, dir Gedanken zu senden, in der Hoffnung, dass unser Band sie transportiert.«

»Als Wolf ...« Ein Zittern erfasste Lauris Körper und erneut schossen Tränen in seine Augen. »Du warst dieser Wolf, oder? Du warst es wirklich.«

»Ja. Ich habe dich nicht angelogen.«

»Aber wie kann das sein? Wie ist so etwas möglich?« Noch immer wartete Lauri darauf, dass er aufwachte, aber nichts geschah. Das hier war die Realität. Es war *mehr* als die Realität und es widersprach scheinbar allem.

»Ich werde es dir erklären«, gelobte Ville und machte Anstalten, sich zu erheben. »Bring zuerst die Hunde in den Zwinger und gib ihnen zu trinken.«

Lauri tat, wie ihm geheißen und sah aus dem Augenwinkel, wie Ville, noch immer splitternackt, den schlaffen Wolfskörper hochhob und in den Schuppen brachte. Dann sammelte er seine Kleidung ein und ging ins Haus. Kaarna kam kurz heraus und pinkelte, ging aber gleich wieder hinein. Lauri folgte ihnen, nachdem er die verängstigt wirkenden Hunde versorgt hatte. Er fühlte sich wie auf einem Trip, den eine seltsame Droge ihm bescherte. Sein Verstand zog sich wie die verängstigten Hunde in eine Ecke seines Bewusstseins zurück, dafür wummerte sein Herz umso lauter.

Ich habe Ville wieder. Scheißegal wie, ich habe ihn zurück, und wenn irgendwelche Zauberkräfte dahinterstecken, die es eigentlich gar nicht geben sollte, ist es mir auch egal. Ich nehme dieses Wunder jetzt einfach an.

Auf wackeligen Beinen machte sich Lauri auf den Weg zurück ins Haus, wo einladendes Licht aus dem Fenster schimmerte. Er war froh, wieder zurückgekehrt zu sein.

Unendlich froh. Und jetzt musste er irgendwie die Wahrheit akzeptieren lernen.

Kapitel 24

Als Lauri das Haus betrat, stand Ville in der Küche und stützte sich erschöpft auf der Arbeitsplatte ab. Er trug nach wie vor keine Kleidung und schien auch keine Eile zu haben, sich anzuziehen.

»Geht es dir gut?«, erkundigte sich Lauri vorsichtig.

Ville nickte. Er schwitzte stark, obwohl er nackt in der Kälte gelegen hatte. »Ja.« Er wandte sich Lauri zu und zeigte seine unmissverständlich steile Erektion. Sein Brustkorb hob und senkte sich hastig. »Wir müssen eine Entscheidung treffen, Lauri.«

»Was für eine Entscheidung?« Er traute sich kaum, zu atmen.

»Wir haben zwei Möglichkeiten. Die eine ist, dass du mir sagst, dass du nach Hause möchtest. Dann spanne ich noch heute einen Hundeschlitten an und bringe dich nach Inari. Aber ich weiß nicht, was dann mit uns passiert. Vielleicht nichts. Vielleicht alles. Oder du lässt dich von mir decken. *Jetzt*.« Herausfordernd trat Ville einen Schritt näher. »Aber danach kannst du mich nie wieder verlassen.«

»Decken?«

»Mit mir schlafen. Ficken.«

»Du nennst es *decken*, aber lachst über meine schwangeren Laubfrösche?«, fragte Lauri ungläubig. Ville stieß nur ein leises Knurren aus. »Und dann muss ich für immer hierbleiben?«

Ville nickte. »Immer bei mir. An meiner Seite. Wenn du versuchen würdest, dich von mir zu entfernen, würde es dich immer wieder rasch zu mir zurückziehen. Jetzt halten wir das Band noch fest, aber danach wird es sich um uns verknoten und es liegt nicht mehr in unserer Hand, es loszulassen.«

»Woher weißt du das?«

»Ich spüre es.« Ville fasste sich an die Brust. »Tief hier drin. Mein Instinkt sagt es mir. Glaub einem Wolf, der seinen Gefährten gefunden hat.«

Lauri wusste, dass er eigentlich gründlich über diese Frage nachdenken sollte. Aber er wusste auch, dass eine andere Macht stärker war als sein Verstand. Dieses pulsierende Band zwischen ihnen, das er jetzt deutlich spürte, wie eine Nabelschnur, die ihn nährte und am Leben hielt. Es war doch sowieso schon zu spät. Ein unerklärliches Wunder hatte ihm Ville zurückgebracht und wenn der Preis dafür war, sich nie mehr von ihm trennen zu können, dann zahlte Lauri ihn gern. Er wollte nur noch eins mit Ville sein. Den Knoten binden. Nie wieder auf ihn verzichten müssen.

Wortlos begann er sich auszuziehen. Sein Herz pochte aufgeregt. Villes hungriger Blick ruhte auf ihm und er stieß ein leises Knurren aus, das tatsächlich noch wie ein Wolf klang. Seine Augen funkelten, seine Muskeln spannten sich an, als wollte er jeden Moment seine Beute reißen. Ihn. Lauri.

»Fick mich«, forderte Lauri. »Mach mich zu Deinem.«

Ville verengte die Augen und musterte Lauri prüfend. Dann kräuselte ein kleines, raubtierhaftes Lächeln seine Mundwinkel und er machte einen Satz auf ihn zu. Er riss Lauri an sich und presste ihre Lippen aufeinander. Lauri stieß ein erschrockenes Keuchen aus, verschränkte dann jedoch die Arme um Villes Nacken, hüpfte an ihm hoch und schlang die Beine um seine Hüften. Mühelos fing Ville ihn auf und seine kräftigen, rauen Hände legten sich um seine Pobacken. Er fühlte sich so warm an. So lebendig. Ein gestählter, pulsierender Körper, bereit, Lauri zu decken und zu beherrschen. Lauri wollte sich ihm öffnen, ihm hingeben, alles aufnehmen, was er bekommen konnte. Nie zuvor war er so sicher gewesen, etwas zu wollen, wie das hier.

Ville sank mit ihm aufs Bett, aber er war nicht zärtlich, sein Griff nicht zurückhaltend, sondern fest und dominierend. Er leckte Lauri über den Adamsapfel, biss ihn ins Kinn, schnaufte in sein Ohr und rieb sich an ihm, dass Lauri das Gefühl hatte, allein von ihrem Körperkontakt schon kommen zu müssen.

»Dein Geruch hat mich von Anfang an in die Raserei getrieben«, raunte Ville in sein Ohr. »Ich habe deine Witterung aufgenommen, bin dir gefolgt.« Seine Finger glitten in Lauris Haar und rissen daran. Lauri entkam ein kleiner Schmerzenslaut.

»Was wolltest du? Mich fressen?«

Ville lächelte. »Vernaschen.«

Ihre Lippen trafen erneut aufeinander, ihre Zungen begannen ein wildes Spiel. Gierig befühlte Lauri Villes Rückenmuskulatur, genoss das Kratzen der drahtigen Brusthaare auf seiner Haut. Er wollte ihn tief in sich haben, von ihm gedehnt und dann hart genommen werden. Sein Schließmuskel zuckte bereits erwartungsvoll und Lauri leckte den Schweiß von Villes Schulter. Am liebsten würde er sich damit einreiben, in diesem animalischen Geruch baden. Ville lehnte sich zurück und drehte Lauri grob auf den Bauch. Er packte ihn bei den Hüften und zog sie zu sich heran, bis Lauri kniete, Hintern in die Höhe, Kopf auf der Matratze. Ville zog seine Pobacken auseinander und spuckte auf den Muskel, verrieb den Speichel massierend mit dem Daumen.

»Ja«, keuchte Lauri, »ja, bereite mich für dich vor und dann nimm mich hart.«

Ville versetzte ihm einen kleinen Schlag auf den Hintern. »Bengel. Du wirst bald darum betteln, dass ich dich *nicht* so hart herannehme.«

Mit breiter Zunge leckte er durch Lauris Spalte, neckte die Öffnung mit der Zungenspitze und begann von vorn. Lauri spreizte die Beine noch weiter, bot sich ihm noch hingebungsvoller dar. Villes Zunge war überall, an seinem Schließmuskel, seinem Damm, seinem Hodensack. Er machte ihn nass mit Speichel und Schweiß und als er einen Finger einführte, rann ein langer, dünner Faden Vorsperma von Lauris Schwanz auf die Bettdecke.

Fuck. So, so gut.

»Du hast hier kein Gleitgel, nehme ich an?«, fragte er ächzend und wippte Villes Finger entgegen, zu dem sich ein zweiter gesellte und ihn weiter dehnte.

»Du vermutest richtig«, bestätigte Ville. Es schien ihn nicht zu kümmern. Lauri auch nicht. Es durfte wehtun. Vielleicht sollte es das sogar.

Ville ließ sich nicht allzu viel Zeit, schien Eile zu haben und Lauri hatte sie auch. Er wollte von mehr als nur Fingern ausgefüllt werden, sich ganz zu Ville bekennen, sein eigenes Schicksal besiegeln, diesen immensen, inneren Druck abbauen.

Er heulte auf, als Ville die Finger in ihm krümmte, spreizte und drehte und nahm seinen schmerzend harten, pochenden Schwanz in die Hand. Wie erwartet packte Ville seine Hand und zog sie wieder fort, hielt sie zusammen mit der anderen auf Lauris Rücken fest und zog die Finger langsam aus ihm heraus.

»Du willst es also?«

Lauri spürte die Eichel, die sich an seiner Öffnung rieb, feucht und glitschig von Speichel und Lusttropfen. »Ja. Ich will es. Dich in mir. Jetzt!« Es klang wie ein Kommando und amüsierte Ville offensichtlich, denn er lachte dunkel auf.

»Du gehörst mir, süßer Lauri«, raunte er. »Ganz mir. Nichts kann uns mehr trennen.«

»Nein, nichts auf dieser Welt. Wir gehören zusammen.«

Die Eichel drückte gegen seine Pforte, löste Gegendruck aus, den Lauri nicht beherrschen konnte. Er jammerte und versuchte, sich zu entspannen, aber die Aufregung wegen dem, was sie tun wollten, machte es ihm schwer.

»Spann ihn an«, befahl Ville zu Lauris Verwirrung. »So lange, bis du nicht mehr kannst und dann sag es mir.«

»Was –«

»Tu, was ich dir sage!«, befahl Ville barsch.

Erschrocken gehorchte Lauri und spannte seinen Schließmuskel an. Ville machte keine weiteren Vorstöße, sondern schien einfach abzuwarten, während er Lauris Pobacken knetete. »J-jetzt ...«

In dem Augenblick, in dem sein Muskel lockerließ, weil er ihn nicht länger anspannen konnte, glitt Ville fast mühelos in ihn hinein. Es kam so plötzlich und überraschend, dass Lauri einen kleinen, erschrockenen Schrei ausstieß. Das waren wohl die Tricks, die nur ein älterer, erfahrener Partner kannte.

Die Dehnung durch Villes großen, dicken Schwanz verursachte ein Stechen, fast schon Brennen. Lauri atmete hastig, während sein Körper versuchte, sich an die Vereinigung zu gewöhnen, und Ville hielt still, obwohl seine Körperspannung verriet, dass er ihn am liebsten auf der Stelle bis zur Besinnungslosigkeit in die Decken rammeln würde.

Lauri drehte den Kopf zur Seite, um Ville ansehen zu können, und fing den stechend blauen Blick unter den vor Konzentration gefurchten Brauen. Es steckte noch viel wildes Tier in diesem Mann und es wollte unverkennbar heraus. Jetzt. Auf der Stelle. Lauri spreizte die Beine noch weiter und kippte das Becken an. Er war bereit.

Ville hielt sich an Lauris auf den Rücken gedrehten Händen fest und bewegte seine Hüften, gleitend, fast wiegend. Angenehm. Aber es war nur ein kurzes Vortasten. Der Auftakt. Dann ging es los. Dann ging es *wirklich* los.

Binnen Sekunden wusste Lauri nicht mehr, wo oben und unten war, wer er war und wie viele. Er bestand nur noch aus dem lustvollen Schmerz, den Villes hämmernder Schwanz in ihm verursachte. Sein Rhythmus war gnadenlos, seine Hüften klatschten gegen Lauris Pobacken, als er sich wieder und wieder bis zum Anschlag in ihn hineinrammte.

»Mehr!«, bettelte Lauri in einem Wahn zwischen Schmerz und Lust, zwischen Jammern und Schreien und Stöhnen. »Mehr, mehr, mehr!«

Er musste so gefickt werden. Hart und unbarmherzig, eingehüllt von Villes verschwitztem Duft und dem animalischen Grollen in seinem Ohr. Sein ganzer Unterleib schien in Flammen zu stehen, er spürte Villes stählernen Körper an seinem Rücken und heulte auf, als sich Zähne in seinen

Nacken gruben. Was für ein verdammtes Tier. Er wollte nie wieder aus diesem Rausch erwachen.

Ville veränderte offenbar den Eindringwinkel, sodass jeder Stoß nun gnadenlos Lauris Prostata reizte und ihn in Siebenmeilenstiefeln seinem Höhepunkt entgegentrieb. Ville würde es schaffen, ihn freihändig kommen zu lassen, das wusste Lauri, auch wenn er es bislang nie erlebt hatte. Er konnte einfach alles, was in Lauris Leben bislang niemand vollbracht hatte.

Jetzt begreife ich endgültig, was du damit meintest, dass wir uns nun nie wieder trennen können. Dass es mich immer wieder zurück an deine Seite ziehen würde. Es gibt kein Entrinnen. Ich bin ganz dein.

»Du darfst kommen«, raunte Ville in sein Ohr und obwohl Lauri bis eben geglaubt hatte, noch einen Moment zu brauchen, öffnete dieses mit tiefer, vibrierender Stimme vorgetragene Kommando seine Schleusen.

Lauri erschrak über sich selbst. Wie heftig er kam, wie anders es sich anfühlte, wie er ohne Berührung abspritzte und sein Körper sich um Villes heißen Schaft krampfte. Schwall um Schwall ergoss er auf die Bettdecke, während Ville ihre schweißnassen Körper aneinanderdrückte, so lange, bis seine Hoden schmerzten und er sich vollkommen leergepumpt fühlte. Erschöpft sackte er auf dem Bett zusammen, aber sein Wolf-Mann war noch nicht fertig.

»Ich werde meinen Samen tief in dich pflanzen«, kündigte er an. »So tief, dass ich ein Teil von dir werde und du ein Teil von mir.«

Er bewegte sich weiter in ihm, nicht mehr ganz so heftig, bis ein Schauer durch seinen Körper rann, der auf Lauri überging, und er tief in ihm kam. Lauri konnte fühlen, wie sein Körper gierig jeden Tropfen in sich aufsaugte. Lange verharrten sie so, Ville blieb in ihm, atmete schwer in sein Ohr. Das Band verknotete sich fest um sie, machte sie zu einer Einheit und es war, als legte sich die andere Hälfte seines Selbst frei. Er war nicht mehr nur Lauri Pekka Matilainen aus Jyväskylä. Er war auch Lauri, der Gefährte eines Wolfs aus Muotkatunturi namens Ville. Sein wahres Ich. So wie ihm Ville sein wahres Ich offenbart hatte. Es steckte so viel mehr in dieser Realität, als mit bloßem Auge erkennbar war.

»Mein süßer Lauri«, flüsterte Ville und rieb seine Nase an Lauris Nacken. Er schien sich nie wieder aus ihm zurückziehen zu wollen. Draußen heulte der Wind ums Haus. »Ich liebe dich.«

Lauri stieß einen zittrigen Atemzug aus, schloss die Augen und vergoss eine Träne. Er fühlte sich schwach und ausgelaugt, aber er nahm seine letzten Kräfte zusammen, um es zu erwidern: »Ich liebe dich auch.«

Natürlich liebte er Ville. Er würde all das hier nicht tun, wäre das nicht der Fall. Er hatte keine Ahnung, wann es passiert war, dass Angst und Groll in Liebe umgeschlagen waren, die zur Selbstaufgabe bereit war. Nach dem Geständnis mit Johannes? Davor? Oder erst, als er Ville vermeintlich tot vorgefunden hatte? Er wusste es nicht genau und eigentlich war es auch egal. Wichtig war das Hier und Jetzt, in dem sie sich füreinander entschieden hatten.

Nun wurde aus dem animalischen Mann ein erstaunlich zärtlicher. Er bedeckte Lauris Gesicht mit kleinen Küssen, hielt ihn unter sich geborgen und schnüffelte in seinen Haaren.

Plötzlich wurde Lauri von einer Erkenntnis überrumpelt. »Du warst das, der mich nachts immer angeschnüffelt hat, oder? Das war gar nicht Kaarna.«

»Du hast es bemerkt und dachest, es sei Kaarna?« Ville lachte amüsiert. »Nein, du hast völlig recht. Das war ich. Dein Duft ist meine große Schwäche, er ist einfach unwiderstehlich. Seit ich ihn das erste Mal wahrgenommen habe, bin ich dir hinterhergejagt.«

»War das schon bevor du mich aus dem Eisloch gezogen hast?«

»O ja.« Langsam glitt Ville aus ihm heraus und hinterließ eine unglaubliche Leere in Lauri, von der er wünschte, sie würde sofort wieder gefüllt. »Ich denke, ich sollte uns jetzt einen Tee kochen und die ganze Geschichte von vorn erzählen.«

»Ja«, stimmte Lauri zu und genoss den letzten Moment von Villes körperlicher Nähe, bevor der aufstand und hinüber in die Küche ging, um Wasser für Tee aufzusetzen. »Erklär mir das Unglaubliche.«

Kapitel 25

»Nachdem ich nach Inari zurückgekehrt war, nahm ich Kontakt zu den lokalen Rentierhirten auf«, erklärte Ville und reichte Lauri seine Tasse Tee. »Sie waren zunächst nicht so begeistert, weil ich kein Same bin, aber ich blieb hartnäckig und sie zollten zumindest meinem Interesse Anerkennung.« Ville lächelte.

Lauri hüllte sich in seine Decke ein und schlürfte einen Schluck Tee. »Warst du damals schon ein Wolf? Bist du so geboren?«

»Nein. Lass mich dir die Geschichte erzählen, dann wirst du sehen, wie es dazu gekommen ist.« Ville ließ sich auf die Küchenbank nieder und musterte Lauri mit seinen zerzausten Locken und den vom Küssen geschwollenen Lippen. Etwas Schöneres konnte es gar nicht geben.

»Okay.«

»Ich hielt mich oft auf der Rentierfarm auf, sie liegt etwas nördlich von hier, und half den Hirten bei der Arbeit. Diese Hirten sind besonders, sie arbeiten zu großen Teilen noch auf althergebrachte Weise und leben ihre Kultur mit schamanischen Bräuchen. Es hat mich alles so fasziniert. Mir erging es wohl ähnlich wie dir, die Natur half mir, mit meiner Trauer und den Depressionen zurechtzukommen. Einer der Sami besaß dieses Haus hier in der Wildnis, ich kaufte es ihm ab, baute im Sommer nach und nach die Nebengebäude auf und richtete mir den Rest so ein, wie er mir gefiel. Ich verbrachte immer mehr Zeit hier draußen, aber vorerst nur im Sommer. Dann beschloss ich, zum ersten Mal hier zu überwintern. Inzwischen hatte ich auch ein kleines Rudel aus sechs Schlittenhunden. Das war vor zwölf Jahren.«

Lauri sah ihn aus großen Augen an. »Und dann hat dich ein Wolf gebissen?«

»Lauri!« Ville lachte gequält. »Lass mich doch bitte ausreden. Sonst beiß *ich* dich gleich.«

»Würde mir gefallen.«

»Ach ja?« Er hob eine Braue. »Mochtest du den Nackenbiss?«

»O ja.« Ein Schauer rann sichtbar durch Lauris Körper. »Er war der absolute Kick. So ursprünglich und animalisch. In dem Moment wusste ich endgültig, dass ich dir gehöre.«

Ville konnte nicht anders, als zu ihm hinüberzugehen und ihm den zerzausten Schopf zu küssen. »Denk daran: Nicht nur du gehörst mir, ich gehöre auch dir. Ich kann ohne dich genauso wenig leben wie du ohne mich.«

Lauri nickte ehrfürchtig. »Wir beide gegen den Rest der Welt?«

»So ist es.« Ville ließ sich neben ihm nieder. Draußen schneite es, nicht mehr stürmisch wie vorhin, sondern still und weich in dicken Flocken vor dem Fenster. »Dieser Winter vor zwölf Jahren veränderte mein ganzes Leben. Ich hatte einen Unfall mit dem Hundeschlitten und lag lange im Schnee. Zwei Rentierhirten, Antero und Eino, fanden mich. Ich war kaum noch bei Bewusstsein, aber ich bettelte sie an, keinen Rettungshubschrauber zu rufen. Ich wollte das nicht. Lieber wollte ich sterben. Sie brachten mich zur Rentierfarm und auf der Fahrt verlor ich das Bewusstsein.

So tief, dass sie mich für tot hielten, weil sie keinen Puls und keine Atmung mehr spürten.«

»So war es, als ich dich in der Vorratskammer gefunden habe«, erklärte Lauri mit erstickter Stimme. »Du warst einfach ... tot.«

»Ich hing zwischen den Welten. Die Sami, die mir zu einer Familie geworden waren, respektierten mich und meinen letzten Willen und ließen mir ein schamanisches Trauerritual zukommen. Dabei wird der Tote mit dem Fell eines Tiers bedeckt, damit dessen Kraft und Fruchtbarkeit auf ihn übergehen und er sich von neuem zeugen und auf diese Welt zurückkehren kann. Das Problem war nur: Ich war nicht tot. Dadurch hatte das Ritual im Zusammenspiel mit der Vollmondnacht eine unerwartete Wirkung und setzte Kräfte frei, die man mit Worten nicht erklären kann. Ich kann dir nicht wirklich schildern, was mit mir passiert ist, aber plötzlich sah ich mich selbst von oben, schwebte über mir, beobachtete den Schamanen und die anderen Sami. Dann verspürte ich einen unwiderstehlichen Sog und flog in rasender Geschwindigkeit in ein Waldstück. Auf einmal ...« Er schüttelte den Kopf. Manchmal konnte er es selbst nicht glauben. Er wusste, was er war, aber wenn man es erzählte, klang es in der Tat wie Wahnsinn. »Auf einmal hatte ich wieder einen Körper. Einen Wolfskörper. Ich hatte nicht wirklich Kontrolle über ihn, der Wolfsinstinkt drängte mein Bewusstsein damals noch weit zurück. Am nächsten Tag wollten die Sami meine vermeintliche Leiche fortbringen, ich verfolgte ihre Spur. Es war der Tag nach dem Vollmond. Aber als der Mond unterging, wurde der Wolf plötzlich schwach. Ich konnte mich nicht bewegen, brach zusammen. Und dann war da wieder dieser Sog. Ich schwebte, flog, raste, sah meinen Körper auf der Bahre, die

Eino mit dem Schlitten hinter sich her zog. Dann schlüpfte meine Seele wieder in ihn hinein.«

Lauri schluckte und stierte geradeaus. »Wow.«

»Die alten Legenden der Sámi sagen, dass ein Seelenwanderer seinen eigenen, nur für ihn existierenden Tierkörper bekommt. Vermutlich ist der Wolf in genau dem Augenblick gestorben, in dem meine Seele meinen Körper verlassen hat, und hat gewissermaßen Platz für sie gemacht. Der Wolfsgeist wohnt noch in diesem Körper, seine Seele nicht, aber meine Seele wird zum Tier, wenn sie in ihm ist. Darum kann ich dir in Wolfsgestalt trotzdem gefährlich werden.«

»Das muss sich unglaublich angefühlt haben«, flüsterte Lauri.

»Es war schmerzhaft. Unglaublich schmerzhaft und das ist es jedes Mal wieder. Man hat das Gefühl, in Flammen zu stehen, deshalb habe ich mir die Kleider vom Leib gerissen und mich im Schnee gewälzt. Ich stelle mir einen Elektroschock so ähnlich vor. Es ist scheußlich. Und es passiert jeden Monat wieder. Immer an den drei Vollmondtagen geht meine Seele auf Wanderschaft.«

»Du kannst es also nicht beeinflussen?«

»Nein.« Ville schüttelte den Kopf. »Ich bin diesem Gesetz unterworfen. Das ist auch der Grund, warum ich mich endgültig in die Wildnis zurückgezogen habe. Wie soll ich damit in einer Zivilisation leben? Man würde mich entweder in eine Psychiatrie oder ein Forschungslabor sperren. Darum war ich auch so entsetzt, als du mir das durch die Blume vorgeschlagen hast.«

Lauri ließ den Kopf hängen und spielte mit einem Deckenzipfel. »Es tut mir leid.«

»Ist schon gut. Jetzt, wo ich es mit Worten ausgesprochen habe, verstehe ich sehr wohl, dass es sich vollkommen durchgeknallt anhören muss. Ich hatte nicht nur Angst, eingesperrt zu werden, sondern auch davor, eine Gefahr für die Menschen um mich herum darzustellen. Ich musste also gehen. Ich wollte es auch, aber mir blieb so oder so keine Wahl. Das ist auch der Grund, warum ich, seit ich hier bin, nicht noch einmal versucht habe, Kontakt zu Johannes aufzunehmen. Er soll nicht wissen, was ich bin und ich könnte es ihm nicht auf Dauer verheimlichen. Ich wollte ihm nicht gefährlich werden. Abgesehen davon, dass er sich wahrscheinlich sowieso nicht mehr an mich erinnert.«

»Und der Rentierhirte? War er nicht erschrocken, als du plötzlich wieder aufgewacht bist?«

»Doch, natürlich. Er war zu Tode verängstigt. Ich schilderte ihm, was passiert war und er brachte mich zurück zur Farm zu Anssi, dem Schamanen. Meine samischen Freunde wissen, was ich bin. Sie haben geschworen, darüber zu schweigen. Unter der Bedingung, dass ich mich in Zukunft von ihnen und ihren Herden fernhalte.«

»Sie haben dich verbannt, nachdem sie dich erst zum Wolf gemacht haben?«, fragte Lauri entsetzt.

»Zu ihrem eigenen Schutz«, brachte Ville zu ihrer Verteidigung hervor. »Menschen in Städten oder solche, die diese Wolfswandlergeschichten lesen, finden Wölfe romantisch und verklären sie. Aber der Wolf ist eines der gefährlichsten Raubtiere, die es gibt. Die Sami hassen die Wölfe, weil sie eine Gefahr für sie und ihre Herden darstellen. Ich reiße ab und zu ein Rentier für meinen eigenen Bedarf. Am Anfang war es nur der Jagdinstinkt, jetzt ist es eine Mischung aus Jagdinstinkt und Verstand.«

»Das heißt, du kannst den Wolf jetzt besser kontrollieren?«

»Ja. Mit jeder Wandlung bleibt etwas mehr Mensch im Wolf, aber auch etwas mehr Tier im Menschen.« Ville lächelte gequält. »Wenn ich manchmal so aufbrausend bin, fast schon aggressiv – das liegt daran. Ich war früher nicht so, überhaupt nicht. Du hättest mich für einen richtig netten Kerl gehalten und der war ich. Aber meine Impulskontrolle hat ziemlich unter dem Wolfsein gelitten.«

»Wenn ich es weiß, werde ich damit klarkommen.« Lauri lehnte sich gegen Villes Schulter. »Also bist du kein Wandler, sondern mehr ein Wanderer?«

»Genau, das trifft es.« Er umschlang Lauri mit dem Arm. »Ein Seelenwanderer. Mein Körper kann sich nicht verwandeln, so etwas gibt es nicht. Aber der Geist kann wandern. Mein Körper ist dann nicht tot, er liegt nur in einem sehr tiefen Schlummer, genau wie der Wolfskörper, den ich nachher unbedingt noch fortbringen muss.«

»Wohin?«

»Ich habe im Wald einen Unterschlupf, in den ich mich für die Wandlung normalerweise zurückziehe. Ich möchte nicht, dass meine Hunde den scheinbar leblosen Menschen- oder Wolfskörper angreifen oder dass hier jemand vorbeikommt und mich so vorfindet und für tot hält. Ich habe es nur diesmal nicht bis zu meinem Unterschlupf geschafft, weil ich mich in der Zeit verschätzt habe und wir vorher zu lange diskutiert hatten. Als ich gemerkt habe, dass es losgeht, habe ich mich aus der Not heraus in die Vorratskammer zwischen die Regale verzogen.«

»O Mann.« Lauri schniefte. »Das ist alles so unglaublich. Aber eine Sache, die in den Wandlerbüchern oft steht, stimmt dann wohl doch.«

»Welche?«

»Die Sache mit dem vom Schicksal vorherbestimmten Gefährten. Eine Sache, gegen die die Beteiligten machtlos sind. Trotz unseres verkorksten Starts konnte ich nichts gegen meine Gefühle für dich tun.«

»Hm.« Ville nickte langsam. »Ein Wolf bindet sich einmal und dann für immer. Ich habe damit hier draußen nicht gerechnet und ich wollte es eigentlich auch nie. Hätte schon Reißaus nehmen müssen, als ich dich das erste Mal erschnüffelt habe. Aber ich konnte deinem Duft nicht widerstehen, er war wie eine Droge für mich und ich musste ihm immer weiter folgen. Als ich dich dann hier bei mir hatte, wollte ich nicht wahrhaben, dass ich mich nicht mehr von dir lösen kann, obwohl alles, was ich getan habe, das genaue Gegenteil gesprochen hat. Ich habe es vor mir selbst geleugnet und dich deshalb über meine Gründe angelogen. Das tut mir immer noch sehr leid.«

»Ich habe es dir längst verziehen.« Plötzlich schien ihm ein Gedanke zu kommen und sein Gesicht hellte sich auf. »Warst du etwa der Wolf, der um die Wildnishütte geschlichen ist und geschnüffelt hat, während ich dort war?«

Ville lachte. »Ja. O ja, das war ich. Du hast die Sterne beobachtet und ich dich. Aber als du mich gehört hast, hast du Angst bekommen und bist rückwärts zur Hüttentür geschlichen und hineingegangen.«

»Scheiße.« Fassungslos schüttelte Lauri den Kopf. »Wenn ich bis eben noch Zweifel gehabt hätte, wären sie spätestens jetzt verflogen. Diese Dinge könntest du nicht wissen, wenn du mich nicht beobachtet hättest. Und da waren keine Fußspuren von Menschen im Schnee, nur die Pfotenabdrücke eines Wolfs.«

»Ja. Ich bin in der Nähe geblieben und dir ein Stück gefolgt, aber dann musste ich zum Unterschlupf, weil der Mond unterging. Sobald ich meinen menschlichen Körper wiederhatte, habe ich den Hundeschlitten angespannt und bin los. Weil die Hunde Auslauf brauchten, aber auch, weil ich aus irgendeinem Grund hoffte, dich zu finden. Du kamst mir so schutzlos vor in der Wildnis. Völlig blauäugig und allen Gefahren ausgeliefert. Und leider behielt ich recht.«

»Gott sei Dank warst du da.« Lauri schmiegte sich eng an ihn. »Du hast mir ein neues Leben geschenkt. Ich hatte Schwierigkeiten, es anzunehmen, aber ich denke jetzt, dass ich weiß, wie du dich damals gefühlt hast und dass du weißt, wie ich mich gefühlt habe. Plötzlich ist die ganze Welt anders, weil man selbst einen anderen Blick auf sie bekommen hat. Also ... danke, dass du mich nicht totgebissen hast, weil ich dich an den Rand des Wahnsinns getrieben habe.«

Ville feixte und küsste Lauri erst auf die Schläfe, dann auf die Wange und schließlich auf seinen süßen Mund. »Ich wäre eingegangen, wenn du das Band gekappt hättest und fortgegangen wärst«, gestand er mit belegter Stimme.

»Ich auch, denke ich.«

»Jetzt sowieso. Jetzt ist alles zu spät.« Er drückte Lauri auf die Matratze und der ließ es sich bereitwillig gefallen.

»Ich würde dich ja bitten, mich gleich noch mal so zu ficken wie vorhin«, murmelte Lauri, »aber mir brennt der Hintern immer noch.«

Ville grinste und leckte Lauri über den Mundwinkel. »Sag nur, mein unersättlicher Bengel ist an seine Grenzen gekommen?«

»Das nicht. Ich kann dir einen blasen, da fliegt dir der Deckel vom Kopf.«

»Ich weiß. Ich nehme nachher gern noch mal eine Kostprobe und freue mich schon auf eine Zukunft, in der ich jeden Tag Sex mit dem süßesten Burschen Finnlands haben kann. Aber zuerst möchte ich meinen Wolfskörper wegbringen und wäre dankbar, wenn du mir hilfst.«

Sie zogen sich an und gingen hinaus. Der Wolfskörper lag noch immer regungslos im Schuppen. Ville brachte Schneeschuhe und einen kleineren Holzschlitten hinaus. »Wir müssen ein Stück gehen, etwa eine halbe Meile.«

Gemeinsam stapften sie los und zogen den Wolfskörper auf dem Schlitten hinter sich her.

»Er ist wunderschön«, bemerkte Lauri. »Was ist, wenn ihm etwas passiert?«

»Ehrlich gesagt weiß ich das nicht«, gestand Ville. »Vielleicht bekomme ich dann einen neuen, aber dann wird es vermutlich wieder lange dauern, ehe ich ihn einigermaßen kontrollieren kann. Oder meine Seele fliegt drei Tage rastlos herum. Ich habe keine Ahnung, der Schamane auch nicht. Ich will lieber nichts riskieren.«

»Und in deinem Unterschlupf findet ihn niemand?«

»Nein, er ist gut versteckt. Dorthin verirrt sich niemand außer meine samischen Freunde und die wissen Bescheid.«

»Könnte ich theoretisch auch so ein Wanderer werden?«

Ville hielt an und drehte sich um. »Nein, Lauri«, sagte er bestimmt. »Zum einen ist völlig unklar, ob sich ein solches Wunder je wiederholen würde. Zum anderen *solltest* du dir das gar nicht wünschen. Es ist schmerzhaft. Es ist qualvoll. Es verändert die Persönlichkeit und macht ein Stück von dir kaputt. Ich will dich heil, Lauri. Du sollst die heile Hälfte von uns beiden sein. Überlass das Kaputte mir.«

Sie brauchten knapp eine Stunde bis zu der kleinen Hütte, weil sie durch teilweise sehr tiefen Schnee waten mussten, und fanden sie komplett eingeschneit vor.

»Die hätte ich ja im Leben nicht gefunden«, bemerkte Lauri kopfschüttelnd.

»Umso besser.« Ville begann, mit den Händen den Schnee beiseite zu schieben und Lauri half ihm.

»Aber wenn es den Wolf hier einschneit, wie kann er sich dann befreien?«

»In der Regel bin ich vorher da und hole den Körper heraus, bevor ich mich hier selbst hineinlege. Aber er könnte sich im Ernstfall dennoch problemlos befreien. Hat er ja vorgestern auch. Darum muss ich in den nächsten Tagen die Tür reparieren.«

»Und dein Körper, kann der hier nicht erfrieren?«

»Nein.« Ville lächelte. »Offenbar nicht. Ich sage immer: Er wird frischgehalten, so wie sie in Science-Fiction-Filmen Menschen tiefgefrieren, um sie hundert oder tausend Jahre später wieder aufwachen zu lassen. Ich schlüpfe vorher meistens trotzdem in einen Thermo-Schlafsack. Es ist zwar wahrscheinlich nicht nötig, gibt mir aber ein besseres Gefühl.«

»Verstehe.« Lauri nahm die Hütte äußerst skeptisch in Augenschein, während Ville sich die kaputte Tür besah. »Aber wenn ich in Zukunft auf dich und deinen Körper aufpasse, musst du doch nicht mehr hierher kommen. Dann reicht es doch, wenn wir den Wolf hier verstecken und du zu Hause im Bett liegen bleibst. Ich kümmere mich um dich und die Hunde. Wer hat die Hunde eigentlich versorgt, wenn du drei Tage nicht da warst?«

»Eigentlich sind es nur zwei Tage, da der erste und dritte Tag durch Mondaufgang und Untergang jeweils praktisch nur ein halber sind. Ich gebe ihnen vorher reichlich zu fressen und diese kurze Fastenzeit schadet ihnen nicht.«

»Verstehe.« Lauri schluckte und sah Ville eindringlich an. »Ich will trotzdem auf euch aufpassen. Ich könnte nicht schlafen, wenn ich wüsste, dass du hier draußen liegst. Ich will dich bei mir haben. Gebe auf dich acht. Dem Wolf darf ich mich ja nicht nähern, sagst du.«

»Das solltest du wirklich lieber nicht.« Ville hob seinen Tierkörper vom Schlitten und legte ihn vorsichtig in den Unterschlupf. »Er würde dich zwar vermutlich erkennen, trotzdem ist er ein Raubtier und ich habe ihn nicht vollständig unter Kontrolle. Aber ich denke, das andere lässt sich einrichten.« Unwillkürlich musste er lächeln. »Mir gefällt der Gedanke, dass du auf mich aufpasst.«

»Was wäre ich für ein schlechter Gefährte, wenn ich nicht auf mein Eigentum achtgebe?«

»Hm.« Ville deckte den Wolfskörper zu und schloss die kaputte Brettertür des Unterschlupfs, so gut es ging. »Ich verspreche dir hiermit hoch und heilig, dass auch ich auf dich immer gut achtgeben werde. Ich würde dich mit meinem Leben beschützen.« Er küsste Lauri auf die Stirn, aber sein Junge hielt ihn fest und pflückte sich einen Kuss von seinem Mund.

»Gehen wir heim?«

Ville grinste. »Und spielen Der *Alpha-Wolf und sein schwangerer Laubfrosch*?«

»Wir können es versuchen«, erwiderte Lauri und wackelte mit den Augenbrauen.

»In Ordnung. Du bist der Laubfrosch.«

»Wieso muss ich der Laubfrosch sein?«, jammerte Lauri, während er hinter ihm her stapfte.

Ville hielt an und drehte sich zu ihm um. »Na weil ich der Wolf bin. Ist doch klar.«

Kapitel 26

Lauri schrieb noch einen Brief an seine Familie mit Weihnachts- und Neujahrsgrüßen und der Bitte, sich nicht um ihn zu sorgen. Er kündigte seine Rückkehr für den Frühling an, verschwieg ihnen aber vorerst, dass er wahrscheinlich nur zurückkommen würde, um seine Zelte abzubrechen, sein Leben neu zu ordnen und dauerhaft zu Ville zu ziehen.

Er würde eine Lösung für sein Studium finden müssen, vielleicht brach er es sogar ab. Die Leute würden ihn für verrückt erklären, das alles für einen Mann und ein Leben in der Wildnis aufzugeben, aber sie sahen eben nicht dieses *Mehr*, das Lauri sah. Er würde es ihnen nicht zum Vorwurf machen, hatte er selbst doch lange genug gebraucht, um es zu erkennen. Dennoch würde er sich von keinen Bedenken der Welt davon abbringen lassen, ein Leben mit Ville zu verwirklichen. Hier, wo sie hingehörten.

Einen Tag nach Villes Rückkehr in seinen menschlichen Körper war Heiligabend. Sie machten es sich im Haus gemütlich, brannten Kerzen an und bereiteten bei prasselndem Kaminfeuer ein Weihnachtsmenü zu. Einen traditionellen Schinken hatten sie nicht, aber Lauri machte Fischsalat sowie Milchreis, zu dem sie eingekochte Beeren aßen. Außerdem erklärte er sich bereit, von dem Rentierbraten zu kosten, den Ville zubereitete. Lauri war sich nach wie vor nicht sicher, ob er je wieder Säugetierfleisch essen konnte, aber er wollte es zumindest versuchen, weil es hier oben die sinnvollste und nachhaltigste Ernährungsweise war. Es gab noch viel zu lernen und Ville war ein geduldiger Lehrmeister.

»So, der Braten wäre fertig«, verkündete Ville und stellte den Bräter auf einen Untersetzer auf dem gedeckten Tisch. Es roch betörend gut und Lauri versuchte gar nicht, den Gedanken zu verdrängen, dass das mal ein lebendiges Geschöpf gewesen war. Im Gegenteil: Er wollte versuchen, sich als Teil dieses Kreislaufs zu verstehen, zu dem auch Fressen und Gefressenwerden gehörten, um zu leben und zu überleben. Es gab kein Essen auf dieser Welt, für das nicht irgendeine Kreatur ihr Leben lassen musste – direkt oder indirekt. Es überlebte nicht immer der Stärkere. Sondern der, der sich am besten an die Gegebenheiten anpasste.

»Wenn ich's doch nicht schaffe, bist du mir dann böse, wenn ich mich lieber an die Kartoffeln und den Heringssalat halte?«, erkundigte sich Lauri zerknirscht.

Ville zuckte mit den Schultern. »Warum sollte ich? Bleibt mehr für mich.«

Zumindest aß Lauri ein kleines Stück. Es schmeckte gut, es bereitete ihm keine Übelkeit, das schlechte Gewissen jedoch, das er sich selbst über Jahre eingehämmert hatte, war noch unterschwellig da. Aber sie hatten keine Eile und aktuell auch keine Not. Deshalb konnte er sich die Zeit nehmen, die er brauchte.

Zum Nachtisch hatte Ville eine Überraschung für ihn: »Ich bereite uns einen schönen *Glögi* zu.«

»Du hast Wein hier?«, fragte Lauri erstaunt. »Der muss mir entgangen sein.«

»Zwei Flaschen, allein für diesen Zweck. Weihnachten ohne *Glögi* hat mir nicht mal allein Spaß gemacht. Willst du mir helfen?«

»Na klar!«

Sie kochten Rotwein mit Johannisbeersaft, Gewürzen und Zucker auf, bis es herrlich duftete.

»Ich könnte für mehr Umdrehungen noch etwas Wodka hinzugeben«, schlug Ville vor.

»Du hast hier auch Wodka?« Ungläubig starrte Lauri ihn an. »Sag mal, versteckst du das Zeug etwa vor mir?«

Ville grinste verlegen. »Ich hatte die Befürchtung, du trinkst sonst bald alles leer. Ich habe nur wenig Alkohol zum Trinken hier.«

»Hältst du mich für einen Saufkopf?« Lauri boxte ihn in die Seite. »Ich glaub's ja nicht. Aber ich kann total lecker Wodka-Cola mixen.«

»Sehe ich aus, als hätt' ich Cola hier?«

Sie lachten, gossen sich ihren *Glögi* in zwei Tassen und gingen hinaus unter den freien Himmel. Pünktlich zu Weihnachten schillerte dieser in allen herrlichen Farben des Nordens und für einen Augenblick wurde Lauri sentimental. »Frohe Weihnachten, *Äiti*«, flüsterte er und sah hinauf in das Sternenzelt.

Ville legte einen Arm um seine Schultern und blickte ebenfalls nach oben. »Frohe Weihnachten, Johannes.«

»Denkst du, sie können uns irgendwie hören?«

»Bestimmt. In ihren Herzen.«

Lauri schmiegte sich eng an Ville und schwelgte für einen Moment in der Tatsache, diesen Mann hier gefunden zu haben. Für sich. Ein Mann, der in keiner Art und Weise gewöhnlich war, vielleicht sogar einzigartig auf dieser Welt. Es war, wie am endlosen Sternenhimmel den einen Stern auszumachen, den noch keiner vorher entdeckt hatte. Eine Welle von Dankbarkeit umspülte ihn, weil er das gefunden hatte, wonach er tief in seinem Inneren gesucht hatte.

»Wollen wir reingehen?«, fragte Ville nach einer Weile.

»Und dann?«

»Na ja.« Er lächelte. »Weihnachten feiern.«

Ville hatte Weihnachten immer gemocht, aber seit er allein war, hatte es eine gewisse Bitterkeit für ihn angenommen. Jetzt jedoch kam diese glückliche, gemütliche Stimmung wieder auf, die ihm stets so gefallen hatte. Und eine gewisse Würze. Denn Lauri war eben Lauri. Der Unersättliche. Der Verspielte, der Neugierige. Ein wenig wie ein junger Wolf. Es würde eine Freude für Ville werden, ihn ein wenig zu erziehen.

In all seiner jugendlichen Ungeduld hatte sich Lauri bereits ausgezogen und krabbelte ihm verführerisch auf dem Bett entgegen. Ville trug noch seine Hose, die allein von Lauris Anblick langsam ziemlich eng wurde, und blieb vor der Bettkante stehen. »Willst du jetzt dein Geschenk auspacken?«

»O ja«, raunte Lauri und ein Schauer lief durch seinen Körper.

»Hm. Nun, ich habe festgestellt, dass du dir dein Geschenk wohl schon genommen hast. Die kleine Wolfsfigur, die ich dir geschnitzt hatte. Ich kann sie jedenfalls nirgendwo finden.«

Verdutzt hielt Lauri inne. »Oh … ja, die steckt noch in meiner Jackentasche.« Verschämt kratzte er sich im

Nacken. »Ich hatte sie mir als Andenken eingepackt, als ich dachte ... als ich dachte, du wärst tot. Genau wie *Robinson Crusoe* und die Fotos mit dir und Johannes. Die sind noch im Schlittengepäck.«

»Ach, du.« Zärtlich strich Ville ihm über die Wange. »Du bist ein besserer Mensch, als ich es je sein könnte. Darum liebe ich dich so.«

»Dafür bist du zum Teil ein Wolf. Und mir fällt da ein anderes Geschenk ein, das ich gern auspacken würde.«

»Tu dir keinen Zwang an.«

Selig grinsend nestelte Lauri an Villes Hosenstall und machte tatsächlich den Eindruck, als packte er gerade ein Überraschungspaket aus. »Mensch, Ville. So was Großes hättest du mir doch gar nicht schenken müssen.«

»Lauri?«

»Ja?«

Ville packte Lauris Gesicht und drückte seine Wangen zusammen. »Es ist besser, wenn du jetzt deinen Mund hältst.«

»Sonst?«

»Sonst muss ich ihn dir stopfen.«

»In dem Fall hätte ich noch eine ganze Menge zu erzählen. Also–«

»Schscht.« Ville legte ihm einen Finger auf die verführerisch weichen Lippen. »Sei still. Und pack dein Geschenk weiter aus.«

Eifrig kam Lauri seiner Bitte nach, zog Villes Hosen herunter und befreite seinen harten Schwanz. Wie er mehr als zwölf Jahre nur mit Selbstbefriedigung hatte auskommen können, war Ville inzwischen ein Rätsel. Wie könnte er je wieder auf das hier verzichten? Auf diese Nähe, diese Intensität und diesen verdammt feuchten, warmen Mund? Lauri schien süchtig nach ihm zu sein und er war süchtig nach Lauri.

Der ließ seinen Schwanz tief in seinen Rachen gleiten, umschloss ihn mit heißer Enge, schluckte, wie um ihn damit zu necken. Ville keuchte und musste alles an Selbstbeherrschung aufbringen, um nicht heftig und gnadenlos zuzustoßen, wie das Tier in ihm es wollte. Lauri mochte es rau und hart, aber es gab eine Grenze zwischen Härte und potentieller Körperverletzung. Also riss er sich zusammen und biss sich vor Anspannung auf die Lippen, während Lauri ihn gekonnt mit dem Mund verwöhnte. Wie viele Männer hatte der Bengel wohl schon gehabt? Ville wollte es lieber nicht wissen, sonst würde er vor Eifersucht irgendetwas kaputtmachen. Hier draußen würde er allerdings niemals fürchten müssen, dass irgendjemand sich an seinen Jungen heranmachte. Hier gab es nur sie beide.

Ville legte den Kopf in den Nacken und führte Lauri in einen gleichmäßigen, langsamen, aber tiefen Rhythmus, während seine Eier massiert wurden. Nie hatte er geglaubt, einmal solches Vertrauen und solche Hingabe zu bekommen, vor allem nicht von Lauri, dessen Vertrauen er anfangs so gebrochen hatte. Er würde es wiedergutmachen. Ihn auf Händen tragen, ihm hier ein naturnahes, aber komfortables Leben bieten. Und ihn ficken, bis er um Gnade winselte. »Leg dich auf den Küchentisch«, befahl er.

»Oh?« Lauri hob fragend eine Braue, folgte seiner Anweisung dann aber mit so viel Enthusiasmus, dass es Ville ein Lachen entlockte.

»Andersherum«, erklärte er, als Lauri bäuchlings auf den Tisch kletterte. »Ich will dich dabei ansehen.«

Gehorsam drehte sich Lauri auf den Rücken, spreizte die Beine und zog sie an seinen schlanken, blassen Körper, offenbarte alles, ohne Scham und Zurückhaltung.

»Du bist so schön«, raunte Ville ehrfürchtig. »So rein. So perfekt. Und du gehörst mir. Ich geb dich nie wieder her.«

»Ich werd auch nie wieder gehen.« Lauri leckte sich über die Lippen und eine feine Röte überzog sein Gesicht und die Brust. »Merk dir das gut, wenn ich dir das nächste Mal auf den Wecker falle.«

Ville lachte dunkel und beugte sich über ihn, strich mit flachen Händen über die glatte, kaum behaarte Haut. Er konnte nicht anders, als die rosigen Nippel in seinen Mund zu nehmen, daran zu knabbern, sie mit seiner Zunge zu reizen. Lauri stieß kleine, niedlich hohe Seufzer aus und wölbte sich ihm entgegen, während er mit einem Fuß an Villes Seite entlangstrich. Diesmal ließ sich Ville Zeit, küsste, leckte und biss sich langsam hinab, bis sein Junge sich ungeduldig unter ihm wand. Es machte Spaß, ihn so zu reizen, bis das oft so vorlaute Mundwerk ganz wortlos wurde und nur noch keuchen und jammern konnte. Bewusst sparte Ville den Bereich zwischen Lauris Beinen aus, obwohl dieser schöne Schwanz vor Lust schon tropfte und kleine, feuchte Spuren auf dem Bauch hinterließ. Er küsste die Innenseiten der Schenkel, biss und zog an der zarten Haut und glitt schließlich hinab zwischen die leicht geöffneten Pobacken. Hier war Lauris Eigengeruch am intensivsten, ein Duft, so sauber und süß, der alles in Villes Körper zum Vibrieren brachte. Der ihn süchtig machte. Er leckte über die zuckende Öffnung, in der er sich nachher versenken würde, stupste sie an, bohrte ein wenig. Lauris Körper reagierte wie ein Instrument, das Ville aus dem Stegreif zu spielen und dem er die schönsten Töne zu entlocken vermochte. Das Stöhnen war Musik in seinen Ohren. Und wenn er ihn deckte, fühlte er sich noch ursprünglicher, noch mehr wie ein Geschöpf, dem die Natur den Takt seines Lebens vorgab.

»Ich werde dich heute etwas besser vorbereiten«, versprach Ville. »Du scheinst mir noch ein wenig wund von gestern.« Er ging hinüber zur Kommode, wo er einige alltägliche Hilfsmittel und medizinische Utensilien aufbewahrte, und holte ein Töpfchen Vaseline heraus. »Ich hätte sie gestern schon verwenden sollen, aber im Rausch des Augenblicks ist das irgendwie untergegangen.«

»Macht nichts«, erwiderte Lauri. »Ich mag's, wenn du mich hart rannimmst, auch wenn ich danach einen Tag kaum sitzen kann.«

»Denkst du, es wird heute gehen?«

»Jetzt red nicht so viel. Fick mich einfach. Komm schon!«

»Hm.« Ville kam eine Idee und er lächelte in sich hinein. »Bereite dich selbst vor. Ich will dir dabei zusehen.«

Er hielt Lauri den Vaselinetiegel hin, beobachtete die schlanken Finger, die darin eintauchten und sich etwas von der dicken, weißlichen Masse herausholten. Gleich darauf verschwanden sie zwischen den Pobacken, rieben, glitten ein Stück in das Innere. Ville entkam ein erregtes Keuchen bei diesem Anblick, er umfasste Lauris Hand und führte sie. Ein, aus, ein, aus, tief und gleichmäßig, während dieses herrlich enge Loch sich mehr und mehr für ihn öffnete und entspannte. Ville verlor die Geduld. Konnte nicht länger warten, schob Lauris Hand beiseite, setzte seine Eichel an die enge Öffnung und drückte sie fast widerstandslos hinein. Sie hatten sich gestern Abend im Nachklang einmal kurz über die Tatsache unterhalten, dass sie es ungeschützt machten, aber irgendwie schien der Gedanke an sexuell übertragbare Krankheiten hier draußen so irreal wie viele andere Dinge in der modernen Welt. Ville war sauber in die Wildnis gezogen und hatte sich seither nie wieder mit jemandem eingelassen und Lauri beteuerte, bislang stets Kondome benutzt zu haben. Ville sah keinen Grund, ihm nicht zu glauben. Vielleicht war das naiv, aber eine andere Wahl hatten sie ohnehin nicht wirklich.

Er lehnte sich etwas nach vorn und schob sich nur durch die Verlagerung seines Körpergewichts weiter in Lauri hinein. Lauris Hände strichen über seine Brust, er packte sie bei den Gelenken und drückte sie über seinem Kopf auf die Tischplatte. »Leg deine Beine auf meine Schultern«, befahl er.

»Fick mich richtig hart«, bettelte Lauri. »Deck mich. Markier mich. Ich will es so sehr.«

Ville knurrte tief und holte mit seinen Hüften aus. Der erste Stoß war nur der Auftakt, um seinem Jungen zu geben, was der wollte und was er brauchte.

»Ja! Ja, ja, ja!« Lauri war immer sehr verbal, wenn sie es trieben, und Ville liebte es, die Lust, die er ihm bereitete, nicht nur zu sehen, sondern auch zu hören.

Er nahm ihn hart, bis er sich unter ihm wand, knabberte und lutschte an seinen Zehen und bearbeitete mit der freien Hand Lauris Schwanz. »Komm für mich«, raunte er. »Gib mir, was du hast. Markier du auch mich.« Er ließ seinen Rhythmus noch schneller werden, hämmerte sich in Lauri hinein, schwitzend vor Anstrengung, bis ihre keuchenden, stöhnenden Laute das ganze Haus ausfüllten. Auch Lauri lief der Schweiß in Strömen, perlte von seiner Haut, die von hektischen, rötlichen Flecken überzogen wurde. Ville beugte sich hinab und leckte eine Spur der salzigen Tropfen ab, nahm Lauris Geschmack in sich auf und stieß noch ein letztes Mal zu, um ihn zum Höhepunkt zu bringen. Zitternd bäumte sich Lauri unter ihm auf und pumpte sich in seine Hand, verdrehte vor Ekstase sogar die Augen.

»Was für einen Glücksgriff ich doch gemacht habe, als ich dich aus dem Eis gezogen habe«, raunte Ville und gab Lauri einen tiefen, langen Kuss, während er sich weiter in ihm bewegte, bis er selbst so weit war. Jeden Tag wollte er seinen Samen tief in Lauri pflanzen, ob nun in dieses enge, heiße Loch oder in den süßen Mund. Es würde zu ihrem täglichen Leben gehören wie die Arbeit oder das Training mit den Hunden. Es war *ihr* Training, ihre immer wiederkehrende Besiegelung ihres gemeinsamen Lebens.

»Ich liebe dich«, brachte Lauri erschöpft hervor und blinzelte ihn an, als kehre er nur langsam in die hiesige Welt zurück. Dann grinste er plötzlich. »Bin ich jetzt schwanger, Wolf?«

Ville verdrehte die Augen, grinste aber ebenfalls. Langsam glitt er aus Lauri heraus und seine Eichel zog einen langen, sämigen Faden nach sich. »Wenn du ein Laubfrosch bist. Aber wo soll das Kind dann rauskommen? Erklär mir, wie lösen die das in deinen Büchern? Ich habe da eine sehr schmerzhafte Idee.«

»Meistens gibt es dann einen Kaiserschnitt.«

»Wie soll denn in der Natur eine Spezies überleben, die auf einen Kaiserschnitt angewiesen ist, weil sie sonst ihre Jungen nicht zur Welt bringen kann?« Er seufzte und half Lauri in eine sitzende Position. »Wir bekommen im späten Frühling vielleicht ein paar echte Wolfsjunge.«

»Was?« Entsetzt riss Lauri die Augen auf und schob Ville ein Stück von sich weg. »Was soll das heißen? Du kannst mich aber nicht wirklich schwängern, oder?«

Ville stöhnte und legte den Kopf in den Nacken. »Hast du Eierstöcke und eine Gebärmutter?«

»Nein.«

»Damit ist deine Frage ja wohl hoffentlich beantwortet. Ansonsten erkläre ich dir die Entstehung des Lebens noch einmal ganz ausführlich. Und glaub mir, ich kenne mich aus mit meinem Abschluss in Biologie …« Er lächelte. »Ich meinte übrigens meine Wolfshybridin. Wenn wir Glück haben, wird sie im März trächtig und bringt Ende Mai einen Wurf Junge zur Welt.«

»Oh! Das wäre ja großartig! Kleine, süße Wolfshundebabys …« Plötzlich runzelte er die Stirn. »Die machst aber nicht du ihr, oder? In deiner Wolfsgestalt?«

Ville furchte die Brauen und grummelte leise. Der Bursche würde ihn mit seinen Ideen noch oft in den Wahnsinn treiben, so viel war sicher. »Lauri?«

»Ja?«

Er streckte den Arm aus und zeigte auf die Haustür. »Raus mit dir. Sofort.«

»Aber … jetzt? So nackt?«

»Genau.«

»Und dann?«

Ville hob einen Mundwinkel zu einem fiesen Lächeln. »Schneeballschlacht. Ich gewinne.«

Kapitel 27

Lauri blieb bis zum Frühjahr. Er erlebte mehrere Zyklen dieses unglaublichen Wunders mit, bei dem Villes Seele von seinem menschlichen Körper in einen Wolf wanderte und wieder zurück. Seine Gefühle zu ihm vertieften sich jeden Tag mehr, das Band wurde zu einer festen, unzerstörbaren Kette.

Er hütete den Menschenkörper wie seinen Augapfel, während Villes Geist ihn nicht besetzte. Manchmal kam der Wolf in die Nähe des Hofs, schnüffelte herum und schüchterte die Hunde ein, die wohl spürten, dass ihr Rudelführer da war. Lauri hörte jedoch auf Villes dringendes Bitten und näherte sich dem Wolf nicht.

»Wenn ich dir in meiner Wolfsgestalt etwas tue«, hatte sein Mann gesagt, »würde ich mir das niemals verzeihen. Also lass es bitte nicht darauf ankommen.«

Lauri lernte immer mehr über das Leben in der Wildnis. Einmal machten sie sogar eine Hundeschlittentour, bei der sie im Zelt übernachteten, eigentlich so, wie Lauri es ursprünglich geplant hatte. Mit Ville an seiner Seite verspürte er weder Angst, noch Unsicherheit, sondern konnte den Ausflug voll und ganz genießen, selbst immer mehr Teil der herrlichen Natur werden.

Am Abend ihrer Tour flimmerten die Nordlichter über ihnen und Lauri wurde von einem seltsamen, aber wundervollen Gefühl erfasst, das sich mit Worten kaum erklären ließ.

»Es klingt vielleicht komisch«, flüsterte er zu Ville, »aber hast du schon mal das Gefühl gehabt, dass die Erde einen Herzschlag hat?«

Villes Blick schien aufzuleuchten. »O ja. Das hat sie.«

»Ich spüre ihn richtig unter meinen Füßen. Es ist ganz seltsam.«

»Nimm es an«, riet Ville. »Diese Verbindung ist ein Geschenk, das heute nur noch selten jemand fühlt. Dass du sie spüren kannst, ist auch für *mich* ein eindeutiges Zeichen, dass du hierher gehörst. Dass du fühlst, was ich fühle. Mein Gefährte.«

Sie küssten sich innig, umgeben von Schnee, den Lichtern am Himmel und dem vibrierenden Herzschlag unter ihren Füßen. Es war so schön, ein Teil davon zu sein.

»Ich liebe dich so sehr«, flüsterte Lauri zu Ville.

Der legte eine Hand unter sein Kinn und zwang seinen Blick nach oben. »Mich oder den Wolf?« Sein Blick war ernst und forschend.

»Dich natürlich«, gab Lauri erschrocken zurück. »Und wenn ich ehrlich sein soll, schon lange, bevor ich das mit dem Wolf wusste. Ich liebe dich nicht, weil ich Wandlerbücher mag, falls du das wirklich denkst. Sondern weil du eben einfach du bist. Der besonderste, tollste und irgendwie auch verrückteste Mann, den ich kenne.«

»Das heißt, du hast mir wirklich verziehen?«

»Ja, schon lange. Es war nicht richtig, was du getan hast. Ich will auch nicht behaupten, dass es gut war. Aber ich verstehe, warum du es getan hast. Deshalb kann ich es dir verzeihen und dir wieder vertrauen. Okay?«

»Okay.« Ville zog ihn fest an sich und hielt ihn.

Ein wenig tanzten sie im Takt des Herzschlags, ihre Bühne das weite, weiße, schneebedeckte Feld. Ein Augenblick für die Ewigkeit.

Ende April lag immer noch Schnee, aber es wurde schon weniger und Antero, einer der Rentierhirten, holte Lauri und Ville mit seinem sagenhaften Rentierschlitten ab, um sie nach Inari zu bringen. Sein Freund Eino hatte sich bereiterklärt, während ihrer Abwesenheit auf die Hunde aufzupassen.

»Sind die beiden eigentlich schwul?«, raunte Lauri Ville zu.

Der feixte in sich hinein. »Ich weiß es nicht, aber manchmal drängt sich mir tatsächlich der Verdacht auf.«

Sie waren bereits einmal in Inari gewesen, kurz nach der Jahreswende, um die Angelegenheit mit dem verlorenen Motorschlitten zu klären. Der Inhaber des Verleihs war stinksauer gewesen, aber Ville hatte ihm glaubhaft machen können, dass Lauri nicht fahrlässig gehandelt und keine Möglichkeit gehabt hatte, eher herzukommen. Das besänftigte den Kerl, der Ville wohl flüchtig kannte, und den Rest klärte die Versicherung. Solche Dinge passierten. Manchmal zwang die Natur Mensch und Technik einfach in die Knie.

Diesmal fuhren sie mit dem Bus von Inari zum Flughafen Ivalo, wo sie den Flieger nach Jyväskylä besteigen wollten. Ville bezahlte die Flugtickets und kam auch für alles andere auf, da Lauris Geldkarte noch immer am Grund des Peltojärvi lag.

»Ich habe genug Ersparnisse, ich verbrauche ja fast nichts.«

Es gab einige Dinge, die sie anschaffen wollten, jetzt, wo Lauri mit in die Wildnis zog. Aber darüber würden sie sich dann einen Kopf machen, wenn in Jyväskylä alles geklärt war. Lauri war froh und dankbar, dass Ville ihn begleitete, obwohl man ihm deutlich anmerkte, wie unbehaglich er sich unter all den Menschen fühlte. Dabei waren es hier gar nicht viele. Aber auch Lauri erschien plötzlich alles laut und bunt und anstrengend.

»Ich würde gern ein Prepaidhandy kaufen«, erklärte Lauri. »Ich will meine Mutter anrufen und ihr sagen, dass wir kommen.«

In einem Flughafenshop erstanden sie ein Telefon. Lauri wusste die Nummer seiner Mutter auswendig und tippte sie ein. Er hatte Angst davor, ihre Stimme zu hören, sie zu konfrontieren, obwohl er die Gespräche mit ihr vermisst hatte. Mit Ville an seiner Seite, der seine Hand hielt, würde er es schaffen.

Lauris Mutter meldete sich nach dem dritten Klingeln. »Hei?«

»*Äiti*, hei. Ich bin's, Lauri.« Er hielt die Luft an und drückte Villes Hand ganz fest.

»*Lauri?*«, kam nach einem Moment des verwirrten Schweigens zurück.

»Ja.«

»O mein Gott, ich dachte, ich höre nie wieder etwas von dir!«

Lauri musste den Hörer ein Stück von sich weghalten, weil *Äitis* Stimme so schepperte. »Doch ... ich hatte doch versprochen, mich zu melden. Ich hatte nur mein Handy verloren und alles ... in der Wildnis bekommt man nicht so schnell ein neues, ich konnte dir daher nur die beiden Briefe schicken.« In Wahrheit hätte er sich schon Neujahr in Inari ein Handy holen können, aber er hatte es nicht gewollt. Es hätte ihn zu diesem Zeitpunkt zu sehr verunsichert und ihn gehemmt, sich voll und ganz auf das Wildnisleben einzulassen. Jetzt war das anders. Jetzt hatte er einen ganzen Winter dort verbracht und wusste, dass er es wieder wollte, auch wenn ihnen Mitte Februar die Kartoffeln ausgegangen waren.

»Wo bist du?«, wollte seine Mutter wissen.

»In Ivalo, am Flughafen. Wir kommen nach Jyväskylä.«

»Wir?«

»Mein Freund und ich. Ich hab dir doch im letzten Brief von ihm erzählt?«

»Ja, du hast etwas angedeutet. Kommt ihr also zurück in die Stadt? Keine Wildnis?«

»Doch. Können wir zu Hause darüber reden?« Es fühlte sich fremd an, Jyväskylä oder Uurainen als *zu Hause* zu bezeichnen. »Bei Kuchen und Kaffee?«

»Das werden wir ja müssen«, antwortete seine Mutter hörbar niedergeschlagen. »Ich fühle mich immer noch wie in einem Albtraum. Wie kannst du mir so was nur antun?«

»Bitte, nicht jetzt, nicht hier. Ich melde mich, wenn wir in Jyväskylä gelandet sind. Bis dann, *Äiti*. Ich hab dich lieb.« Lauri seufzte und legte auf, lehnte sich müde gegen Ville. »Sie ist sauer. Richtig sauer. Und sie macht mir Vorwürfe. Wie ich ihr das antun kann und alles.«

»So wie viele Eltern wird sie lernen müssen, nicht mehr der Lebensmittelpunkt ihres mittlerweile erwachsenen Kindes zu sein.« Ville lächelte und drückte Lauri einen Kuss auf die Schläfe. »Sie wird mich wahrscheinlich hassen, weil ich dich ihr gestohlen habe. Aber vielleicht können wir sie besänftigen, indem wir ihr versprechen, dass du in Zukunft regelmäßig Kontakt zu ihr halten wirst?«

»Wir sollten ihr erklären, wie Skype funktioniert«, überlegte Lauri. »Dann kann sie mich sogar sehen.«

»Siehst du?« Ville zerwühlte ihm das Haar. »Und jetzt sollten wir zu unserem Gate.«

Zitternd atmete Lauri durch, als sie den letzten Karton mit seinen Habseligkeiten in den Transporter luden. Sein WG-Zimmer war während seiner Abwesenheit unangetastet geblieben, *Äiti* hatte seine Miete weitergezahlt, in der Hoffnung, dass er zurückkehrte und sein vorheriges Leben wieder aufnahm. Die meisten Sachen hatte Lauri verschenkt, weil er sie nicht mehr brauchte, aber einige Dinge mussten einfach mitgehen. Seine Lieblingsbettwäsche zum Beispiel. Sein Laptop, ein Schränkchen, das er von seiner Urgroßmutter geerbt hatte, ein paar Plüschtiere und nur wenige Klamotten. In der Stadt hatte ihm Ville funktionellere Kleidung gekauft, die sich besser für ihr Wildnisleben eignete. Mehr brauchte Lauri nicht, um glücklich zu bleiben. Sein Auto wollte der Lebensgefährte seiner Mutter für ihn verkaufen und ihm das Geld schicken.

Das Gespräch mit seiner Mutter war erwartungsgemäß sehr emotional verlaufen und sie hatte ihm und Ville bittere Vorwürfe gemacht. Lauri entschuldigte sich tausendmal dafür, dass er sie so ins kalte Wasser hatte fallen lassen und nach und nach hatte sie eingesehen, dass sie nicht erwarten konnte, dass Lauri für immer in ihrer Nähe blieb.

Mit seinem Studienfach hätte es ihn auch locker ins Ausland verschlagen können.

»Ich werde mich mindestens jeden zweiten Tag bei dir melden«, hatte Lauri versprochen. »Und in den Sommermonaten kann ich dich besuchen kommen.«

»Und du?« Sie hatte sich an Ville gewandt, noch immer nicht ganz überzeugt, vor allem, weil Ville so viel älter war. »Du passt auf meinen Lauri auf?«

»Mit meinem Leben«, schwor Ville und legte sich feierlich eine Hand auf die Brust. »Glauben Sie mir, ich werde alles tun, um ihn glücklich zu machen. Aber er braucht dazu noch ein bisschen mehr als mich.« Er hatte gelächelt und einen Arm um Lauris Schultern gelegt. »Er braucht die Wildnis.«

Und das war die Wahrheit, auch wenn sie ein paar Anpassungen vornehmen würden, die Lauri sich wünschte. Einen Internet-Stick, ein Handy, einen Stromgenerator und vielleicht im kommenden Jahr einen alten Lada, damit sie im Sommer schneller das Gelände befahren konnten. Und Pferde. Lauri träumte davon, Muotkatunturi nicht nur mit dem Hundeschlitten, sondern auch auf dem Rücken eines Pferdes zu erkunden. Er freute sich einfach auf alles, was sie sich in den nächsten Jahren gemeinsam aufbauen würden. Die Monate mit Ville hatten ihm bewiesen, wie gut sie trotz aller Unterschiede zusammenpassten, wie sehr sie sich ergänzten und miteinander harmonierten. Aufeinander aufpassten, jeder auf seine Art.

Lauri schloss die Tür des Transporters und sprang zu Ville, der bereits hinter dem Steuer saß, in die Fahrerkabine. »Bereit, wenn Sie es sind, Herr Kapitän.«

Ville lächelte und nickte. »Hast du alles? Denk daran, wir kommen so schnell nicht wieder hierher zurück.«

»Ja. Und falls ich doch etwas vergessen habe, war es nicht wichtig genug.« Lauri warf einen flüchtigen Blick auf sein Handy, denn er erwartete noch einen Rückruf von der Universität. Ob er sein Studium in Form eines Fernstudiums fortführen konnte, war noch unklar, aber nicht ganz ausgeschlossen. Im Fall des Falles hatte er ein Postfach in Inari, zu dem sie alle Unterlagen senden konnten.

»Dann lass uns losfahren.« Ville ließ den Motor an. »Sollen wir noch mal bei deiner Mutter anhalten?«

»Nein. Wir haben uns schon gestern verabschiedet. Es wird zu viel Drama, wenn wir jetzt noch mal auftauchen.« Lauri lehnte sich zurück und lächelte mit geschlossenen Augen. »Lass uns heimfahren in unser schönes, gemütliches Zuhause.«

Ville lachte auf und fuhr los. »Ich liebe deinen Enthusiasmus. Und ich bin froh, dass es jetzt wieder nordwärts geht. Ich werde langsam unruhig, wegen all der Menschen hier. Eine Woche in der Zivilisation und ich habe schon wieder genug für das nächste Jahrzehnt. Und ich werde nervös wegen Syksy.«

»Es dauert doch noch zwei Wochen, bis sie ihre Welpen bekommt«, warf Lauri ein, obwohl er ebenfalls eine Mischung aus Besorgnis und Aufregung verspürte. Sie bekamen kleine Wolfsbabys, das war so unheimlich spannend.

»Ja, ich weiß. Ich weiß auch, dass sich Eino und Antero hervorragend um alles kümmern, aber ich will trotzdem bei ihr und den anderen sein. Ich vermisse die Tiere so sehr.«

»Denkst du, Eino und Antero haben es in unserem Bett getrieben?«, murmelte Lauri.

Ville warf ihm einen amüsierten Seitenblick zu. »Ich werde es gründlich abschnüffeln.«

»Und wenn sie's getan haben?«

»Dann landet demnächst mal wieder eines ihrer Rentiere in meinem Kochtopf.«

»Tz.« Lauri verschränkte die Arme. »Das arme Rentier kann nichts dafür. Ich werde uns dieses Jahr ganz viele Fische fangen und ich hoffe, unsere Kartoffelernte ist ertragreicher, nachdem wir den Acker vergrößert haben. Dann brauchen wir das Rentierfleisch gar nicht für uns selbst, nur noch für die Hunde.«

»Der Tofujunge hat gesprochen.« Der knuffte ihn in die Seite und Ville verriss fast das Lenkrad. »Lauri! Letzte Warnung ...«

»Legst du mich sonst übers Knie?«

»Das mache ich.« Sie verließen die Stadt in Richtung Norden. »Aber erst, wenn wir wieder zu Hause sind.«

Epilog

Ville trat aus dem Saunahaus ins Freie. Die Dusche hatte gut getan, seinen überhitzten Körper gekühlt und das fiebrige Gefühl, das er jedes Mal empfand, wenn seine Seele in ihren Ursprungskörper zurückkehrte, verjagt. Er hatte nur seine Hose angezogen; seinen Oberkörper wollte er noch ein wenig vom Herbstwind kühlen lassen. Lauri stand auf der kleinen Veranda vor dem Haus und hielt einen Schuh in die Höhe, den er mit verengten Augen musterte.

»Was machst du da?«, fragte Ville stirnrunzelnd.

Lauri schreckte hoch. Sein Blick wanderte an Villes nacktem Oberkörper auf und ab und Ville genoss es immer noch jeden Tag, wie lustvoll sein Junge ihn ansah. »Tinja wollte meinen Schuh fressen. Ich schaue, wie viel Schaden sie angerichtet hat.«

»Ah, die kleine Tinja. So verfressen, dass sie sogar deine Käsefüße lecker findet.« Lachend näherte sich Ville dem säuerlich dreinschauenden Lauri und drückte ihm einen Kuss auf die Wange. »Schau nicht so bedeppert. Ich mag die Füßchen auch.«

»Füßchen? Du machst es gerade nicht besser.«

»Ich mach's nachher wieder gut. Sind unsere Raubtierbabys schon gefüttert?«

»Noch nicht. Wollte ich gerade machen, da passierte das mit dem Schuh.«

»Na schön, ich helfe dir. Danach mache ich mit dem Zaun weiter.«

Ende Mai, an Villes Geburtstag, hatte Syksy einen Wurf von fünf Jungen bekommen, die seither mit ihrer drolligen, tapsigen und wilden Art den ganzen Hof auf Trab hielten, sogar die alte Kaarna. Ville und Lauri kümmerten sich hingebungsvoll um die Kleinen und hatten beschlossen, keinen davon herzugeben, sondern sie ihrem bereits vorhandenen Rudel anzuschließen. Zu zweit konnten sie es stemmen, zumal Lauri im kommenden Winter seine Fertigkeiten als Hundeschlittenführer weiter festigen würde. Er hatte ein Talent darin, besaß ein gutes Gespür für die Tiere und ihre Eigenheiten. Ville war ein wahrer Glückspilz, einen solchen Mann zum Gefährten zu haben.

Nachdem sie die jungen Wolfshybriden gefüttert hatten, machte Ville seine Ankündigung wahr und baute weiter an dem Weidezaun, der ab dem kommenden Frühjahr die Koppel für die beiden Islandpferde begrenzen sollte, die sie anschaffen wollten. Den Unterstand für die Tiere musste er noch bauen, aber der Geländewagen, den überraschend Lauris Vater nach einem Besuch in Muotkatunturi gesponsert hatte, stand bereits im Hof. Mit Pferden würden sie ihn brauchen, aber Ville hatte der Anschaffung nur unter der Prämisse zugestimmt, dass sie ihn wirklich nur dann benutzten, wenn er wirklich benötigt wurde. Gerade im Winter würde aber der Hundeschlitten das Fortbewegungsmittel der Wahl bleiben. Jetzt, im Herbst, wo sich die Natur in den leuchtendsten Farben zeigte, weswegen man die Zeit *Ruska* nannte, erwies sich der Wagen allerdings als praktisch, um alle Besorgungen für den kommenden Winter zu machen und in die Wildnis zu bringen. Sie lebten so autonom wie möglich, aber ganz schotteten sie sich von der

Welt nicht ab. Skype, ein Wagen, Kaffee und Kuchen – wenn es das war, was Lauris Glück hier draußen perfekt machte, sollte er es haben.

»Ist dir nicht kalt?«, erkundigte sich Lauri und trat mit einem Pullover in der Hand an ihn heran.

»Nein, die Arbeit wärmt mich auf. Hilf mir und du wirst es sehen.«

Aber Lauri verschränkte die Arme hinter seinem Rücken und grinste. »Geht nicht. Hab zu tun.«

»Ach ja? Was denn?«

»Dir auf den Hintern schielen, zum Beispiel.«

»Na warte!« Ville machte einen Satz auf Lauri zu, fing ihn ein und wirbelte ihn im Kreis. Das Haar glänzte in der Herbstsonne und so, wie sich Ville oft als ein Sohn des Winters fühlte, schien Lauri im Herbst aufzublühen und in seinen Farben aufzugehen. Er und Ville waren so gegensätzlich. Und doch so ähnlich. »Du könntest etwas zu essen machen«, schlug Ville vor.

»Vernasch lieber mich.« Lauri drückte ihm einen schnalzenden Kuss auf den Mund und Ville folgte diesen süßen, weichen Lippen, attackierte sie mit seiner Zunge, bis Lauri keuchte. Aber bevor es zu weit ging, setzte Ville ihn wieder ab.

»Na los, mach dich nützlich.«

Diesmal nickte Lauri. »Ich heize die Sauna an und backe ein Kartoffelbrot, damit wir etwas zu unserer Suppe haben.«

»Ist gut.«

Nachdenklich sah Ville Lauri hinterher, während der sich entfernte. Es war wichtig, ihm stets eine Aufgabe zu geben, damit er sich nicht unnütz fühlte. Dass er sein Studium hier nicht fortführen konnte, hatte ihn sehr gewurmt, aber jedes Mal zu Prüfungen nach Jyväskylä zu reisen, wäre besonders im Wintersemester äußerst schwierig geworden. Also hatte er es aufgegeben. Für ihn. Dieses Opfer wollte Ville würdigen und dafür sorgen, dass Lauri nie das Gefühl hatte, seinetwegen etwas Wichtiges verloren zu haben. Hier draußen brauchte er kein Studium, die Natur war seine Lehrmeisterin und Ville sein Tutor. Trotzdem verstand er, dass sein Süßer noch ein wenig an diesem kleinen Rückschlag zu knabbern hatte.

Ville arbeitete weiter an dem Zaun, den er vor dem Winter noch fertig bekommen wollte, damit sie in der kurzen, schneefreien Saison keine Zeit verloren, wenn sie die Pferde holten. Nach einer Weile kehrte Lauri zurück, der Blick seltsam, die Hände hinter dem Rücken versteckt, auf den Lippen ein Lächeln.

»Was hast du da?« Ville legte sein Werkzeug beiseite und trat einen Schritt auf ihn zu. »Was versteckst du da?«

»Hab was für dich gemacht.«

»Oh?«

»Hmhm.« Langsam führte Lauri die Hände hinter dem Rücken hervor und hielt Ville einen Bogen Zeichenkarton hin. »Ich kann leider nicht schnitzen, aber ich wollte dir was malen. Ich hoffe, es gefällt dir.«

Überrascht nahm Ville das Bild entgegen und betrachtete es. Es war eine Kohlezeichnung eines Wolfs, der zum Vollmond hinaufblickte. Im Hintergrund erkannte man die Schemen einer verschneiten, arktischen Landschaft. Die Atmosphäre, die Lauri auf dem Bild eingefangen hatte, raubte Ville fast den Atem und berührte sein Herz. »Es ist wunderschön«, flüsterte er. »Womit habe ich mir das jetzt verdient?«

»Ich habe es gemalt, weil du einfach das größte Wunder meines Lebens bist. Mein Wolf.«

Ville lächelte und betrachtete das Bild noch einmal. »Du bist das viel größere Wunder von uns beiden. Mein Lauri.«

Lauri fiel ihm in die Arme und küsste ihn so innig, dass Ville jede Angst verlor, sein Liebling könnte ihm doch noch davonlaufen. Das würde nicht passieren. Denn sie gehörten zusammen.

Villes große Liebe war die Einsamkeit. Die Stille einer schneebedeckten Weite, gesäumt von Nadelbäumen, die das endlose Weiß mit schwarzgrauen Tupfen durchbrachen. Hier war er frei. Hier konnte er atmen, er selbst sein, sich endgültig aus der Welt ausklinken, zu der er nicht gehören wollte. Manche bezeichneten diese Wildnis in den nördlichen Gefilden als lebensfeindlich, aber diese Menschen hatten nicht den Hauch einer Ahnung. Hier tummelte sich so viel Leben im Verborgenen, dass es eine Pracht war. Zum Beispiel die Rentierherden, denen er beinahe täglich begegnete, wenn er mit seinem Hundeschlitten hinausfuhr. Es gab Bären und Füchse und Vögel. Manchmal sogar Wölfe. Und mittendrin ihn. Nun nicht mehr allein. Die Sonne neigte sich dem Horizont entgegen, über den sie in wenigen Wochen nicht mehr zu steigen vermochte. *Kaamos* nannte man diesen Zustand, die Polarnacht. Ville fand diese langen Nächte niemals wirklich dunkel. Der Mond und die Sterne und der Schnee spendeten so viel Licht, dass man sich nie in vollkommener Finsternis wiederfand.

Aber seine allergrößte Liebe, sein hellstes Licht, war Lauri. Sein Junge. Sein Seelengefährte.

Nachwort

Liebe Leser*Innen,

danke, dass ihr wieder mit mir in den hohen Norden gereist seid! Dieses Buch war ja ein wenig anders als meine anderen – nicht nur anders als meine Polarnächte – und ihr dürft mir gerne glauben, dass ich kaum weniger überrascht von dem Plot war, der sich da in meinen Kopf gepflanzt hat, als ihr wahrscheinlich.

Einen Wandlerroman habe ich bislang noch nie geschrieben und wer mich auch nur ein bisschen kennt, weiß, dass ich damit auch ungefähr gar nichts anfangen kann. Ich habe noch nie eine Wandlergeschichte gelesen (und gedenke auch nicht, das je zu ändern), aber gerade deshalb fand ich es spannend, vollkommen unvoreingenommen durch »ungeschriebene Gesetze« oder was auch immer da existieren mag, heranzugehen. Meinen kleinen Wink in Richtung der Wandlerromane, die derzeit so auf dem Markt sind, verzeiht ihr mir hoffentlich, aber manche Titel sind einfach urkomisch.

Inspiriert zu diesem für mich ungewöhnlichen Twist hat mich mein diesjähriger Finnland-Urlaub, in dem ich etwas über die Legenden gelesen habe, die Ville beschreibt: die Sache mit dem Tierfell bei einem Totenritual und etwas über Seelenwanderer. Ich wollte sozusagen einen Roman über »echte« Gestaltwandler schreiben, also die, deren

Existenz tatsächlich vorstellbar wäre, wenn man an das Übersinnliche und Schamanismus glaubt und Physik und Biologie trotzdem nicht für vollkommenen Blödsinn hält.

Eigentlich hatte ich dieses Buch schon im vorigen Jahr zu schreiben begonnen, es dann jedoch zur Seite gelegt, weil mir irgendetwas »gefehlt« hat – das Einsiedlerthema war da, die Entführung auch, aber das fehlende Puzzleteil war Villes außergewöhnliche Natur.

Apropos: Ville ist von einer echten Person inspiriert – überraschenderweise von einer Frau. Ihr Name ist Tinja Myllykangas und sie lebt im Wildnisgebiet von Muotkatunturi ohne Strom und fließend Wasser, dafür mit vielen Huskys, Wolfshybriden und Pferden. Am Anfang allein, mittlerweile mit einem Lebensgefährten. Eine unglaublich faszinierende Person. Wenn ihr auf YouTube nach »DNA of Solitude« sucht, findet ihr ein kurzes Video über sie – Untertitel anschalten nicht vergessen!

Wie immer danke ich meinem großartigen Lektorats- und Korrekturteam, das mir immer so hervorragend hilft, das hoffentlich Beste aus meinen Geschichten herauszuholen.

Und über ein Feedback von euch, liebe Leser*Innen, würde ich mich sehr freuen – sei es per Mail, Schneckenpost, Facebooknachricht, Rauchzeichen oder einer Rezension.

Signierte Prints von »Nordmond« bekommt ihr wie alle meine anderen Romane auch im Shop auf meiner Homepage.

Alles Liebe

Jona Dreyer, im November 2019

Kontaktmöglichkeiten:

Homepage mit Shop: http://www.jonadreyer.de/
Facebook: http://www.facebook.com/jonadreyer.autor
E-Mail: jonadreyer.autor@gmail.com

Leseprobe

Der Wind auf deiner Haut

Deutlich feuchter als geplant traf Rory nach einer halben Stunde in Kinnablair ein. Es war kein richtiges Dorf, sondern mehr eine Ansammlung von wenigen Häusern, aber die angegebene Adresse konnte er dort nicht finden. Er musste die Navigation auf seinem Handy befragen und so langsam ging ihm die Zeit aus.

Das Ding schickte ihn wieder aus dem Örtchen heraus und jagte ihn eine steile, schmale Straße hinauf. Rory pfiff auf den letzten Löchern und zu der Feuchtigkeit des letzten Schauers gesellte sich Schweiß.

Ich werde einen großartigen Eindruck machen. Beschissenes Highlandwetter hier.

Er fragte sich außerdem, wo die bescheuerte Navigation ihn hinleiten wollte, denn hier war nichts, außer–

Oh. Nett.

Hinter diesem ätzend steilen Berg verbarg sich im Tal ein geradezu filmkulissenhaftes Anwesen aus grauem Stein mit einer langen, gepflegten Einfahrt.

»O James, du bist zu mir zurückgekehrt!«, trällerte Rory mit einer Fistelstimme, und dann etwas tiefer: »Ja, Margaret, mein Leben war ohne dich sinnlos. Elizabeth hat mich und meine Familie nur betrogen und uns beinahe um unser Hab und Gut gebracht, aber du hast mir die Augen geöffnet, Darling! Jetzt bin ich zum Glück immer noch reich und gutaussehend und wir können heiraten.« Und dann noch einmal mit der Fistelstimme: »James, du machst mich so glücklich! Komm, lass uns in das herrschaftliche Schlafzimmer gehen und Liebe machen bis zum Sonnenaufgang.« Eigentlich hatte er »ficken« sagen wollen, aber so würde Lady Margaret in einer Hausfrauenschmonzette sicher nicht sprechen.

Er imitierte leise quietschend eine Geigenmelodie, bis er die Einfahrt hinauffuhr. An der Tür wartete tatsächlich ein Butler, jedenfalls nahm Rory an, dass es einer war.

Parken Sie bitte meinen Wagen, Archie, seine Lordschaft erwartet mich.

»Hey, äh ... guten Tag. Rory Maclean mein Name, ich habe einen Termin bei Mr Dunbar.«

Der Butler oder Concierge oder was auch immer er war, nickte und wirkte ein wenig pikiert. Aber hier roch es verführerisch nach Geld. »Willkommen auf Kinnablair Mansion, Mr Maclean. Ihr Fahrrad können Sie hier stehen lassen, ich bringe Sie hinein. Es dauert noch einen Moment, die Physiotherapeutin ist gerade noch bei Sir Hamish.«

»Ohne Scheiß?«, entfuhr es ihm. Sir Hamish? Kinnablair Mansion? War das ein Witz oder war er hier tatsächlich auf einem Adelssitz gelandet?

Der Butler hob eine Braue. »Wie meinen?«

Rory winkte ab. »Ach, nichts. Ich wusste nur nicht ... also ...«, er gestikulierte herum, »das hier. Dass Sie hier adelig sind und so.«

»Sir Hamish Dunbar ist der *12th Baronet of Kinnablair*, aber er hängt es nicht gern an die große Glocke.«

Rory sah sich auf dem Filmkulissengelände um und schüttelte innerlich den Kopf. »Klar, sicher.«

Die Inneneinrichtung des Hauses passte zur äußeren Optik – dunkle Möbel, Teppiche, Vorhänge im Tartan-Look, aber man sah trotzdem, dass hier vor nicht allzu langer Zeit gründlich renoviert und umgebaut worden war. Die Fenster waren neu, die Türen weit und schwellenlos und es gab eine direkt in das Haus integrierte Aufzugkabine, die Rory an die Beamer in alten Science-Fiction-Filmen erinnerte. Hier liefen auf jeden Fall nicht solche Leute herum wie bei *Walmart*. Eigentlich liefen hier bis auf den Butler überhaupt gar keine Leute herum, das Haus wirkte fast wie ein langweiliges Heimatmuseum. Fehlte nur noch eine Wachspuppe von Alastair MacDonald irgendwo in der Ecke.

Der Butler führte ihn in ein Teezimmer und bat ihn, Platz zu nehmen. Rory zog seine Jacke aus und setzte sich in einen der Sessel, der so weich war, dass sein Hintern gefühlt so weit einsank, bis seine Knie neben seinen Ohren landeten.

»Darf ich Ihnen einen Tee und etwas Shortbread anbieten?«, fragte der Butler.

»Klar, immer her mit den guten Sachen.«

Der Kerl hob wieder eine Augenbraue und entfernte sich aus dem Zimmer. Rory nahm eine bequemere Stellung ein und blickte sich um. Kinnablair Mansion, versteckt in den Highlands. Sir Hamish Dunbar. Kein Wunder, dass der so geizig mit seinen Angaben in der Anzeige gewesen war.

Sonst würde er ja massenhaft Leute wie mich anlocken.

Rory grinste und war froh, dass er noch einen Moment hatte, in der angenehmen Wärme des Zimmers zu trocknen, bevor er dem feinen Lord gegenübertrat. Wenn er es richtig anstellte, konnte er hier vielleicht einen guten Lohn aushandeln, auch wenn er noch keine Ahnung hatte, wie er die Pendelei regeln sollte. Er konnte nicht jeden Tag fünf Stunden damit verbringen, hin und her zu fahren. Vielleicht sollte er sich irgendwo in der Nähe ein Zimmer nehmen?

»Was soll ich hier überhaupt so machen?«, fragte er den Butler, als der mit Tee und Keksen zurückkam. »Die Hecken schneiden und so was? Oder dem Lord die Zeitung vorlesen?«

»Sir Hamish kann selbst lesen«, gab der Butler hochnäsig zurück, als zweifelte er an Rorys eigener Lesefähigkeit. »Ich weiß nicht, warum er Sie einbestellt hat.«

»Ach so.« Rory nahm ein Shortbread, dippte es in den Tee und biss davon ab. »Und Sie so?«, fragte er kauend. »Arbeiten Sie hier schon lange?«

»Ich arbeite für die Familie Dunbar seit achtundzwanzig Jahren.«

»Echt? Wow. Und es geht Ihnen nicht auf die Nerven, immer die gleichen Gesichter zu sehen?«

»Nein.« Der Butler räusperte sich. »Sie entschuldigen mich, ich habe noch zu tun. Ich werde Sie abholen, sobald Sir Hamish mit der Physiotherapie fertig und bereit ist, Sie zu empfangen.«

»Klar doch. Ich mach's mir hier derweil gemütlich.«

»Bitte nicht mit den Schuhen auf die guten Polstermöbel.«

Rory zog eine Grimasse, als der Butler sich abwandte und ging. Draußen hatte es wieder zu regnen begonnen und die Tropfen perlten von der Fensterscheibe. Aber hier drinnen war es zu gemütlich, um trist zu wirken, und das Shortbread schmeckte wie hausgebacken, nicht wie die aus der Verpackung. Nette Hütte. Jetzt war Rory nur noch gespannt, wie sein potentieller Arbeitgeber so war und was genau er ihm eigentlich für Aufgaben geben wollte. In den E-Mails hatte er diese Fragen nicht beantwortet, sondern darauf verwiesen, das alles im persönlichen Rahmen besprechen zu wollen.

Die Wärme und Stille im Zimmer, das gleichmäßige Tröpfeln des Regens und der weiche Sessel machten Rory schläfrig. Er lehnte seinen Kopf an und schloss für einen Moment die Augen. Wenn er die Kohle hätte, in einer solchen Hütte zu wohnen, das wäre ein Leben. Bestimmt stand hier irgendwo noch ein riesiger Flatscreen und durch den Garten konnte man mit einem kleinen Golfwagen fahren. Scheiße, er musste diesen Job hier kriegen, schon allein für den Spaß.

»Mr Maclean?« Rory schreckte hoch. Der Butler stand in der Tür. »Sir Hamish würde Sie jetzt gern kennenlernen.«

»Ich ... ja, okay.« Rory stopfte sich noch hastig ein Shortbread in den Mund, spülte es mit Tee hinunter und klopfte sich die Hände an seiner Jeans ab. »Bereib wenn Fie ef find!«

Stocksteif drehte der Kerl sich um und ging voraus. Rory dackelte ihm hinterher und musste das Bedürfnis unterdrücken, Faxen hinter diesem furchtbar ernsten Hausdiener zu machen. Konnte ein Butler eigentlich noch klischeehafter sein?

»Warum benutzen wir nicht den tollen Fahrstuhl?«, fragte Rory, als sie die Treppe hinaufgingen.

»Der ist nur für Sir Hamish und seinen Rollstuhl gedacht, nicht für faule Menschen, die ihre Beine noch benutzen können.«

»'Tschuldigung.«

Reiß dich zusammen, Mann. Wenn schon der Butler einen scheiß Eindruck von dir hat, kannst du dir den Job gleich abschminken.

Er wurde durch einen breiten Gang geführt, in dem nur noch eine Ahnengalerie fehlen würde, um das Bild abzurunden, aber die hing sicher auch noch irgendwo in diesem Haus. Dann öffnete der Butler die Tür und machte eine einladende Geste ins Innere des Raumes.

»Bitteschön.«

Rory nickte ihm zu und trat ein. Es war ein überraschend helles Zimmer mit cremefarbenen Wänden, weißen Vorhängen, ein paar Akzenten in dunklem Tartan und einem großen Dachfenster, das direkt in die Decke eingelassen war und durch das man den Himmel beobachten konnte. Es roch nach Vanille und irgendwelchen Blumen, angenehm und unaufdringlich. In der Ecke flackerte ein gemütliches Feuer in einem Kamin.

»Wow«, entkam es ihm.

»Guten Tag.«

Rory schreckte zusammen. Erst jetzt bemerkte er das großzügige Bett mit dem Mann darin, zu dem die Stimme gehörte. »Guten Tag, Sir. Rory Maclean, wir sind verabredet.«

»Das sind wir.« Sir Hamish lächelte. Er hatte nicht nur die samtweichste Stimme, die Rory je gehört hatte, sondern auch die geradesten, natürlich weißesten Zähne.

Unwillkürlich drückte Rory die Zunge gegen seine Vorderzähne, zwischen denen eine kleine Lücke klaffte. Der *NHS* hatte ihm nie eine Zahnspange bezahlt.

»Tja, also ...« Rory trat näher. Die grauen, ein wenig streng wirkenden Augen des Mannes folgten jeder seiner Bewegungen. »Da bin ich.«

Leseprobe

Polarnächte

Jetzt lächelte auch Roman und Leevis Herz schlug so heftig gegen seine Brust, dass es schmerzte. Ohne Zweifel, er war schon verknallt gewesen, als Michael ihm ein Bild von Roman gezeigt hatte, und noch mehr, seit er diesen vor wenigen Stunden das erste Mal am Flughafen gesehen hatte. Jetzt allerdings wurde es so schlimm, dass ihm davon übel wurde, weil ihm von seinem Herzrasen der Kreislauf verrückt spielte. *Lieber Gott, kannst du bitte dafür sorgen, dass er sich in mich verliebt?*, betete er stumm. Er hatte zehn Tage Zeit, um Roman dazu zu bringen. Immerhin war dieser hierher gekommen, zu ihm ans Ende der Welt. Das bedeutete doch, dass er ihm eine Chance geben wollte, oder nicht? »Soll ich den Kamin noch mal anheizen?«, fragte er, weil er trotz seiner inneren Hitze bemerkte, dass das Haus langsam ein wenig auskühlte.

»Das wäre nett, ja«, entgegnete der andere. »Ich weiß nämlich nicht so richtig, wie das geht.«

Leevi ging mit Roman zum Kamin und zeigte ihm, wie man das Holz richtig schichtete und ein Feuer entzündete. »Vergiss nicht, den Abzug oben zu öffnen. So eine Kohlenmonoxidvergiftung holt man sich nur einmal im Leben, denn danach ist keins mehr übrig.«

»Oha. Ja, da passe ich mal lieber auf.« Roman wirkte ziemlich erschrocken und Leevi beschloss, sicherheitshalber mehrmals am Tag zur Kontrolle zu kommen. Immerhin ein Vorwand mehr, Roman möglichst häufig aufzusuchen.

Ein wenig verlegen standen sie sich gegenüber, bis Leevi sich räusperte. »Ich gehe dann mal«, murmelte er. »Wenn du irgendwas brauchst, komm einfach rüber ins Haus oder schreib mir eine Mail, dann komme ich her.«

»In Ordnung.«

»Also dann.« Er warf seinem Gast ein scheues Lächeln zu, während er sich Jacke und Stiefel anzog. »Gute Nacht und schöne Träume.«

Roman nickte und schien ein wenig abwesend. »Ja, du auch.«

Leevi verließ das Haus und atmete einmal tief durch, als er die Tür hinter sich schloss. Ihm war schwindelig, denn seine Gefühlswelt hatte sich zu einem wilden Achterbahnritt entschlossen. Er konnte kaum an Roman denken ohne rot zu werden. Allerdings gab es da ein kleines Problem: der andere schien sich kaum für ihn zu interessieren, jedenfalls wich er ständig seinen Blicken aus und war eher von der wortkargen Sorte. *Vielleicht braucht er ja nur ein Weilchen, um aufzutauen*, sprach er sich selbst Mut zu, *und Auftauen ist hier im winterlichen Lappland ja eher eine schwierige Angelegenheit*. Er selbst, Leevi, mochte keine sonderlich beeindruckende Person sein, aber wenn er seinem Gast dessen Aufenthalt so schön wie möglich gestaltete, brachte dieser die positiven Gefühle vielleicht mit *ihm* in Verbindung und sah ihn mit anderen Augen.

Eigentlich war es vollkommen verrückt, sich so in diese Sache hineinzusteigern. Der Mann war im Grunde genommen ein Fremder. Sie waren sich nie zuvor begegnet, er kam sogar aus einem anderen Land. Und trotzdem hatte

Leevi Hoffnung. Nicht nur, weil Michael der Meinung war, dass sie beide sich guttun würden, sondern vielleicht auch ein wenig, weil Weihnachten immer für *Hoffnung* stand. Für Frieden und Besinnlichkeit und den Wunsch, dass alles besser werden würde, auf der ganzen Welt, besonders aber in der eigenen. Und gegen dieses Kribbeln im Bauch, das sich sowieso gegen jede Vernunft stellte, war man ohnehin machtlos. Warum also nicht auf das Beste hoffen? Was hatte er schon zu verlieren? Richtig – nichts. Er hatte hier und da ein paar kurze Beziehungen gehabt, als es ihn mit Anfang zwanzig für drei Jahre in die Hauptstadt gezogen hatte, aber seine Sehnsucht nach seiner lappländischen Heimat war größer gewesen und so war er zur heimischen Schlittenhundefarm zurückgekehrt, die er inzwischen ganz allein führte, da seine Eltern vor wenigen Jahren innerhalb kurzer Zeit verstorben waren.

Leevi war nicht wirklich allein, denn er hatte Nachbarn, die ihm gute Freunde waren. In einer solch kleinen Dorfgemeinschaft hielten sie alle zusammen. Aber natürlich konnten die Nachbarn ihm keinen Partner ersetzen. Und nach einem solchen sehnte er sich an den langen Abenden, an denen er am Kaminfeuer hockte und nichts rechtes mit sich anzufangen wusste. Er hatte sich oft vorgestellt, wie ein Mann bei ihm saß, einen Arm um seine Schultern, und er seinen Arm um die Taille des anderen. Sie würden miteinander reden oder einfach schweigen und die Gegenwart des anderen genießen. Jetzt stellte er sich Roman an seiner Seite vor. Überlegte, wie es wohl gewesen wäre, wenn er jetzt *nicht* gegangen, sondern bei ihm geblieben wäre. Aber er wollte ihn nicht schon am ersten Abend überfordern. Er war schließlich selbst schon ziemlich mit seinen Gefühlen überfordert.

Nachdem er in seinem Haus angekommen war und sich ausgezogen hatte, schrieb er eine Mail an Michael:

Hei mein Freund,

mein Gast ist gut angekommen. Allerdings werde ich den Eindruck nicht los, dass er nicht so richtig auf das vorbereitet war, was ihn hier erwartet. Ich hoffe, das wird kein großer Reinfall für ihn.

Liebe Grüße
Leevi

Seufzend lehnte er sich zurück und warf einen verstohlenen Blick aus dem Küchenfenster, von dem aus er das Gästehaus im Blick hatte. Dort brannte noch Licht. Er fragte sich, was Roman wohl gerade machte. Ob das Essen ihm auch wirklich geschmeckt hatte? Ob es noch warm genug in der Hütte war?

Vielleicht sollte er Roman morgen einmal ganz unverbindlich in seine hauseigene Sauna einladen. Hier in Finnland war das Saunieren eine ziemlich gesellige Angelegenheit, in der die Gesprächsatmosphäre viel lockerer war als anderswo. Vielleicht konnte auch Roman sich im wahrsten Sinne des Wortes dafür erwärmen. Ja, das klang nach einer guten Idee.

Leevi hatte sich gerade in seinen Sessel zurückgelehnt, als hinterm Haus, in der Nähe des Hundezwingers, das Licht anging. Der Bewegungsmelder reagierte nicht auf Kleintiere, also musste da etwas – oder *jemand* – Größeres sein. Ein Blick hinüber zum Gästehaus verriet, dass es offenbar nicht Roman war, der herüberkam, denn dort brannte noch Licht und er meinte auch, seine Silhouette hinter den Vorhängen zu erkennen. Es war nicht das erste Mal, dass jemand bei Nacht auf Leevis Grundstück herumzuschleichen schien. Er beobachtete seit Tagen, wie immer wieder der Bewegungsmelder anging und die Hunde nervös wurden, aber er konnte des Eindringlings nicht habhaft werden. Allerdings hatte er einen Verdacht.

Printed in Poland
by Amazon Fulfillment
Poland Sp. z o.o., Wrocław

53613683R00195